# VERLOCKUNGEN ELSÄSSER ART

Suzanne Crayon – ein deutsches Autorenduo – kennt, liebt und bereist das Elsass seit mehr als drei Jahrzehnten. Sie wird von manchen Störchen im Elsass bereits klappernd begrüßt und könnte für »Grumbeerkiechle« mit einem Gläschen Pinot blanc glatt einen Mord begehen.

SUZANNE CRAYON

# VERLOCKUNGEN ELSÄSSER ART

*Kriminalroman*

emons:

**Bibliografische Information der Deutschen Nationalbibliothek**
Die Deutsche Nationalbibliothek verzeichnet diese Publikation
in der Deutschen Nationalbibliografie; detaillierte bibliografische
Daten sind im Internet über http://dnb.d-nb.de abrufbar.

© Emons Verlag GmbH
Alle Rechte vorbehalten
Umschlagmotiv: lookphotos/Daniel Schoenen Fotografie
Umschlaggestaltung: Nina Schäfer
Gestaltung Innenteil: DÜDE Satz und Grafik, Odenthal
Lektorat: Christiane Geldmacher, Textsyndikat, Bremberg
Druck und Bindung: CPI – Clausen & Bosse, Leck
Printed in Germany 2023
ISBN 978-3-7408-1669-8
Originalausgabe

Unser Newsletter informiert Sie
regelmäßig über Neues von emons:
Kostenlos bestellen unter
www.emons-verlag.de

*Wenn man auf nichts mehr zählen kann,*
*muss man mit allem rechnen.*

Jules Renard,
»Ideen, in Tinte getaucht«

# Prélude

*Thann, südliche Vogesen*
*Donnerstag, 29. September, später Abend*

Didier Doudet begriff nicht, was geschehen war. Etwas hatte ihn am Kopf getroffen, aber es war so schnell geschehen, dass er nicht hätte sagen können, was es gewesen war: ein Geschoss, ein umherirrender Gegenstand, eine Faust, ein Stein? Eben noch hatte er aufrecht gestanden und in Richtung Westen geschaut, wo das Panorama der Hochvogesen unter einer nebligen Dunstglocke lag. Jetzt plötzlich kauerte er auf beiden Knien und stierte auf das uralte Mauerwerk des »Hexenauges«, den anscheinend alle Zeiten überdauernden Ruinenrest der Engelsburg. Wer wüsste besser darüber Bescheid als er selbst? Auf seinen Führungen rund um Thann oder am gewundenen Flusslauf der Thur entlang, manchmal sogar bis hinein in die Hochvogesen, ließ er die Geschichte der Engelsburg niemals aus. Auch wenn ihm das Zeug schon zum Hals herauskam, die Leute liebten es nun mal, davon zu hören. Und es schien, als würden die mittelalterlichen Geschichten den Kräutern, auf die er seine Kundschaft hinwies, erst die rechte Aura verleihen.

Doudet schüttelte sich wie ein Hund, um wieder zu sich zu kommen. Er musste sogar lachen, zumindest schien es ihm, als wäre er dazu noch in der Lage, während er zugleich alle Kräfte zusammennahm, um sich auf seine wackeligen Beine zu stellen und sich langsam wieder umzudrehen.

Das hier ist doch eine Farce, lächerlich, *ridicule*, Herrgott noch mal!, schrie er innerlich. Denn um es laut herauszubrüllen, war er bereits zu schwach. Wenigstens schaffte er es, die Zähne zu blecken, um seine ganze Verachtung zum Ausdruck zu bringen.

Doch seltsamerweise konnte er sein feindseliges Gegenüber

nicht mehr erkennen, und mit einem tödlichen Erschrecken begriff er, dass er nicht mehr *sehen* konnte. Seine Augen blickten in einen Nebel, der nun auch in seinem Kopf herrschte, nicht mehr nur an dem Ort, an dem sie sich befanden, auf dem Schlossberg, hoch oben über Thann, direkt neben dem verfluchten Hexenauge.

Doch sein Gehör funktionierte noch! Wie aus einer märchenhaften Welt drang leises Rauschen an seine Ohren, das war die Thur, die unten an den Hängen vorbeiströmte. Er vernahm menschliche Stimmen – sehr schwach, von sehr weit her –, als kämen sie von Menschen, die unten in Thann einen letzten Abendspaziergang machten und sich dabei friedlich unterhielten. Und von Osten, von den Weinhängen des Rangen, meinte er die Geräusche von Erntefahrzeugen und die scharfen Stimmen der Erntehelfer zu hören, die sich gegenseitig etwas zuriefen.

Aber … konnte das sein? Erntefahrzeuge um diese Uhrzeit, bei solchem Wetter? Nein, unmöglich. Was für ein Unsinn! Ein absurdes keckerndes Lachen über diesen furchtbar dummen Spuk entstieg seiner Kehle.

Doch fast noch im selben Augenblick folgte das Déjà-vu: ein weiteres Geschoss, ein Stein, ein Stoß, zu schnell, um es zu erkennen oder ihm auszuweichen!

Sein Schädel schoss herum, diesmal zur anderen Seite, und riss seinen Körper mit.

Ein hervorstehender Bruchstein des Hexenauges war das Letzte, was Didier Doudet in seinem Leben, das gut ein halbes Jahrhundert gedauert hatte, noch erkennen sollte. Das unschöne Plopp-Geräusch, mit dem seine Schläfe an der Steinkante zerschellte, sollte er bereits nicht mehr hören.

# 1

*Pfaffenhoffen, Freitag, 30. September*

»Umgerechnet etwa ein Pfund Kartoffeln. *Alors*, das sollte reichen für zwei Personen«, murmelte Rapp vor sich hin. Dazu, laut Edgars Rezept: Zwiebeln, Knoblauch, Petersilie, Eier, Mehl, Salz, Pfeffer, Muskat und Öl natürlich.

Jean Paul Rapp stand um halb elf Uhr morgens in seiner Küche und starrte auf sein Handy, das auf der Anrichte neben dem Herd lag. Sein Sohn Edgar hatte ihm das Rezept für Galettes de Pommes de Terre, Kartoffelpuffer, geschickt. »Das schaffst selbst du, Papa, ohne dass es anbrennt«, hatte Edgar ihn zuvor am Telefon veralbert. Doch dem Jungen – *Dieu*, der war ja nun auch schon Mitte dreißig – war anscheinend nicht aufgefallen, dass dieses Rezept für zehn Gäste berechnet war.

Für Edgar, der in Paris zusammen mit seinem Mann Julien ein Restaurant mit Elsässer Spezialitäten führte, mochte das ja praktisch sein.

»Aber wenn man wie ich nur einen einzigen Gast einladen möchte, muss man jede Knoblauchzehe umrechnen!«, schimpfte er in Richtung seines Terrierrüden Honoré.

Sein alter Hund – Rapp weigerte sich inzwischen, die Jahre mitzuzählen – räkelte sich entspannt in dem flachen Weidenkorb vor dem Heizkörper und hörte den Chef de Cuisine wahrscheinlich wie aus weiter Ferne. Nur die leicht angehobene Braue über seinem linken Auge und ein dezentes Schnaufen deuteten an, dass er Rapps Ärger verständnisvoll zur Kenntnis genommen hatte und nun weiterdöste.

Honoré hatte recht, wurde Rapp klar, er sollte sich wieder einkriegen. Dies hier war nur ein Probelauf für den Abend, den er bald mit Sylvie zu verbringen hoffte, indem er sie zum Essen bei sich zu Hause einlud.

Vor längerer Zeit hatte er seine Nachbarin, die nur ein paar

Straßen weiter in einem kleinen alten Fachwerkhaus in der Rue de Kaefferling wohnte, schon einmal eingeladen. Doch das war phänomenal schiefgegangen. Manchmal glaubte er, noch heute den ätzenden Geruch des völlig verbrannten Baeckeoffe von damals in seinem Ofen zu riechen. Und in der Zeit danach war es stets wie verhext gewesen, entweder sie hatten keine Zeit gefunden, sich zu zweit zum Essen zu verabreden, egal, ob privat oder im Restaurant, oder es hatte sich ungefragt ein ganzer Pétanque-Club dazugesellt. Und dann war Sylvie zu allem Überfluss völlig überraschend für ein Dreivierteljahr nach Lateinamerika verreist. Aus beruflichen Gründen. Sie arbeitete normalerweise als historische Botanikerin im Éco Musée, unweit von Mulhouse. Um Anregungen für die eigene Arbeit im Elsass zu finden, studierte sie die Bedingungen für Kartoffeln und Tomaten in Mexiko, dem ursprünglichen Anbaugebiet.

Schön für Sylvie. Nicht schön für ihn. Auch wenn er es als enormen Vertrauensbeweis auffasste, dass Sylvie ihm für diese lange Zeit die Versorgung ihres Katers Fou Fou anvertraut hatte. »Er mag dich, Jean Paul«, hatte sie ihm versichert, »und inzwischen mag er sogar Honoré.«

Nur dass Honoré den Kater nicht besonders mochte, so weit ging die Hundeliebe denn doch nicht, aber mit der Zeit war Fou Fou ihm halbwegs gleichgültig geworden.

Freundlicherweise hatte Sylvie Rapp aus Mexiko regelmäßig Nachrichten und sogar Fotos von sich geschickt. Das hatte ihn natürlich gefreut und getröstet, aber zugleich sein Verlangen nach ihr noch gesteigert. Etwas abgekühlt war seine Leidenschaft allerdings in den letzten zwei Monaten ihres Forschungsaufenthalts, als in ihren Mails und SMS immer häufiger der Name »Ramón« aufgetaucht war, eines mexikanischen Kollegen vor Ort, der leider zunehmend häufiger auch auf den Fotos zu sehen gewesen war, die sie Rapp geschickt hatte: ein verdammt gut erhaltener, ziemlich sportlich aussehender Mann Anfang fünfzig mit einem verteufelt charmant wirkenden Lächeln, das dieser Ramón offenbar anknipsen konnte, sobald die Handykamera auf ihn gerichtet war.

Sylvie war kürzlich nach Frankreich zurückgekehrt, und anfänglich hatte sie noch immer mit unüberhörbarer Begeisterung von Ramón gesprochen. Doch zum Glück hatte sich das inzwischen gelegt, und Rapp sonnte sich in dem Gefühl, dass er den fernen Konkurrenten als »Episode« betrachten durfte. Schwamm drüber, sagte er sich.

Er schaltete das Radio ein, das neben der Kaffeemaschine stand. Radio Alsace Libre brachte ein schönes Stück von Stéphane Grappelli, verriet die junge weibliche Stimme von Lizette, seiner Lieblingsmoderatorin. Dann holte er die Kartoffeln aus dem untersten Schubladenfach und setzte sich damit zum Schälen an den Küchentisch.

Seltsamerweise hatte Wätti, die Leiterin des Kochkurses in Rouffach, den er auf Edgars Anraten in den letzten Monaten besucht hatte, ihren Eleven nicht beigebracht, Galettes zuzubereiten. Edgars These, Wätti sei selbstverständlich davon ausgegangen, »jeder Idiot« könne Galettes de Pommes de Terre machen, war zwar unverschämt, aber womöglich zutreffend, musste Rapp sich eingestehen. Nicht auszuschließen, dass Edgar sogar deshalb Koch geworden war, weil sein Vater sich dabei schon immer ungeschickt angestellt hatte. Ein Bereich also, in dem Edgar, der beinahe von Kindesbeinen an leidenschaftlich gern gekocht hatte, ihm von Anfang an haushoch überlegen gewesen war. Oder, andere Möglichkeit, Edgar war Koch geworden, weil auch seine Mutter, Rapps Ex-Frau Isabelle, als Köchin ein Totalausfall gewesen war. Nicht weil sie kein Talent dazu besaß, sondern weil der Alkohol sie schon damals zunehmend daran gehindert hatte.

Grappelli legte noch ein letztes Geigensolo hin, dann war das Stück zu Ende, und Lizette leitete nahtlos zu den Nachrichten über. Radio Alsace Libre legte, wie der Name verriet, Wert auf seine Regionalität, daher wurden nur die allerwichtigsten Nachrichten aus aller Welt präsentiert, und danach folgte das Neueste aus der Region, selbst dann, wenn es im Grunde nichts Wichtiges aus dem Elsass und den angrenzenden Regionen in Deutschland und der Schweiz, mitunter auch aus Österreich, zu berichten gab.

Doch heute war das anders – ganz anders.

Rapp war sogleich wie elektrisiert, als schon in der ersten Lokalmeldung der Name seines Nachfolgers Rimbout fiel: »Thann«, verkündete Lizettes junge Stimme bereits mit einem dunklen Unterton den Ort des Geschehens. »Die Kriminalpolizei meldet soeben den Fund einer männlichen Leiche auf dem Schlossberg oberhalb der Stadt. Nach dem Aufklaren des Wetters heute früh, so Commissaire François Rimbout, Leiter des Districts Colmar-Rouffach, seien Touristen zu den Ruinen der Engelsburg oberhalb von Thann aufgebrochen und hätten dort unmittelbar neben dem berühmten Hexenauge den grausigen Fund gemacht. »Wir können noch nicht mit letzter Sicherheit sagen, ob es sich um ein Gewaltverbrechen handelt«, vernahm Rapp Rimbouts stets etwas schleppende Stimme. »Die Verletzungen am Kopf des Toten deuten aber darauf hin, dass möglicherweise ein Kampf, eine … eine …« Rimbout schien den Faden zu verlieren.

»Reiß dich zusammen, alter Junge!«, rief Rapp und hörte, wie Honoré in seinem Korb schnaufte.

»Nun, der Mann ist jedenfalls keines natürlichen Todes gestorben«, bekam Rimbout eben noch die Kurve. »Wir bitten daher die Bevölkerung um sachdienliche Hinweise«, fuhr er nun wieder etwas souveräner fort, »insbesondere was die Beobachtung von möglicherweise gewaltbereiten oder alkoholisierten Personen am gestrigen Abend in der Nähe der Engelsburgruine betrifft.«

Lizette verlas die Telefonnummer des Commissariats in Rouffach, in dem auch Rapp bis vor ein paar Jahren noch als Leiter gearbeitet hatte. »Die Homepageadresse der Polizei und alle weiteren Informationen zu dem Thema findet ihr auf unserer Website RAL.fr«, verkündete sie abschließend, ehe sie zu weiteren Nachrichten aus der Region kam.

Rapp, das Schälmesser in der Rechten, eine Kartoffel in der Linken, hörte nicht mehr zu. Ausgerechnet Thann, dachte er. Rimbout war bei seinem Radiostatement sicher auch deshalb ins Schlingern geraten, weil er selbst in Thann wohnte, dem idyllischen Städtchen am Südrand der Vogesen, das gut dreißig Kilometer von Pfaffenhoffen entfernt lag. Jedes Kind kannte ihn dort. Allerdings nicht nur als Leiter des hiesigen Commissariats, sondern auch als leidgeprüften Vater seiner pubertierenden Zwillinge Jeanne und Richard, die zuletzt mit einigen verwegenen Aktionen auf sich aufmerksam gemacht hatten – unter anderem durch eine Spritztour in der Oldtimer-Dyane ihrer schrillen Tante Bernadette.

Rimbout würde daher bei diesem Fall, sollte er sich denn als Gewalttat herausstellen, unter besonderer Beobachtung der gesamten Thanner Bevölkerung stehen, so viel war sicher. Es würde ab sofort keinen Tag mehr geben, an dem man ihn *nicht* nach dem Stand der Ermittlungen fragte. Unglücklicherweise war Rimbout in Rouffach mit einem Mitarbeiter wie George Sulzer gesegnet, der zwar Kriminelle in rauen Mengen erlegte, aber nur in den Ballerspielen, denen er in den Büropausen seine ganze Leidenschaft und den Rest seines Gripses widmete.

Das Telefon klingelte. Rapp stieß einen Seufzer aus, legte das Schälmesser und die noch ungeschälte Kartoffel beiseite und schaltete das Radio ab, ehe er zum Hörer griff.

»*Bonjour*, Jean Paul, Isabelle hier!« Seine Ex klang aufgeregt, aber das war fast immer der Fall, wenn sie bei ihm anrief.

»*Bonjour*, Isa. *Ça va*, wie geht's?«

Es waren beinahe nur noch Isabelle und mitunter Edgar, die sich via Festnetz bei ihm meldeten. Die meisten anderen, Freunde, Bekannte, Verwandte et cetera, riefen ihn auf dem Handy an. Isabelle und er dagegen hatten sich nach ihrer Trennung – vor vielen Jahren nun schon – darauf geeinigt, nicht auch noch ihre Handynummern auszutauschen. Und dabei sollte es bleiben.

»*Ça va, ça va?*«, rief sie verärgert. »Du hast gut reden, Jean Paul. Du hast nicht mit Entzugserscheinungen zu kämpfen wie ich!«

»Du klingst, als wäre ich nun auch noch für deine Entzugserscheinungen verantwortlich!« Nachdem sie ihn früher, wie er nicht vergessen hatte, in seiner aktiven Zeit als Commissariatsleiter, bereits für das Scheitern ihrer Ehe und infolgedessen für ihre Alkoholsucht verantwortlich gemacht hatte. Insbesondere seine durch den Beruf bedingte häufige Abwesenheit – »körperlich und vor allem geistig« – hatte sie ihm damals zum Vorwurf gemacht.

Vermutlich zu Recht.

»Weshalb rufst du an, Isa?«

»Ich möchte, dass du mir ein Medikament besorgst, Jean Paul.«

»Ein Medikament? Bei aller Liebe, Isabelle«, einer Liebe, die es zwischen ihnen schon lange nicht mehr gab, »aber dazu brauchst du doch nicht mich, sondern musst nur um die Ecke in die Apotheke gehen.«

Sie wohnte schließlich in Colmar, mitten im Stadtzentrum.

»Dieses Medikament bekomme ich eben nicht in der Apotheke, Jean Paul. Weder um die Ecke noch in einer anderen Apotheke.«

»Nicht?«

»Nein«, gab sie trotzig zurück. »Ich bekomme es von Didier, meinem Therapeuten aus Schœnwiller. Und du weißt, dass ich nicht Auto fahren kann. Wie soll ich nach Schœnwiller kommen?« Die Wahrheit war, dass die Polizei ihr den Führerschein entzogen hatte, wegen Alkohols am Steuer. »Didier«, fuhr sie fort, »bringt mir die Medizin persönlich vorbei, jeden zweiten Donnerstagmorgen im Monat, pünktlich um zehn. Er kommt vorbei, und ich nehme ›Engelsfarn‹ unter seiner Anleitung ein.«

»Engelsfarn?«

»Ja, so heißt das Medikament, eine Tinktur aus Naturkräutern, er stellt sie selbst her, wie ich dir schon einmal erklärt habe, aber du hörst ja nie zu, wenn ich was sage.«

»Du hast mir gesagt, dieser Didier sei dein Therapeut.«

»Ist er ja auch. Wir, Didier und ich, reden eine Weile, und anschließend geht es mir wieder besser. Na ja, nicht immer, aber ...«

»Aber was, Isa?«

»Ach, das spielt im Grunde keine Rolle.«

»*D'accord.* Aber warum rufst du mich an, Isabelle? Heute, jetzt?«

»Wegen des Engelsfarns. Das sagte ich doch vorhin. Didier ist heute nicht zu mir gekommen. Ich kann ihn auch auf dem Festnetztelefon nicht erreichen. Ein Handy benutzt er ja nicht, aus Prinzip, sagt er, weil das ungesund sei. Die Strahlungen und so weiter. Aber ich brauche den Engelsfarn, er hilft mir gegen meine schlimmen Gedanken, die Depressionen, all das. Schon die Angst, ich könnte ihn heute nicht bekommen, macht mich ganz krank.«

»Hm.« Rapp knurrte ungehalten. Er hielt diesen Didier – Didier Doudet hieß er mit vollem Namen – für einen ausgemachten Scharlatan, der sich als Kräuterdoktor und Wunderheiler in einem anpries. »Wenn dir Doudets Kräutermix so wichtig ist, Isabelle, warum schickst du dann nicht deinen lieben Franck zu Doudet?« Schließlich war es Isabelles ewiger »Neuer«, Franck, gewesen, der den Kontakt zu diesem unseligen selbst ernannten Garanten für das seelische Wohlbefinden überhaupt erst hergestellt hatte. Schon diese Verbindung erschien Rapp verdächtig.

Isabelle druckste herum: »Weißt du, Franck, er … *Alors*, er ist beruflich unterwegs, seit einigen Tagen schon. Er holt neue Autos, also eigentlich alte Autos, Oldtimer, du weißt schon, von denen holt er eine ganze Lkw-Ladung voll aus … weiß nicht genau, Italien, glaube ich.«

»Aha, und ich dachte, dein Franck hätte mal etwas Neues in petto.«

Ihr Franck, mit dem sie nun schon einige Jahre liiert war, schien stets zur Unzeit anwesend oder unterwegs zu sein. Entweder musste er untertauchen, weil er dubiosen Leuten aus der Autoschieberbranche Geld schuldete, oder er war »auf Reisen« für andere zwielichtige Figuren, die ihm dann das Geld schuldig blieben. Behauptete er zumindest hinterher, wenn er Isabelle erklären musste, warum er bei ihr wohnte, ohne sich an der Miete zu beteiligen, und den Kühlschrank leer machte, ohne je von seinem eigenen Geld einzukaufen.

»Hör zu, Isabelle, ich will ehrlich zu dir sein«, sagte Rapp.

»Ich hole dir jedes andere Medikament gegen Entzugserscheinungen oder Depressionen aus der Apotheke – was auch immer dein Arzt diagnostiziert und verschrieben hat.« Wobei er sich allerdings fragte, wie sie an Entzugserscheinungen leiden konnte, ohne zu entziehen. Denn sowohl er als auch Edgar hatten den Eindruck, dass ihr Trinken unter dem Einfluss von Doudet keineswegs abgenommen hatte. »Aber dieses ominöse Zeug, Engelsfarn oder wie immer es heißt, beschaffe ich dir nicht aus Schœnwiller. Das ist mein voller Ernst, Isa«, fügte er in scharfem Ton hinzu.

Zumal sie Doudet mit dem Geld bezahlte, das er ihr zuvor auf Anraten von Edgar gegeben hatte, damit sie sich therapieren lassen konnte. Wahrscheinlich hatten Franck und Doudet das Geld längst unter sich aufgeteilt.

»Ist das dein letztes Wort, Jean Paul?«, fragte sie hörbar gekränkt.

»Ja, Isa, das ist es. Ruf Edgar an, sprich mit ihm. Oder geh zu einem Arzt und lass dich zu einem wirklichen Therapeuten überweisen. Aber, bitte, Isabelle, tu jetzt eins nicht: Greif nicht zur Flasche.«

»Du zwingst mich dazu, Jean Paul. Du bist grausam zu mir, wie du es immer warst.«

»Ich bin ›grausam‹ zu …?« Er hörte ein Klicken in der Leitung.

Rapp starrte ungläubig noch einige Sekunden auf den Hörer in seiner Hand, dann legte auch er auf.

## 2

Eine Viertelstunde später hatte Rapp die Kartoffeln und Zwiebeln geschält und sich eben erst auf die Suche nach der Gemüsereibe gemacht, da klingelte es erneut. Diesmal auf seinem Handy. Auf dem Display las er den Namen Rimbout. Ihm fiel dessen Interview vorhin im Radio ein, und ihm schwante nichts Gutes.

»*Bonjour*, François«, begrüßte er ihn, »*ça va*, wie geht's?«

»*Bonjour*, Jean Paul. Ah, wie soll's einem schon gehen mit einem solchen Fall?«, stöhnte Rimbout. »Ich weiß nicht, ob du schon davon gehört hast?«

»Stell dir vor: durch dich, François! Hab dich eben erst im Radio gehört. Der neue Fall oben an der Engelsburgruine, richtig?«

»Ja, an der Ruine. In Thann, du verstehst, quasi direkt vor meiner Haustür. Die Leute erwarten natürlich von mir, dass ich den Fall schon gestern gelöst habe. Als müsste ich den Täter – oder die Täter, wer weiß? – persönlich kennen.«

Rapp musste lachen, auch wenn er den Druck, der aus Rimbouts Worten sprach, sehr gut nachvollziehen konnte.

»Ich nehme aber nicht an, dass du deswegen anrufst, François, oder?« Für gewöhnlich verbat sich Rimbout jede Einmischung seines Vorgängers Rapp in aktuelle Fälle. Ausnahmen bestätigten allerdings die Regel.

»Na, und ob ich dich wegen des Falls anrufe!«, widersprach Rimbout vehement. »Und weißt du, warum? Weil Isabelle meinte, ich solle mich an dich halten, du wüsstest Bescheid.«

»Moment mal, François.« Rapp war plötzlich ganz verwirrt. »Was hat Isabelle mit deinem neuen Fall zu tun? Und was soll das heißen, du sollst dich an mich wenden?«

»Sie hat es zu mir gesagt, als ich vorhin bei ihr angerufen habe. Davor war bei ihr ständig besetzt.«

»Sie hat unter anderem mit mir telefoniert, danach vermutlich mit Edgar«, klärte Rapp ihn auf. »Aber wieso wolltest du überhaupt mit ihr sprechen? Ich gehe mal davon aus, dass du nicht Isabelles Neuer bist.«

»Gott bewahre, nein!«, rief Rimbout geradezu erschrocken aus. »Ich … Nein, nein.« Der Satz, den er wahrscheinlich verschluckte, war: Ich habe schon genug Probleme! »Ich habe sie angerufen, weil ihr Name im Handykalender unseres Opfers aufgetaucht ist. Demnach wollte der Mann sich heute Vormittag mit Isabelle in Colmar treffen. Was natürlich nicht mehr möglich war, weil sein Tod laut Forensik schon gestern am späten Abend eingetreten ist.«

Rapp begriff inzwischen gar nichts mehr. »Stopp mal, François. Wir sprechen hier von deinem Mordopfer oben an der Engelsburgruine?«

»Falls es ein Mord war«, warf Rimbout ein. »Aber solange wir nichts ausschließen können, interessiert mich natürlich, ob und gegebenenfalls warum Isabelle sich heute früh mit dem Mann, dem Opfer, treffen wollte. Nur, Jean Paul, ich kam vorhin gar nicht dazu, ihr den Hintergrund zu erklären. Kaum hatte ich ihr gesagt, um wen genau es sich bei dem Opfer handelt, brach sie in, wie soll ich sagen, eine Art hysterisches Schreien aus und brüllte ins Telefon, das sei ganz unmöglich und ich solle mich an dich wenden, du wüsstest über alles Bescheid.«

Das Gegenteil war der Fall. Doch jetzt stieg eine Ahnung in Rapp auf: »Deine männliche Leiche dort oben am Schlossberg, sie heißt nicht zufällig – Doudet? Didier Doudet?«

»Genau, Didier Doudet aus Schœnwiller. Wir fanden sein Handy, es besteht kein Zweifel, dass er es ist. Hatte Isabelle also doch recht.«

»Recht womit?«

»Dass du darüber Bescheid weißt.«

»*Zut alors* – verdammt, François!«, protestierte Rapp so energisch, dass selbst Honoré den Kopf hob, wenn auch nicht allzu sehr. »Ich hatte bis zu deinem Anruf keine Ahnung, dass Doudet der Tote ist, von dem du im Radio gesprochen hast. Was mich nur wundert, ist, dass ihr ein Handy bei ihm gefunden habt.«

»Das hat Isabelle auch gesagt. Der Doudet, den sie kenne,

habe gar kein Handy. Deshalb könne es sich bei dem Toten in Thann auch nicht um *ihren* Didier Doudet handeln. Der sei nämlich ihr Therapeut und kerngesund. Dass er heute früh nicht bei ihr erschienen sei, um ihr ein spezielles Medikament zu verabreichen, müsse andere Gründe haben. Ich solle sie gefälligst in Ruhe lassen und mich an dich wenden, wie gesagt, du wüsstest ebenso Bescheid über Doudet wie sie.« Rimbout ließ zwei Sekunden verstreichen, ehe er anfügte: »Isabelle ist noch ganz die Alte, wie?«

Rapp fiel keine passende Antwort darauf ein. Doch er konnte sich inzwischen die Dinge einigermaßen zusammenreimen.

»Falls euer toter Doudet wirklich derjenige ist, den Isabelle bis vor Kurzem noch ganz lebendig kannte«, erklärte er, »dann hat der Mann sie angelogen, was das Handy betrifft. Was ihm übrigens ähnlich sehen würde. Da du mich schon fragst: Ich halte ihn für einen ausgemachten Betrüger, der nur im Sinn hatte, Isabelle das Geld aus der Tasche zu ziehen. Aber bestimmt nicht ihr allein, ich vermute, er hatte noch mehr Opfer in der Region.«

»Möglich«, sagte Rimbout. »In seinem Telefonverzeichnis stehen Dutzende Namen, wir überprüfen deren Nummern selbstverständlich alle. Aber Isabelles Name in seinem Handykalender fiel mir natürlich sofort auf.«

Rapp hörte da einen Unterton heraus, der ihm nicht gefiel. »Du verdächtigst sie doch nicht in irgendeiner Weise? Das wäre absurd, François, das weißt du.«

»Ich wollte nur sichergehen, dass es sich tatsächlich um Isabelle handelt, deshalb habe ich bei ihr angerufen. Routinearbeit, du kennst das doch.«

»Schon. Aber du wusstest doch vorher, dass Isabelles Verabredung mit Doudet heute früh gar nicht mehr stattgefunden haben konnte, weil der Mann laut forensischem Befund bereits gestern Abend tot war, wie du selbst gesagt hast, François.«

»Darum ging es mir auch gar nicht.«

»Worum dann?«

Rapp hörte ihn tief Luft holen. »Der Termin deutet doch

an, dass Isabelle zu der Kundschaft zählte, mit der er direkten Kontakt pflegte, und das ganz aktuell. Jedenfalls schließe ich das daraus, dass er sie heute wie schon in den Wochen und Monaten zuvor privat besuchen wollte.«

»Nicht privat, François, sondern als ihr Therapeut!« Rapp bestand nun notgedrungen selbst auf der Bezeichnung, bei der ihm fast die Zunge abbrach, so absurd erschien ihm der Titel »Therapeut« für eine dubiose Figur wie Doudet.

»Wie dem auch sei«, lenkte Rimbout ein. »Wir prüfen eben alle Spuren.«

»Soll das heißen, du betrachtest Isabelle ernsthaft als Spur?«

»Jedenfalls muss ich sie befragen, das weißt du, Jean Paul. Das Opfer kann seinem Mörder an der Ruine dort oben natürlich auch zufällig begegnet sein. Vielleicht war Alkohol im Spiel, ein spontan eskalierter Streit, die Kopfverletzungen könnten darauf hindeuten.«

»Totschlag also?«

»Ja, das wäre eine Möglichkeit. Doudet muss darüber hinaus einen großen Kunden- und Bekanntenkreis gehabt haben. Er führte einen Laden in Schœnwiller. Den haben wir heute früh übrigens schon inspiziert. Dort gibt es eine Registratur mit Hunderten weiterer Namen, die wir noch auswerten müssen. Außerdem hat er Wandertouren in den Vogesen angeboten, quasi Lehrpfade zu bestimmten Heilkräutern, zu denen sich die Interessenten spontan einfinden konnten.«

»An diesen oder irgendwelchen anderen Touren hat aber Isabelle ganz gewiss nicht teilgenommen, François. Sie ist seit Monaten so krank, dass sie die Wohnung nur verlässt, um hundert Meter weiter in der Markthalle das Nötigste zum Leben einzukaufen.«

»Aber wohl auch ein wenig unnötigen Alkohol, wie? Als ich eben mit ihr telefonierte, legte sie nach jedem zweiten Satz eine Pause ein mit den Worten ›Moment, François, ich brauch noch 'nen Schluck‹.«

»Da siehst du, was dieser Doudet aus ihr gemacht hat.«

»Ich verstehe dich, Jean Paul. Und du weißt, ich mag Isabelle.

Aber, *pardon*, wenn ich das sage, getrunken hat sie schon früher. Wie ein Loch mitunter.«

»Apropos, wie geht es denn deiner Familie?« Rapp war danach, zur Abwechslung den Spieß einmal umzudrehen. »Marianne, Jeanne und Richard, *ça va*?«

»Tja, ich will es mal so ausdrücken: Eigentlich wollten Marianne und ich in zwei Monaten auf die Malediven fliegen.«

»Aber?« Denn nach einem Aber hörte es sich an.

»Die Zwillinge sind neuerdings auf dem Ökotrip, oder wie soll ich sagen? Sie nennen es konsequent, ich nenne es: radikal.«

»Und was heißt das genau?«

»Das heißt zum Beispiel, dass Jeanne und Richard hinter unserem Rücken unseren Maledivenflug storniert haben.«

»Oha!«

»Ja. Mit der Begründung, dass wir Fußabdrücke wie Dinosaurier in unserer Ökobilanz hinterlassen würden, wenn sie uns nicht daran hinderten.«

Rapp musste lachen. »Klingt, als solltet ihr ihnen dankbar dafür sein.« Er mochte die Einfälle der Zwillinge. Das Leben ihrer Eltern wurde durch sie zwar nicht einfacher, aber in jedem Fall abwechslungsreich.

»Dankbar?«, kläffte Rimbout aufgebracht in den Hörer. »Wo kämen wir hin, wenn wir unseren Kindern das durchgehen ließen? Hast du eine Ahnung, Jean Paul, wie hoch allein die Stornogebühren für den Flug waren, den die beiden heimlich gecancelt haben?«

»Nun reg dich nicht auf, François. Ich bin sicher, ihr findet eine Lösung, du und Marianne.«

»Die Lösung heißt: Urlaub gestrichen. Wir haben nur noch Geld für Balkonien.«

»Ich dachte an Jeanne und Richard. Was sagt denn deine Frau dazu?«

»Marianne steht auf dem Standpunkt, die zwei sollten sich zur Strafe selbst eine Aufgabe suchen, irgendetwas Nützliches. Nur solle die Schule nicht wieder darunter leiden.«

Rimbout spielte auf eine soziale Strafe an, die die Zwillinge vor einer Weile vom Thanner Jugendgericht aufgebrummt bekommen hatten, weil sie eine Kiste mit Sekt, Crémant d'Alsace, hatten mitgehen lassen, die wie herrenlos vor einem Supermarkt abgestellt worden war. Sie sollten sich, so die Jugendrichterin, in der Thanner Obdachlosenarbeit für Clochards einsetzen. Das hatten sie getan, und zwar mit solchem Engagement, dass an Lernen für die Schule nicht mehr zu denken gewesen war. Wenn sich seitdem jemand für die Clochards in Thann einsetzte, dann waren es Jeanne und Richard Rimbout.

»Halt mich auf dem Laufenden, François«, sagte Rapp und meinte damit den neuen Fall ebenso wie die Zwillinge. »Aber jetzt musst du mich entschuldigen, ich mache Galettes.«

»Ah, Galettes, wunderbar!«, schwärmte Rimbout. »Achte darauf, dass du den Teig schön flach streichst, und dann ganz langsam kross braten.«

»*Merci*«, dankte Rapp ohne Schwung. Den Tipp hatte er schon von Edgar bekommen.

»Und wen beglückst du mit deinen Galettes, wenn ich fragen darf? Kenne ich die Dame?«

»Wie kommst du darauf, dass ich dabei eine Frau im Sinn habe?«

»Ich bin Polizist, *non*?«

»Der Genießer schwelgt und schweigt, wie du weißt, François.«

»Dann wünsche ich dir fröhliches Schweigen, Jean Paul!« Er klang ein wenig beleidigt.

»*Salut*, François.«

Rapp legte mit reichlich gemischten Gefühlen auf und dachte über das Gespräch nach. Er glaubte Rimbout, dass er Isabelle nicht ernsthaft als mögliche Täterin betrachtete. Aber Rimbout hatte recht, selbstverständlich musste er sie schon aus Routinegründen zu ihrem geplanten Termin mit Doudet heute Vormittag befragen. Damit ließ sich nicht mehr vermeiden, dass sie überhaupt in den Fall verwickelt war. Vorerst nur als Zeugin, doch das konnte sich ändern, wenn sich andere Spuren zerschlugen oder sich keine ernsthaften Tatverdächtigen aufdrängten. Damit stieg der Ermittlungsdruck, und selbst Rimbout wäre unter Umständen gezwungen, Isabelle in weiteren Vernehmungen strategisch unter Druck zu setzen.

Keine Frage, dass sie das zutiefst aufwühlen und ihren Griff zur Flasche noch beschleunigen würde. Rapp war ihr Schicksal trotz allem, was geschehen war, keineswegs gleichgültig. Immerhin war sie Edgars Mutter und seit knapp zwei Jahren *grandmère* von Maëlle, dem kleinen Mädchen, das Edgar und Julien adoptiert hatten.

Er legte das Handy zur Seite, um Isabelle via Festnetz selbst noch einmal anzurufen. Vielleicht gelang es ihm, sie ein wenig zu beruhigen. Doch sie ging nicht ran, er nahm sich vor, es später noch einmal zu versuchen.

Die Galettes waren fertig, nicht ganz so flach gestrichen, wie Edgar ihm geraten hatte, ihre Form erinnerte eher an Tennisbälle, aber außen waren sie schön kross – Rapp liebte das. Das gute Dutzend Kartoffelpuffer tat er in eine Schale, platzierte sie auf dem Tisch und legte sich dann feierlich zwei goldgelbbraune Prachtexemplare auf den Teller. Die Kostprobe fiel allerdings gemischt aus. Geschmacklich war er zufrieden, Salz, Pfeffer, Gewürze – *bon*, die Mischung stimmte. Aber im Kern, musste er sich eingestehen, war der Teig wohl noch nicht vollständig durchgebraten, das Ganze kam ihm etwas breiig vor. Doch jetzt war es einmal auf dem Teller und musste gegessen werden, entschied er, als wäre er seine eigene Mutter.

Honoré, der sich inzwischen aufgerappelt hatte und mit hungrigem Blick neben seinem Stuhl zu ihm aufschaute, bekam jedoch nichts von der kleinen Zwischenmahlzeit ab. Erstens aus Prinzip, denn der Hund sollte nicht betteln – tat es aber trotzdem immer wieder –, zweitens vertrug sein sensibler Terriermagen nur allergenfreies Futter.

Honorés Flocken hätte er vielleicht auch selbst besser zu sich genommen, dachte Rapp, als er aufstand, um den Tisch abzuräumen. Die zwei Galettes lagen schwer wie Pétanque-Kugeln in seinem Bauch. Zum Glück, sagte er sich, als er den leeren Teller in die Spülmaschine stellte, war dies ein Probelauf gewesen. Allein die Vorstellung, er hätte Sylvie seine halb garen Galettes-Kugeln vorgesetzt, ließ ihn erröten. Am besten, er verabredete sich vorerst noch für eine stressfreiere Aktivität mit ihr, statt sie gleich zum Essen zu sich einzuladen. Die Kunst, Galettes de Pommes de Terre zuzubereiten, brauchte wohl doch mehr als eine Übungseinheit.

Er versuchte noch einmal, Isabelle zu erreichen, aber vergeblich. Dann öffnete er ein Fenster und lehnte sich ein Stück hinaus, um die frische Luft einzuatmen. Über den scharlachroten Dächern des Maison de Michelberger, eines renovierten, jahrhundertealten Fachwerkbauernhauses, in dem sich neben einigen Ferienunterkünften auch seine Maisonnettewohnung befand, hatte der Himmel aufgeklart. Gestern den ganzen Tag und noch am Morgen hatten graue Wolken über den Weinbergen gehangen; doch sie waren weitergezogen und hatten sich wohl erst jenseits des Rheins auf deutscher Seite ausgeregnet.

Der Wind hatte über Nacht gedreht und strömte nun trocken und warm Richtung Osten. Deshalb waren jetzt auch wieder wie gewohnt die Erntefahrzeuge und Menschen unterwegs, wie Käfer und Ameisen schienen sie sich an den Hängen zu bewegen. Unter ihnen waren vermutlich auch Martin und Irène Michelberger, das Vermieterehepaar, das zu den größten Weinbauern in Pfaffenhoffen gehörte. Ihr Gewürztraminer, fand Rapp, war unübertroffen.

Er nahm sein Jackett von der Garderobe im Flur und leinte Honoré an. »*Allez hopp*, Monsieur! Zeit für die Mittagsrunde«, rief er ihm zu, doch sein Hund hatte längst verstanden und stand schon bereit.

Unten im Hof atmete Rapp noch einmal durch, die Luft war klar und frisch. Über die klobigen Pflastersteine hinweg erreichte er das Zwischengebäude, das früher einmal als Lagerhalle gedient hatte; auf dessen anderer Seite stand unter dem Carport seine Charleston-Ente, ein Deux-Chevaux-Sondermodell mit schwarz-roter Lackierung. Michelbergers grauer Renault Espace, der üblicherweise daneben parkte, war nicht zu sehen. Rapp hatte also richtig vermutet, sie arbeiteten im Weinberg.

»*Allez hopp!*«, wiederholte er und setzte Honoré auf die Rückbank, denn von Springen und Hüpfen konnte in seinem Hundealter nicht mehr die Rede sein.

# 3

Bis nach Thann waren es etwa dreißig Kilometer Richtung Süden, die Rapp über die Route nationale am nahe gelegenen Rouffach, später auch an Winzenheim vorbei, zurücklegte. Über der Rheinebene spannte sich der wolkenlose Himmel wie eine blaue Leinwand. Nur über den Höhen der Vogesen jagten noch einzelne Wolken nach Westen wie davonstürmende Reiter in flatternden weißen Mänteln.

Während Honoré hinten döste und die Sonne durch die Frontscheibe blitzte, dachte Rapp über das nach, was er an diesem Vormittag überraschend aus gleich zwei Richtungen, zuerst von Isabelle, dann von Rimbout, erfahren hatte. War das nicht doch irgendwie typisch, fragte er sich, dass zwielichtige Typen wie dieser Doudet starben, wie sie gelebt hatten: unter äußerst dubiosen Umständen eben? Sicher, er hatte den Mann nicht persönlich gekannt, doch allein die Tatsache, dass Isabelles Franck diesen selbst ernannten Heiler in ihr Leben geschleust hatte, reichte ihm, um von Doudets zweifelhaften Eigenschaften überzeugt zu sein. Und Isabelles eher zu- statt abnehmende Alkoholsucht gaben ihm recht, fand er.

Als er an Winzenheim vorbeifuhr, sah er vom Seitenfenster aus die Abfahrt, die ziemlich direkt zur Garage Lautermann führte. Lautermann gehörte Rapps Meinung nach in dieselbe Kategorie wie Doudet. Und Franck. Niemand wusste genau, was sie neben ihrer offiziellen Tätigkeit – in Lautermanns Fall das Reparieren von Autos – noch so alles trieben. Doch dass sie ihre Finger in dunklen Geschäften hatten, ahnte man, sobald man in ihren Dunstkreis geriet. Davon konnte auch Güschti ein Lied singen, dem Lautermann in Winzenheim Konkurrenz machte, indem er der Kundschaft obszön unterbezahlte Angebote machte, nur um Güschti zu unterbieten.

Hinter Cernay erreichte Rapp über die RN 66 Vieux-Thann und schließlich Thann-Centre. In früheren Zeiten ein Zentrum der Textilindustrie, zählte das Städtchen heute zu den »schönsten Umwegen Frankreichs«, hatte Rapp irgendwo gelesen. An den südlichen Ausläufern der Vogesen gelegen, wurde es vom Rangen überragt, einem ebenso steilen wie wegen seiner ausgezeichneten Lage berühmten Weinberg, an dessen Fuß die tief in den Vogesen entspringende Thur lebhaft entlangsprudelte.

Ein Anziehungspunkt war Thann nicht zuletzt auch wegen Saint-Thiébault, der Stiftskirche für den heiligen Theobald, deren Bau zweihundert Jahre gedauert hatte und deren Portal mit seinen Hunderten Figuren und Szenen allein schon den Besuch des Städtchens lohnte. Auch wenn es an Größe von dem Münster in Strasbourg übertroffen wurde, war Saint-Thiébaults gotische Kirchturmspitze in Thann doch ebenfalls weithin zu sehen.

Rapp parkte den Wagen an der Place Joffre, direkt neben dem Münster, und spazierte mit Honoré über die belebte Rue Saint-Thiébault an Restaurants, Cafés und Teestuben vorbei zum Ufer der Thur. Von der mit Blumenkästen geschmückten Brücke aus warf er einen Blick nach Osten, zum Hexenturm hinüber, ehemals ein Eckturm des mittelalterlichen Wehrwalls der Stadt, mit seinem charakteristischen zwiebelförmigen Dach und den Schießscharten. Im Westen erhoben sich die Vogesen mit ihrem sattgrünen Waldbestand, und gegenüber, auf der anderen Flussseite, sah man wie derzeit überall in den Weinbergen die Erntearbeiter auch an den sonnenbeschienenen Hängen des Rangen. Der Weinberg war so steil, dass Erntefahrzeuge nicht zwischen den Rebreihen eingesetzt werden konnten, sondern nur auf breiteren Plateaus. Vis-à-vis blickte das Hexenauge, ein herabgestürzter Rest des Bergfrieds der Ruine, starr und steinern auf Stadt und Fluss herab.

Rapp überquerte die Brücke und begann über die Rue Marsilly den Aufstieg in mehreren Windungen um den Schlossberg hinauf bis zur Engelsburgruine. Es gab auch einen kurzen, steilen Aufstieg, doch den mochte er weder seinem alten Hund noch sich selbst zumuten.

Etwa auf halber Strecke kamen ihnen zwei Einsatzwagen der Gendarmerie entgegen; sie war in solchen Fällen für die ordnungsgemäße Sicherung des Tatorts zuständig. Nach guten zwanzig Minuten erreichten sie das Schlossbergplateau, auf dem die Burg im Mittelalter errichtet worden war. Später befand der »Sonnenkönig« Louis XIV. sie nicht mehr für notwendig und ließ sie niederreißen. Wer wollte, konnte seitdem auf den Ruinen stehend die atemberaubende Aussicht auf das Städtchen und den rauschenden Fluss am Fuß des Berges genießen; dabei den Blick nach Westen gerichtet, auf die bewaldeten Spitzen der Vogesen, und nach Osten über den weiten Korridor der Rheinebene hinweg bis zum Schwarzwald und, mit Glück, bis zu den Schweizer Alpen, über denen bei gutem Wetter die Mittagssonne glühte.

Außer dem »Hexenauge«, das wie ein gigantisches steinernes Wagenrad haushoch aufragte, waren nur noch wenige Reste der Burgruine vorhanden. Am heutigen Tag waren nicht einmal sie zugänglich für das gemeine Volk.

Vor dem herabgestürzten Bergfried war durch rot-weißes Flatterband ein breites Areal abgegrenzt worden, bewacht von einem beleibten älteren Gendarmen, der es sich, eine Zigarette rauchend, auf einem klobigen Ruinenrest gemütlich gemacht hatte.

Als der Gendarm aufblickte, sah er Rapp mit seinem Hund bis an die Absperrung herankommen, stand mühsam auf und rief ihm schon von Weitem zu: »*Non, non, non, non,* Monsieur! Kein Zugang heute, tut mir leid.«

Rapp musste lachen. Er erkannte in dem grauhaarigen Gendarmen, der ihm, den dicken Bauch voran, entgegenkam, Ives Robert, früher Mitglied im Pétanque-Club Vieux-Thann. Zu seiner aktiven Zeit, bevor Rapp sich durch einen Unfall eine irreparable Handverletzung zugezogen hatte, waren Ives und er sich in diversen Wettkämpfen zwischen den Ortsvereinen der Region oftmals über den Weg gelaufen. Sie waren beide in etwa gleich unbegabt in diesem Sport und hatten ihn wie die meisten anderen ausgeübt, um unter Menschen zu sein, sich nebenbei zu unterhalten und, in der Hauptsache, um sich zu entspannen, egal, wie weit die Kugeln am Ende von der kleinen Zielkugel, der *cochonnet*, entfernt landeten.

Jetzt erkannte auch Ives ihn. »Jean Paul!«, begrüßte er ihn

schnaufend. »Was machst du hier oben?« Sie reichten sich über das Flatterband hinweg die Hände. »Ich dachte, du wärst längst in Pension?« Er sah Rapp mit seinem runden roten Gesicht freundlich blinzelnd an.

»Bin ich auch, Ives. Aber, du wirst es nicht glauben, François Rimbout rief mich heute früh an und … na ja, du verstehst, wir waren lange Kollegen und so weiter …«

»Mit anderen Worten, du sollst mal einen Blick auf die blutigen Details werfen, richtig?«, schloss Ives Robert aus dieser Andeutung ebenso naheliegend wie falsch.

Rapp zog nur vielsagend die Brauen hoch.

»Na, dann hinein mit euch in die gute Stube.« Ives Robert hielt für Rapp und seinen Hund das Band in die Höhe. »Die Spurensicherung war ja längst da, die Kollegen sind schon fort. Ich halte hier noch bis zum Feierabend die Stellung. Als Chef der Gendarmerie soll man ja mit gutem Beispiel zurückbleiben, oder?« Er lachte noch immer so herzhaft wie früher.

»Wusste gar nicht, dass du inzwischen die Truppe leitest, Ives«, sagte Rapp. »Meinen herzlichen Glückwunsch!«

»Merci bien.«

»Und das Pétanque, Ives? Bist du noch aktiv im Club?«, fragte Rapp, während sie sich dem Fundort der Leiche, offenbar am Hexenauge, näherten.

»Und wie! Ich feuere seit einiger Zeit aktiv meine Enkelkinder an, die im Club begonnen haben zu spielen, nach dem Vorbild ihres grandpère.« Er lachte wieder dröhnend. »Ansonsten nur noch privat, hier und da und dort, wie es sich gerade ergibt.«

»So wie ich«, sagte Rapp und beäugte bereits eine blutrote Stelle an einem der großen, aus der Thur stammenden Kieselsteine des Hexenauges, der deutlich hervorstand. Er deutete mit dem Kinn darauf. »Hier also, ja?«

»Hier lag er, ja. Touristen, die Sorte Frischluftfanatiker und Frühaufsteher, du verstehst, haben ihn heute in aller Herrgottsfrühe entdeckt. Ich habe die Leiche noch zu Gesicht bekommen, als wir anschließend den Tatort gesichert haben und die Forensiker ihn unter der Fuchtel hatten.«

»Und?«

»Ich sag dir, Jean Paul, der Mann sah aus, als hätte ihn eine Schlägerbande stundenlang in der Mangel gehabt. Beide Schläfen zerdellt wie ein alter Eimer, die Kinnlade auf halb acht und der Schädel insgesamt auf Punkt zwölf gestellt.«

»Sehr plastisch.«

»So etwas hast du noch nicht gesehen, Jean Paul. Also für mich sieht das eindeutig danach aus, dass der arme Mann das Pech hatte, auf eine Horde Schläger zu treffen. Alkoholisierte Jugendliche, wahrscheinlich von außerhalb, wird allgemein vermutet.«

»Wieso das?«

»Nicht nur ich, Jean Paul! Hab vorhin mit Gisèle, meiner Frau, gesprochen. Sie sagt, im Ort sind alle, mit denen sie spontan über die Sache geredet hat, der Meinung, dass so etwas Brutales keinem Menschen aus Thann zuzutrauen wäre.« Ives zuckte die Schultern, und sein Bauch zuckte quasi mit. »So ähnlich sehen das auch die Kollegen, mit denen ich bislang geredet habe: junge Touristen, die sich gestern Nacht hier oben betrunken und dann Streit gesucht haben, das wäre ein plausibles Szenario.«

Rapp kommentierte das nicht. Er betrachtete stattdessen die blutige Stelle an der Bruchsteinkante. Da Doudet hier folglich mit dem Kopf aufgeschlagen war, würde das zumindest die Verletzungen auf der einen Schädelseite erklären. Dann drehte er sich halb um die eigene Achse und inspizierte das von dichtem Gras, stellenweise auch von Gestrüpp und Sträuchern bewachsene Gelände, ehe er sich wieder an Ives Robert wandte.

»Habt ihr denn irgendwelche Hinweise auf eine solche Tätergruppe gefunden? Was ist mit Schnapsflaschen, zerbrochenem Glas et cetera?« Eine alkoholisierte Schlägertruppe müsste jede Menge Spuren hinterlassen haben.

Ives schüttelte den Kopf. »Nein, nichts. Der Platz wird ja immer ziemlich sauber gehalten von wegen Denkmalpflege. Die Spurensicherung hat deshalb auch die Papierkörbe drüben am Übergang zur Straße untersucht.«

»Aber besoffene Typen benehmen sich nicht wie die Denkmalpflege oder umweltbewusste Besuchergruppen. Sie räumen nicht brav ihre leeren Flaschen weg, auch nicht, wenn sie gerade einen Mann erschlagen haben.«

»Da magst du recht haben, Jean Paul«, räumte Ives Robert ein, er war kein Mann, der am Ende stets recht behalten wollte. »Rimbout selbst wird am besten wissen, ob die Spurensicherung etwas Auffälliges gefunden hat. Ich war in der Zeit ja mit dem Absichern des Tatorts beschäftigt. Du weißt, Rimbout will immer einen möglichst großen Zirkel um den Tatort abgesperrt haben. Gar nicht so leicht hier oben am Berg.«

Rapp nickte abwesend und ließ den Blick noch einmal über das Gelände schweifen. Dann wandte er sich wieder an Ives. »Wie war eigentlich das Wetter in Thann gestern Abend? Bei uns in Pfaffenhoffen war es den ganzen Tag und auch am Abend noch neblig. Ich weiß das, weil ich mit Monsieur hier noch Gassi gegangen bin.« Er deutete mit dem Kinn auf Honoré, der mit sichtlicher Wonne die würzigen Gerüche der Vogesenlandschaft durch die Hundenase einsog.

Ives musste lachen. »Wir haben's genauso gemacht, Gisèle und ich. Waren mit Hippolyte, unserem Labrador, um elf noch mal draußen. Genau wie bei euch in Pfaffenhoffen war's neblig und sogar leicht nieselnd. Ziemlich ekliges Wetter.«

»War das den ganzen Abend über so?«

»Den ganzen Tag sogar. Deswegen haben wir, Gisèle und ich, das Gassigehen ja bis zuletzt immer wieder hinausgeschoben. Bis Hippolyte die Geduld mit uns verloren hat und uns quasi die Leine vor die Füße geworfen hat.« Er lachte.

»Kein Abend also, an dem man sich hier oben auf dem Berg pudelwohl fühlen würde, oder? Weder als Gruppe, die sich mit oder ohne Anlass volllaufen lassen will, noch als einzelne Person, die dann nichts ahnend zum Opfer wird.«

Ives sah ihn nachdenklich an. »Jetzt, wo du es sagst, Jean Paul. Aber eins steht fest: Aus Thann wäre niemand zu so etwas fähig, jede Wette darauf!«

»Lauter Heilige in Thann, wie?«

»Bei so einem Münster mitten im Ort!«

Rapp lachte und wollte sich bereits von Ives verabschieden, als sein Blick auf das nach Südosten hin deutlich tiefer gelegene Plateau des Ruinenbergs fiel. Nur wenige Meter bevor der Hang steil abfiel, befand sich eine hölzerne Sitzbank. Er hatte vorhin nicht darauf geachtet, doch jetzt fiel ihm auf, dass sich jemand darauf ausgestreckt hatte, der sich just in diesem Moment umdrehte, offensichtlich, um weiterzudösen.

Rapp sah Ives Robert überrascht an. »Auf der Bank drüben liegt jemand. Schon aufgefallen?«

Ives winkte ab. »Das ist der Scharri. Er kam vor einer Stunde, um ein wenig dort zu ruhen. Tut ja keinem weh.«

»Wohl wahr«, stimmte Rapp lebhaft zu. »Außerdem ein malerischer Platz zum Dösen.«

Er kannte Scharri, einen Clochard, der sich über das Jahr hinweg an verschiedenen Orten des Elsass aufhielt, von einem früheren Fall her. Darin hatte sich Scharri als ein wichtiger Zeuge erwiesen.

»Lass mal wieder von dir hören, Jean Paul«, sagte Ives Robert, als er sah, dass Rapp zu dem Clochard hinübergehen wollte. »Dann spazieren wir mit den Hunden und genehmigen uns anschließend ein Tröpfchen, wenn du magst.«

»Sehr gerne, Ives«, antwortete Rapp lachend, »hab ja noch deine Handynummer.«

Rapp ging mit Honoré im Bogen um einige Ruinentrümmer herum zu der Bank, auf der Scharri sich inzwischen aufgesetzt hatte, um die Sonne und den Blick hinunter ins Tal auf das Städtchen unten am Fluss zu genießen.

Im Augenblick schwer vorstellbar, dachte Rapp, der Scharris Blick folgte, dass Thann, so beschaulich es dalag, einst ein Zentrum der Hexenverfolgung gewesen sein soll. Ein wütender Wahn im dunklen Schatten der Burganlage, die damals, am Ausgang des Mittelalters, noch in voller Herrscherpracht hier oben thronte.

»*Bonjour*, Scharri!«, grüßte er den Clochard, einen hageren Mann, mittlerweile schon in seinen späten Siebzigern, der wie immer seine flache braune Kappe auf dem Kopf trug und wie eh und je seine rot-gelb-blaue Sporttasche mit seinen wenigen Habseligkeiten dabeihatte.

»Ah, Commissaire Rapp, *bonjour. Ça va?*«

»*Merci bien*, und selbst, wie geht's?«

Scharri war sonst ein äußerst schüchterner Mann, und von Polizisten hielt er aufgrund diverser unschöner Begegnungen in der Vergangenheit nicht viel – gelinde gesagt. Aber zu Rapp hatte er seit ihrer ersten Begegnung damals in Sélestat Vertrauen gefasst. Er rückte ein Stück zur Seite, ließ Rapp neben sich Platz nehmen und streichelte Honoré den Kopf, der sich das gern gefallen ließ.

»Schlimme Sache, was da drüben am Hexenauge passiert ist«, begann Scharri von sich aus über das Thema zu reden, das allerdings buchstäblich nahelag. »Im Ort unten sagt man, irgendwelche Schläger von außerhalb sollen es gewesen sein, die den Mann umgebracht haben.«

»Glauben Sie das auch, Scharri?«, fragte Rapp.

Der Clochard verzog skeptisch seinen von grauen Bartspießen umstellten Mund. »Ich weiß nicht. Bei entsprechendem Wind hört man Leute, die hier oben Lärm machen, bis weit hinunter ins Tal. Ich campiere momentan an der Place du Bungert, gleich hinter dem Hexenturm.« Er streckte den Arm aus und deutete in die Richtung. Rapp sah den Parkplatz in der Nähe des Flusslaufs, auf dem auch einige Wohnmobile zu erkennen waren, die von dieser Stelle wie Spielzeugautos wirkten. »Heute Nacht«, sagte Schirri, »habe ich aber keinen Lärm von hier oben gehört.«

»Kommt es denn vor, dass Leute sich an der Ruine betrinken und lärmen? Touristen zum Beispiel?«

»Hin und wieder. Aber bestimmt nicht häufiger als andernorts. Ich ziehe ja ein bisschen herum im Elsass. Und die Touristen in Thann wollen doch selber ihre Ruhe haben. Wer saufen und lärmen will, fährt nach Ibiza oder Mallorca, *non?*«

Rapp nickte. Scharri war ein Mann, der viel erlebt und eine gute Menschenkenntnis hatte.

»Wie geht es Ihnen denn selbst, Scharri?«, fragte er jetzt. »Was macht Ihre Gesundheit?« Stets ein heikler Punkt bei ihm.

»*Ça va*, es geht momentan, Commissaire, *merci*. Der Standort unten an der Place du Bungert ist ziemlich gut, ich darf die Toiletten der Camper benutzen, habe immer frisches Wasser, die meisten Wohnmobilisten sind entspannt und nett zu mir, von Ausnahmen abgesehen – was will man mehr?« Er ließ sich zu einem leisen Lächeln hinreißen.

»Das freut mich zu hören, Scharri«, sagte Rapp und entschied, ihn nun nicht länger zu stören.

»Man sieht sich, Commissaire.« Scharri kraulte Honoré zum Abschied noch einmal den Nacken und machte dann Anstalten, seine müden Knochen wieder auf der Bank auszustrecken.

# 4

Eine halbe Stunde später saß Rapp auf der Terrasse des Cafés Engelbourg am nördlichen Ufer der Thur und trank einen Café au Lait, während Honoré sich auf den sonnenbeschienenen Fliesen lang ausgestreckt und die müde Terrierschnauze auf Rapps rechtem Schuh abgelegt hatte.

Leichter Wind kam auf und kräuselte die Oberfläche des Wassers jetzt auch da, wo der Fluss ruhig dahinfloss, und bewegte sanft die pinkfarbenen Geranienblüten der Blumenkästen an den Brückengeländern. Eine herbstmilde Stimmung lag über dem Städtchen, selbst ein weinrot gestrichener gusseiserner Laternenmast lehnte matt und materialermüdet an einem Brückenpfeiler.

Rapps Blick wanderte zum Schlossberg hinauf. Je länger er darüber nachdachte, was in der Nacht zuvor an der Engelsburgruine geschehen sein könnte, desto mysteriöser erschien ihm dieser Fall. Zunächst einmal fragte er sich jedoch, was Doudet allein an einem so ungemütlichen, nebelfeuchten Abend dort oben eigentlich zu suchen gehabt hatte. Denn wäre er in Begleitung gewesen, hätten die Täter, falls es tatsächlich mehrere waren, den oder sogar die Zeugen der Tat ebenfalls umbringen müssen. Ein vollkommen unrealistisches Szenario.

Wenn es sich aber *nicht* um Totschlag gehandelt hatte, um eine zufällige und schließlich tödlich eskalierte Begegnung mit womöglich alkoholisierten Tätern, wie offenbar allgemein angenommen wurde, sondern um Mord, dann hätte sich Doudet mit dem oder den späteren Mördern ahnungslos verabredet. Sollte es ein Einzeltäter gewesen sein, dann ließ das enorme Ausmaß an Gewalt, das ihn getötet hatte, auf eine ungeheuerliche Wut des Täters schließen.

Was unmittelbar die Frage nach dem Motiv aufwarf.

Sollte die Spurensicherung am Tatort keine direkten Hinweise auf den oder die Täter finden, Fingerabdrücke oder DNA, die sich über eine Datenbank identifizieren ließen, spräche das eher für Mord.

In dem Fall wäre das Opfer selbst, Doudet, der Schlüssel zur Aufklärung der Tat.

Doch was, fragte sich Rapp nun, bedeutete das alles für Isabelle? Ihr »guter Geist«, wie sie Doudet mitunter schon genannt hatte, war tot. Und mit ihm schien auch der »Geist aus seiner Flasche«, das Engelsfarngebräu, perdu. Für Isabelle offenbar eine wahre Horrorvision.

Er zog sein Handy aus der Tasche, um noch einmal zu versuchen, sie anzurufen.

»Isabelle Rapp«, meldete sie sich diesmal, und Rapp erschrak gleich doppelt. Zum einen, weil ihm auf einmal wieder bewusst wurde, dass sie noch immer den Familiennamen trug, *seinen* Namen. Zum anderen, weil ihre Stimme extrem dünn und zittrig klang.

»Isabelle, Jean Paul hier.« Sie hatte anscheinend nicht mal aufs Display ihres Telefons geschaut, sein Name war darin gespeichert, wie er wusste.

»Ah, Jean Paul, du bist das! Wie gut, dass du anrufst, dein furchtbarer Rimbout war vorhin hier.«

»Er war *bei dir*?« Rapps Befürchtungen bestätigten sich bereits.

»Ja. Und er hat tausend Fragen gestellt, ich bin noch ganz verwirrt. Er sagt, dass es keinen Zweifel gibt, dass es Didier ... also dass Didier derjenige ist, den sie ...«

Ihre Stimme klang immer schwächer, und Rapp staunte, wie sehr sie der Tod dieses Schurken, der Doudet in seinen Augen gewesen war, mitnahm.

»Ja, es ist tatsächlich Doudet, der ermordet wurde«, bestätigte er tonlos.

»Aber wenn Didier tot ist«, klagte sie, »wer gibt mir denn nun mein Medikament, Jean Paul?«

»Wie ich schon sagte, Isa: Am besten, du gehst zu deinem Arzt.« Hauptsache, sie tappte nicht gleich dem nächsten Wunderheiler in die Engelsfalle.

»Aber ich habe momentan keinen Arzt, Jean Paul! Ich hatte nur Didier, einen anderen brauchte ich nicht.«

Er schwieg dazu, schnaufte nur ins Telefon.

»Na schön, vielleicht hast du ein bisschen recht, Jean Paul«, gab sie dann aber überraschend zu. »Sag, könntest du wenigstens vorbeikommen, um mit mir zusammen einen Arzt herauszusuchen, der in der Nähe wohnt? Ich bin so durch den Wind …«

Nein!, hätte er am liebsten gerufen. »Ich will keine Verantwortung mehr für dich übernehmen, Isabelle! Wir sind seit Jahren geschieden, halte dich an deinen Franck!« Doch was nützte es, sie war im Augenblick völlig hilflos, Franck wie üblich nicht an ihrer Seite und Edgar weit weg in Paris …

Dennoch konnte Rapp ein lautes Aufstöhnen nicht unterdrücken, als er ihr versprach, in spätestens einer Stunde in Colmar zu sein. Er hörte sie schluchzen, ehe er sie wegdrückte, was auch immer das bedeuten mochte.

Bevor er sich auf den Weg machte, gönnte er sich aber noch einmal den Panoramablick von der Caféterrasse zur anderen Seite des Flusses, der lebhaft durch sein breites, aber flaches Becken strömte. Vorn links stand wie ein dicker, runder Wachtmeister der alte Hexenturm, der eine Dauerausstellung regionaler Winzer beherbergte. Im Hintergrund präsentierte sich stolz die alles überragende Spitze von Saint-Thiébaut, der Stiftskirche. Und direkt gegenüber, auf der anderen Seite der Brücke, döste das Stadtmuseum in der Sonne, in dessen Gebäude jahrhundertelang der wöchentliche Kornmarkt abgehalten worden war; heute befand sich das Musée des Amis mit seiner Ausstellung über lokales Brauchtum darin.

Rapp trank seinen Kaffee aus, legte Geld und Trinkgeld daneben auf den Tisch, als erneut sein Telefon klingelte. Das Display zeigte den Namen Sylvie, und sein Herz begann gleich einen Tic schneller zu schlagen.

»*Salut*, Sylvie!«, rief er aus, vermutlich zu laut, da sich ein junges Paar, das am Nebentisch saß, amüsiert zu ihm umsah.

»Jean Paul, ich bin gerade in Mulhouse, um in der Mittagspause ein paar Sachen einzukaufen. Falls du zufällig in der Nähe bist, könnten wir vielleicht noch eine Kleinigkeit zusammen essen. Wo steckst du denn, noch in Pfaffenhoffen?«

»Nein, ich bin in Thann.«

»In Thann, wunderbar! Da bist du ja schon ganz in der Nähe.« Rapp versuchte, sich nicht vor Ärger auf die Lippe zu beißen. »Sylvie, es tut mir leid, ich würde mich sehr gern mit dir treffen. Aber dummerweise habe ich vor ein paar Minuten erst versprochen, jemanden ... in Colmar zu besuchen.«

»Jemanden in Colmar, verstehe«, hörte er sie spöttisch sagen. »Warum gibst du nicht einfach zu, dass du dich mit deiner Ex triffst, Jean Paul? Ist doch nichts dabei.«

»Erraten, ich habe Isabelle versprochen, bei ihr vorbeizuschauen. Es geht ihr momentan nicht gut, sie braucht ein ... ein neues Medikament oder noch besser einen Arzt, was weiß ich.« Er schnaubte.

»Mir scheint, sie braucht vor allem dich. Danach hört es sich jedenfalls an. Na schön«, sagte sie mit einem leichten Seufzen, »dann kümmere dich um sie, wir treffen uns ein anderes Mal.«

»Wie wär's mit heute Abend?«, schlug Rapp rasch vor, ehe sie wieder auflegte. »Auf einen Spaziergang vielleicht? So gegen acht?« Für seine Verhältnisse fand er sich beinahe aufdringlich.

»Mal schauen, Jean Paul. Hängt davon ab, wie müde ich bin.«

»Ich rufe dich an«, bot er an.

»*Merci*, Jean Paul. Bis dann.«

»*Salut*, Sylvie.«

Er steckte sein Handy ein und stand derart beschwingt von seinem Stuhl auf, dass er Honoré unbeabsichtigt grob den Fuß unter seiner Schnauze fortzog. Der Hund quittierte es weniger mit einem überraschten als vielmehr mit einem besorgten Blick hoch zu seinem Chef, in den was auch immer so plötzlich gefahren war.

# 5

Es gab diese Tage wie heute, an denen sich das Licht in der Rheinebene wie in einem Brennglas zu sammeln schien. Gestern noch nebelig und feucht, leuchtete die Landschaft jetzt kristall-klar und ließ die Dinge viel näher zusammenrücken, als sie es tatsächlich waren. Während Rapp seinen Charleston von Thann aus Richtung Norden nach Colmar steuerte, versuchte er sich noch einmal zu vergegenwärtigen, was er über Doudet bereits gewusst hatte, noch bevor der Mann oben an der Engelsburg möglicherweise seinem Racheengel zum Opfer gefallen war. Rapp konnte sich gegen die plumpe Assoziation kaum wehren, da Doudet sich auf einer eigenen Website mit dem klingenden Namen »Stirb-und-werde.fr« als »Druidier« präsentiert hatte, als Heiler mit keltischem Druidenwissen, der zugleich die seltene Gabe besitze, mit Engeln in Kontakt zu treten. Dass Doudet sich auch noch als Künstler darstellte, hatte ihn für Isabelle, die selbst gern zeich-nete, erst recht interessant gemacht. Nicht einmal die Düsternis von Doudets im Netz zum Kauf angebotenen Werken hatte sie abschrecken können. Im Gegenteil. Isabelle zufolge zeigten die Bilder schwarze Gewitterwolken, »hinter denen die Sonne leuchtet«. Das Bild helfe wirksam gegen permanentes Schwarz-sehen. Nur wer selbst erleuchtet sei, habe ihr Doudet erklärt, könne das Licht dahinter erahnen. Wer jedoch kein Fünkchen Licht hinter dem Schwarz der Bilder »fühlen« könne – Isabelle hatte dabei Rapp scharf angesehen –, dem empfahl sie die drin-gende Kontaktaufnahme zu Seiner Heiligkeit, dem »Druidier«.

Dass Doudet auch einen Laden betrieben hatte, war Rapp erst heute klar geworden. Und den Einsatz einer speziellen Kräuter-tinktur bei seinen »Anwendungen« hatte Isabelle ihm ebenfalls erst heute gestanden. Es sollte ihn nicht wundern, wenn dieses Gebräu sogar Alkohol enthielt. In Isabelles Fall nannte man das dann wohl zu Recht den Teufel mit dem Beelzebub austreiben.

In der Rue Saint-Jean/Ecke Rue des Écoles fand Rapp einen Parkplatz unweit von Isabelles Wohnung in Colmar Centre. Das Haus, in dessen erstem Stock sie lag, hatte im letzten Jahr erheblich gewonnen, die Fassade war renoviert worden, und in dem leer stehenden Laden, über dem sie wohnte, war eine Pâtisserie eingezogen, die bei Menschen und Wespen gleichermaßen beliebt war.

Er klingelte bei Isabelle, doch sie öffnete nicht. Er klingelte erneut – keine Reaktion. Den Hund an der Leine, trat er zurück bis zur Bordsteinkante und blickte hoch. Alle Vorhänge waren vorgezogen, aber das war nichts Neues, seitdem die Wohnung zeitweise von dubiosen Geldeintreibern beobachtet worden war, die vermutet hatten, dass Franck sich darin vor ihnen versteckte.

Eine ältere Frau trat aus dem Hauseingang, es war Madame Courtois, eine Nachbarin, die Rapp hin und wieder schon begegnet war. Als sie ihn erkannte, kam sie mit bedrückter Miene auf ihn zu, und ihm schwante Böses.

»*Bonjour*, Monsieur«, grüßte sie ihn mit belegter Stimme. »Sie möchten sicher zu Isabelle, *non*?«

»Richtig, zu Isabelle. Eigentlich erwartet sie mich. Doch sie macht nicht auf.«

»Es ist so, Monsieur, Isabelle lief vorhin ganz verwirrt auf die Straße. Im Morgenmantel. Ich habe sie vom Fenster aus gesehen und bin gleich runter. Sie roch stark nach – na, Sie wissen schon.« Die Frau machte zwei schnelle Kippbewegungen mit der Hand. »Sie war so schwach, dass sie mir förmlich in die Arme sank. Michelle, die kleine Verkäuferin aus der Pâtisserie, hat zum Glück die Szene beobachtet und die Ambulance alarmiert, die auch gleich gekommen ist.«

»Hat Isabelle noch irgendetwas zu Ihnen gesagt, Madame? Konnten Sie mit ihr sprechen?«

Madame Courtois verzog ganz leicht den Mund. »*Alors*, sprechen würde ich es nicht gerade nennen. Sie hat eher gelallt. Einen Namen konnte ich verstehen, den sie genuschelt hat: Didier. Immer wieder: Didier, Didier.« Sie sah ihn prüfend an. »Ihr Vorname ist nicht zufällig Didier, Monsieur?«

»Nein, zum Glück nicht, Madame.«

»Zum Glück?« Sie legte die Stirn in Falten. »Wie meinen Sie das, Monsieur?«

»Wäre ich dieser Didier, Madame, dann würden Sie jetzt mit seinem Geist reden.«

Sie schaute Rapp an, als bräuchte er ebenfalls eine Ambulance mit einer Direkteinweisung in die Psychiatrie. Dann senkte sie den Blick auf Honoré, als müsste man sich für das arme Tier schon mal nach einem Platz im Tierheim umsehen.

Rapp hatte andere Sorgen: »Das heißt, Isabelle ist jetzt im Krankenhaus?«

»Das nehme ich doch an.« Madame Courtois zuckte mit den Mundwinkeln. »Ich kann Ihnen nur leider nicht sagen, in welchem. Es ging alles so schnell, wissen Sie? Fft, weg waren sie mit ihr.« Sie machte eine entsprechende Geste mit ihrer blau geäderten Hand. »Aber wenn Sie sich nach ihr erkundigen wollen, Monsieur, würde ich es an Ihrer Stelle im Hôpital Grand Est versuchen. Dort ist eine Notaufnahmestation.«

»*Merci beaucoup*, Madame.« Er drückte ihr spontan die Hand. »Auch im Namen von Isabelle.«

»*De rien*, Monsieur, dafür nicht. Bestellen Sie ihr gute Besserung von mir, wenn Sie sie besuchen.«

Er versprach es, und sie wandte sich ab, um sich langsam in Richtung der Markthalle am östlichen Ende der Rue des Écoles zu entfernen.

Rapp zog das Handy aus der Tasche. Er googelte das Hôpital Grand Est und ließ sich von der Zentrale der Klinik mit der Notaufnahmestation verbinden. Dort teilte man ihm mit, dass man telefonisch leider keine Auskünfte über Patienten erteilen dürfe, er müsse sich schon persönlich herbemühen.

Er dankte, steckte das Handy ein, klemmte sich Honoré unter den Arm, um keine Zeit zu verlieren, und eilte an Passanten, die ihn deswegen teils belustigt, teils etwas verwundert ansahen, vorbei zur Rue Saint-Jean, pflanzte den Hund auf die Rückbank seines 2CV und fuhr los.

Der kürzeste Weg zum Hôpital Grand Est führte ihn am Marsfeld sowie am Bahnhof vorbei, über die Avenue Clemenceau und schließlich über die Avenue Général de Gaulle. Der Parkplatz der Klinik war ebenso riesig wie der Gebäudekomplex des Krankenhauses, und es dauerte eine Weile, bis er sich zurechtgefunden und sich zum Eingang der Notaufnahme durchgefragt hatte. Die junge Krankenschwester am Schalter erinnerte sich an seinen Anruf und ließ sich von ihm ersatzweise den Führerschein zeigen – seinen Ausweis hatte er gar nicht dabei –, ehe sie ihm die Auskunft erteilte, dass Madame Rapp bereits weiter in die Hauptabteilung der Klinik verlegt worden sei. Sie nannte ihm den Buchstaben des Gebäudes, das Stockwerk und die Zimmernummer. »Die Patientin hat von uns eine Beruhigungsspritze bekommen. Sie wird jetzt noch eine Weile schlafen, morgen Vormittag oder morgen Mittag ein paar Untersuchungen über sich ergehen lassen müssen, und dann wird man weitersehen. Besuche vor morgen Nachmittag sind daher aus unserer Sicht nicht erwünscht.« Sie notierte sich Rapps Telefonnummer und versprach, sie an die zuständige Station weiterzuleiten. »Sollte etwas Unvorhergesehenes geschehen, melden wir uns bei Ihnen.«

Rapp bedankte sich, verließ, etwas verwirrt angesichts der vagen Formulierung »Unvorhergesehenes«, das Stationsgebäude und eilte über den gigantischen Parkplatz zurück zu seinem Wagen. Den sein Hund offensichtlich im Schlaf gegen alle Gefahren verteidigt hatte: Honoré öffnete erst die Augen, als Rapp schon auf dem Vordersitz saß und ihn laut ansprach.

Er atmete kurz durch, um sich zu sammeln, und rief Edgar in Paris an. Er erwischte ihn zu Hause in seiner Wohnung, die ganz in der Nähe des Petite Cigogne am Montmartre lag. Als Edgar abnahm, hörte Rapp im Hintergrund die kleine Maëlle, seine Enkelin, die jetzt knapp zwei Jahre alt war, ein Liedchen trällern. Kein sehr günstiger Augenblick, um dem Sohn mitzuteilen, dass seine Mutter mit der Ambulance ins Krankenhaus gebracht worden sei. Doch für solche Botschaften gab es nie einen günstigen Zeitpunkt.

»Maman? Ambulance? Notaufnahme?«, wiederholte Edgar erschrocken, als hätte er nicht richtig verstanden. Rapp hörte, dass Maëlle sogleich verstummte, sodass Edgar ihr erst einmal versichern musste, dass alles in Ordnung sei, ehe Rapp wiederum Edgar mit der Auskunft beruhigen konnte, dass seine Mutter im Hôpital Grand Est in Colmar vorerst gut versorgt sei.

»Sie ist nicht auf der Intensivstation, wird aber zur Sicherheit weiter untersucht, ehe sie aus dem Krankenhaus entlassen werden kann. Ich halte dich auf dem Laufenden.« Um so etwas wie Normalität zu signalisieren, fragte er: »Und bei euch in Paris, Edgar? Alles in Ordnung? Wie geht's Maëlle?«

»Prima, du hörst sie ja.« Die Kleine sang wieder. »Nachts ist es teilweise ein wenig schwierig für sie, ein neues Zähnchen drückt, und dann weint sie.«

»Gib ihr einen Kuss von ihrem *grandpère*«, bat Rapp.

»Mach ich.«

»*Salut*, mein Junge.«

»*Salut*, Papa.«

Er startete den Motor und legte den Gang ein, als das Telefon, das er griffbereit auf den Beifahrersitz gelegt hatte, bereits wieder klingelte. Er sah auf das Display, die Rufnummer war unterdrückt. Die Klinik, die wegen Isabelle anrief? Und das so schnell? Das verhieß nichts Gutes. Vor Schreck würgte er den Motor ab, was selbst Honoré auf dem Rücksitz zu einem Schnaufen veranlasste.

»*Bonjour*, Monsieur. Docteur Alain Lacombe hier. Spreche ich mit Jean Paul Rapp?«, fragte eine männliche Stimme, die sich noch recht jung anhörte.

»Ja, Rapp hier.« Sein Herz begann zu rasen.

»Schön, dass ich Sie erreiche, Monsieur Rapp. Ich bin Redakteur des Courant Alsacien. Ich würde Sie gern …«

»Wie bitte …?« Rapp brauchte ein paar Sekunden, um sich von seinem Schreck zu erholen und umzuschalten. Auf Wut. »Courant Alsacien? Und da melden Sie sich mit ›Docteur‹?«

»Hat mich eine Stange Geld gekostet, der Doktortitel, haha.« Der Mann am Telefon schien das lustig zu finden, Rapp hörte ihn herzhaft lachen. »Nein, im Ernst, Monsieur Rapp, ich bin zuständig für das Ressort Süd-Elsass. Ich rufe Sie an, weil …«

»Hören Sie, Monsieur Lacombe«, unterbrach ihn Rapp genervt, »ich bin nicht in der Stimmung, mit Journalisten zu reden, ob Sie nun einen Doktortitel tragen oder nur die Nase hoch. Außerdem kenne ich nur eine Person beim Courant Alsacien, die meine Telefonnummer besitzt, das ist Ihre Kollegin, wahrscheinlich sogar Ihre Vorgesetzte, Madame Aimée Polignac.« Mit Aimée war er sogar befreundet, könnte man sagen. Der Informationsaustausch mit ihr war immer ein faires Geben und Nehmen gewesen, und mittlerweile herrschte ein großes Vertrauen zwischen ihnen.

»Aimée Polignac ist nicht Ihr einziger Fan in der Redaktion, Monsieur Rapp«, beharrte Lacombe. »Der Name Jean Paul Rapp ist vielen beim Courant noch immer ein Begriff. Sie sind hier eine Legende als Commissaire, Monsieur Rapp. Und da ist nun dieser spektakuläre Mord in Thann, oben an der Engelsburgruine, geschehen, Sie haben sicher davon gehört? Die Sache fällt genau in mein Ressort, wissen Sie, und da musste ich natürlich gleich an Sie denken.«

»Ist sie da?«, unterbrach ihn Rapp erneut.

»Wie bitte, Monsieur?«

»Aimée Polignac, ist sie in der Redaktion? Gerade anwesend?«

»*Alors* … ähm …«

»Bitte geben Sie sie mir.«

»Ich müsste Sie durchstellen, Monsieur Rapp, das klappt nicht immer.« Ein Satz, so falsch wie dritte Zähne.

»Das schaffen Sie schon, Monsieur Lacombe.«

Rapp vernahm ein Schnaufen wie von Honoré, wenn er die Treppe hinaufgetragen werden wollte, gleich darauf ertönte ein Summen in der Leitung, unmittelbar danach meldete sich Aimée.

»Polignac.«

»*Salut*, Aimée, Jean Paul Rapp hier.«

»Jean Paul! Wie schön! Ich wollte dich auch längst anrufen,

hab dich an meinen Bildschirm geklebt, ich meine, einen Post-it-Zettel mit deinem Namen.«

»Wegen Doudet? Dem Mord in Thann?« Er wollte sie gleich damit konfrontieren, dass wegen des Falls offenbar seine Telefonnummer in ihrer Redaktion kursierte. Was ihm keineswegs gefiel.

»Aber nein, Jean Paul, ich wollte nur mal wieder deine knurrige Stimme hören.« Sie lachte etwas verunsichert. »Du klingst ein wenig angefressen, wenn ich das sagen darf. Ist irgendwas passiert?«

»*Pardon*, ich wollte nicht unhöflich sein, Aimée. Es ist tatsächlich etwas passiert, aber nicht mir, sondern meiner Ex-Frau, Isabelle.«

»Hoffentlich nichts Schlimmes.«

»Sie liegt im Krankenhaus.«

»Ach herrje.«

»Morgen wissen wir mehr. Aber deshalb rufe ich dich natürlich nicht an, Aimée. Sondern weil dein Kollege Lacombe mich vorhin am Telefon aufgestöbert hat. Keine Ahnung, wie er an meine Handynummer gekommen ist.«

»Von mir hat er sie nicht bekommen, falls du das denkst. Aber Lacombe ist die Sorte Journalist, die weiß, wie man an Adressen und Telefonnummern kommt, selbst wenn sie geheim sind.«

»Ein Mann mit Verbindungen, wie? Entschuldige den Kalauer«, sagte Rapp.

»Mit Verbindungen, die teils so unterirdisch sind wie sein Charakter. Unter uns, Jean Paul«, Aimée senkte die Stimme, »lass dich nicht mit ihm ein. Lacombe schreckt vor keiner Lüge zurück, um an eine Story zu kommen. Und sie dann auch noch als Tatsache darzustellen. Die Beschwerden darüber landen dann hinterher bei mir.«

»Bist halt jetzt Chefredakteurin.«

»Das scheint ihn nicht zu stören.«

»Aber als seine Chefin, kannst du ihn da nicht mit anderen Dingen beschäftigen?«

Sie lachte kurz auf. »Mal überlegen. Vielleicht sollte ich ihm vorschlagen, Schrotthändler zu werden. Er hat anscheinend ein Faible für Oldtimer.«

»Da geht's ihm wie mir«, bekannte Rapp. »Ich fahre selbst so ein altes Gerät, einen 2CV-Charleston, erstklassig in Schuss.«

»Scheint bei Lacombe anders zu sein, er klagt dauernd, dass seine alte Karre nicht rundläuft oder gar nicht erst anspringt, was weiß ich. Aber im Ernst, Jean Paul, die Doudet-Story fällt wirklich in sein Ressort, daran kann ich nichts ändern. Und weißt du«, ihre Stimme war nun noch leiser geworden, sie flüsterte beinahe ins Telefon, »der Laden hier ist eine Schlangengrube. Die jungen Kollegen, solche wie Lacombe, wollen den Chefsessel, auf dem ich ja erst seit einem Jahr sitze. Und die älteren Kerle fragen sich, warum *sie* ihn nicht bekommen haben. Alles Typen, die nur darauf warten, dass ich mich mit ihnen anlege und dabei Fehler mache. Lacombe ist aber sicher einer der schlimmsten von denen, ein Trüffelschwein zwar, was Recherchen betrifft, das muss ich zugeben, aber *nur* Schwein, wenn es um Intrigen geht. Ich entschuldige mich bei allen Schweinen, meine es nur bildlich.«

»Verstehe«, sagte Rapp, der inzwischen bedauerte, sie wegen Lacombe überhaupt belästigt zu haben. »Dank dir für deinen Rat, Aimée. Werd mir Lacombe vom Leib halten. Hab ihm seine Fan-von-Commissaire-Rapp-Tour sowieso nicht abgekauft. Mir tropft jetzt noch der Honig vom Kinn, den er mir ums Maul geschmiert hat.«

Er hörte sie wieder lachen. »Das Schleimen ist tatsächlich eine seiner Methoden.«

»Leider lag er mit seinem Anruf nicht ganz falsch«, räumte Rapp ein. »Davon weiß er zum Glück nichts, und das muss auch so bleiben. *Entre nous*, Aimée, wirklich ganz unter uns: Das Dumme ist, dass ich persönlich von dem Mordfall in Thann betroffen bin. Indirekt.«

»Wie meinst du das?«, fragte sie hörbar irritiert.

»Es … hat mit Isabelle zu tun. Ich habe dir doch mal von ihrem Alkoholproblem erzählt. Doudet, das Mordopfer oben an der Ruine von Thann, war zuvor als eine Art keltischer Heiler aktiv. Und leider hatte er auch Kontakt zu Isabelle. Anscheinend hat er ihr irgendwelche Kräutermischungen verabreicht und noch ein paar salbungsvolle Worte darüber gesprochen. Jetzt ist der Hexenmeister tot, und Isabelle dreht buchstäblich durch deswegen.«

»Lass mich raten: Du versuchst nun, sie vor dem Schlamassel zu bewahren, der wegen des Falls noch auf sie zukommen könnte?«

»Richtig.« Aimée zeigte einmal mehr die rasche Auffassungsgabe und ihre Fähigkeit zur Empathie, die Rapp so an ihr schätzte.

»Und was Lacombe betrifft, hast du recht, Jean Paul. Wenn der spitzkriegt, dass die ›Ex-Frau des ehemaligen Leiters des Commissariats Colmar-Rouffach‹«, sie sprach es wie eine Schlagzeile aus, »auch nur am Rande in die Sache verwickelt ist, wird er sich darin verbeißen wie ein Hund in einen blutigen Knochen. Ich könnte ihn dann nicht mehr zügeln, weil *meine* Chefs davon begeistert wären. Der Courant kämpft nun mal wie alle Regionalblätter ums Überleben.«

Ein Dilemma für sie, da von ihr erwartet wurde, dass sie nicht nur Routinegeschichten, sondern gerade auch solche Storys ins Blatt nahm, die Auflage versprachen.

Plötzlich hörte er eine weibliche Stimme im Hintergrund.

»Du, Jean Paul, ich muss Schluss machen, die nächste Sitzung ruft. Wenn du denkst, dass ich dir in der Sache irgendwie nützlich sein könnte, dann melde dich bitte.«

»*Merci*, Aimée.«

»*Salut*, Jean Paul.«

# 6

Schœnwiller mit seinen nicht mal zweitausend Einwohnern lag am Ufer der Lauch, knapp zehn Kilometer südlich von Colmar. Über die RN 83 brauchte Rapp eine gute Viertelstunde bis zum Ortskern des *village fleuri*. Er parkte den Wagen neben dem blumengeschmückten mittelalterlichen Ziehbrunnen am Marktplatz, der vom modernen Rathaus und einem Ensemble aus Fachwerkhäusern umstanden war.

Während er mit Honoré die Rue Principale hinunterging, damit der Hund sein Geschäft an deren Ende auf dem grünen Gelände am jenseitigen Ufer der Lauch verrichten konnte, fiel ihm einmal mehr das eigenwillige Neben- und teilweise auch Gegeneinander von Alt und Neu des Örtchens auf. Moderne Gebäude mit spiegelnden Fassaden flankierten die alten Fachwerkhäuser, die mal mehr, mal weniger instand gehalten wurden, aber stets ihren ganz eigenen, manchmal morbiden Charme bewahrt hatten.

An der Lauch suchte er eine flache Uferstelle, ließ Honoré von dem kräftig sprudelnden, kristallklaren Wasser des Flüsschens trinken und führte ihn dann zu dem Hundeauslauf unter hohen Buchen in der Nähe des Wehrs, das ihm noch von einem früheren Fall gut in Erinnerung war.

Es war ein wunderschöner Tag, klar und sonnig, und es ging ein angenehm leichter Wind. Im Westen war das schwarzblaue Band der Vogesen zu erkennen, davor das Grün der Weinberge, und in der Ebene leuchteten die bunten Gemüsefelder wie ein Farbkasten. Gar nicht weit, auf einer Weide am südlichen Rand von Schœnwiller, grasten Pferde, von denen eines, ein großer, schöner Apfelschimmel, ebenso interessiert zu Rapp herübersah wie umgekehrt.

Auf dem Rückweg fragte Rapp einen alten Mann, der sich auf seinen Stock gestützt die Szenerie der kaum befahrenen Hauptstraße ansah, nach dem Laden von Didier Doudet.

Der Alte wies mit seinem Spazierstock schräg gegenüber auf die andere Seite der Rue Principale. »In der Rue de l'Église, Monsieur, neben der Boulangerie. Ich empfehle Ihnen die Pains …« Er bekam einen kleinen Hustenanfall.

»Wie bitte, Monsieur?«, fragte Rapp, nachdem der alte Mann sich ein paarmal geräuspert hatte.

»In der Boulangerie, die Pains au Chocolat. Wunderbar!«

Rapp lachte und bedankte sich. Dann überquerte er mit seinem Hund die Hauptstraße und bog in die Kirchstraße ein, an deren südlichem Ende Reste der mittelalterlichen Stadtbefestigung sichtbar wurden.

Kurz bevor sich die Rue de l'Église zu dem Kirchplatz von Saint-Michel öffnete, befand sich die von dem Alten empfohlene Boulangerie, deren Kuchenauslage im breiten Schaufenster bei Rapp gleich Appetit und Hungergefühle auslöste.

Unmittelbar hinter der Bäckerei befand sich Doudets Laden. Die schmale Eingangstür von abblätternder blauer Farbe war verschlossen. Im Schaufenster, das offenbar schon lange keinen Putzeimer mehr gesehen hatte, hing ein Schild mit dem Namen des Ladens, »Au Druidier«, in runenartiger Schrift. Rapp ging dichter heran und schirmte die Augen mit der freien Hand gegen die Sonne ab. Er erkannte ein Holzregal mit Dutzenden kleinen Fächern. Überwiegend schienen darin kleine Schmuckgegenstände aufbewahrt zu werden, bronze-, silber- und goldfarbene Anhänger, die offenbar Doppeläxte, symbolische Knoten, Bäume oder Kelche darstellen sollten. Daneben lagen Tücher in allen möglichen Farben, die mit Pentagrammen, stark stilisierten Sternen und kreisförmigen Ketten – oder kettenartigen Kreisen – bedruckt waren.

Auf einer Ablage unmittelbar hinter dem Glas der Schaufensterscheibe standen hochkant großformatige Bücher: »Keltische Heilpflanzen«, »Rituale der Kelten«, »Heilwissen der Druiden« und »Die Elsässer Straße der Kelten«.

Auf den ersten Blick handelte es sich also um einen gewöhnlichen kleinen esoterischen Laden, wie es sie an vielen Orten, nicht nur in Frankreich gab. Üblicherweise führten solche oder ähnliche Läden auch Räucherwerk, Klangschalen, Traumfänger und verschiedene Wellnessartikel, sodass sie gelegentlich sogar in Einkaufspassagen der Städte zu finden waren. Rapp erinnerte sich, dass er einmal bei einem Besuch in Paris unwissentlich einen Esoterikladen auf der Suche nach Seife betreten hatte. Er hatte nämlich festgestellt, dass die Seife, die er im Intermarché in Rouffach kaufte, allergische Reaktionen bei ihm hervorrief: Juckreiz und Pusteln an Stellen, die zu intim waren, um mit jemandem darüber zu reden außer dem Arzt. Docteur Mazarin, sein Hausarzt in Rouffach, hatte ihm erklärt, dass Allergien »kumulativ« seien, sich also nach und nach aufbauten, Rapp solle daher künftig Seife ohne künstliche Zusätze benutzen. »Das beugt auch Hämorrhoiden vor.«

Die vorherrschenden Farben in dem Esoterikladen des Pariser Einkaufszentrums waren Orange und Gelb gewesen, die Gerüche darin hatten an Zimt und Glühwein erinnert, und das halbe Dutzend Seifenstücke, das er sich schließlich hatte andrehen lassen, war wellenförmig marmoriert gewesen. Zu Hause war die Seife in seinem Wäscheschrank gelandet, weil er ihrem künstlichen Duft doch nicht ganz über den Weg getraut hatte. Zum Händewaschen hatte er sich für Marseiller Seife aus Olivenöl entschieden, die ihm Julien empfohlen hatte, Edgars Mann, dem er sich anvertraut hatte. Bis heute ein guter Tipp, fand Rapp.

Er ging nun noch einmal dicht an das Schaufenster heran. Nicht, dass er sich mit Druidentum auskannte, aber das Besondere an »Druidier« Doudets Laden und offensichtlich sein Markenzeichen war – neben dem etwas schmuddeligen Gesamteindruck – sein penetranter Verweis auf das Keltische.

Rapp hatte kein Problem mit diesem oder anderen »heidnischen« Kulten, solange sie denen, die sich ihnen vertrauensvoll hingaben, nicht schadeten. Diese Haltung hatte er gegenüber allen Religionen entwickelt. Er selbst war in keiner Glaubensgemeinschaft. An glücklichen Tagen war er fähig, an so ziemlich alles zu glauben, und sei es noch so unwahrscheinlich. An unglücklichen Tagen glaubte er an gar nichts mehr, nicht mal an sich selbst.

Er spähte weiter durch das Schaufenster. Doudets Laden wirkte dafür, dass er so viel Schmuck anbot, im Innenraum seltsam schmucklos, beinahe karg. Abgesehen von ein paar entfalteten Seidentüchern mit Pentagrammsymbolen, waren die Wände kahl, und der Putz war stellenweise bis auf das Gemäuer abgebröckelt, hier und da lugten Drähte daraus hervor. Rapp malte sich aus, wie es unter den Stellen aussah, die von den keltischen Tüchern großflächig abgedeckt wurden.

Ähnlich wie vor Jeannettes Bäckerei in Pfaffenhoffen gab es einen kleinen Metallhaken neben dem Eingang der Boulangerie gegenüber, an dem er Honorés Leine befestigen konnte.

Im Laden befanden sich zwei Kundinnen, die sich anscheinend noch Zeit mit ihren Wünschen ließen. Die junge Verkäuferin hinter der Theke warf Rapp einen Blick zu, der dafür um Verständnis warb. Doch das war gar nicht nötig, denn erstens hatte er es nicht eilig, und zweitens begann die Kundin, die als Erste an der Reihe war, eine Frau um die vierzig in einem eleganten champagnerfarbenen Mantel, ein Gespräch, das Rapp ebenso interessierte wie die zweite grauhaarige Kundin in einem blauen Kostüm, die etwa in seinem Alter sein mochte.

»Das muss doch ein seltsames Gefühl sein, Annie, oder?«, wandte sich die Vierzigjährige an die Verkäuferin, während sie ihren Blick über die Mandelhörnchen und Croissants und Pains au Chocolat und all die anderen Köstlichkeiten gleiten ließ, deren Duft Rapp betörend in die Nase strömte. »Ich meine«, erklärte die Frau, »gleich nebenan befindet sich Monsieur Doudets Laden – auf einmal völlig unbehaust! Und zwar, weil man ihn ermordet hat. Das muss doch gruselig für Sie sein?«

Die Verkäuferin sah die Kundin unsicher an und lächelte diffus.

»Ein sonderbarer Mensch, dieser Doudet«, steuerte die ältere Frau im blauen Kostüm jetzt nachdenklich bei. »Irgendwie seltsam, meinen Sie nicht auch, Madame?«, wandte sie sich an die jüngere.

»Seltsam inwiefern, Madame?«, gab die Jüngere zurück.

»*Alors*«, sagte die Ältere, »Doudet war Künstler und Ladenbesitzer und Kräutersammler, und er hatte dieses Faible für das Keltische – alles in einer Person.« Sie zog ein wenig kritisch die Brauen zusammen. »Ich frage mich, wie das zusammenpasste.«
»Aber was ist dagegen zu sagen, Madame?«, hielt die Jüngere dagegen. »Monsieur Doudet war zweifellos ein vielseitiger und interessanter Mann. Oder was sagen Sie dazu, Annie?«, wandte sie sich wieder an die Verkäuferin. »Wo er doch den Laden direkt nebenan hatte, müssten Sie sich eigentlich eine Meinung dazu gebildet haben, *non*?«

Die arme Annie, ein blasses Mädchen von vielleicht sechzehn oder siebzehn Jahren, zuckte verlegen mit den Achseln. »Ich kannte Monsieur Doudet gar nicht, Madame. Er war eigentlich immer in seinem Laden, und der war auch nur halbtags geöffnet.«

»Stimmt, er veranstaltete ja auch noch diese Erkundungstouren für die Touristen!«, ergänzte die ältere Kundin. »›Keltische Heilkräuter an den Ausläufern der Vogesen‹, so hieß, glaube ich, sein Angebot.« Sie rollte ein wenig mit den Augen.

»Seine Führungen richteten sich keineswegs nur an Touristen, Madame«, stellte die jüngere Kundin klar und warf der älteren einen schnellen Seitenblick zu, ehe sie mit dem langen, goldberingten Zeigefinger auf die Mandelhörnchen in der Auslage deutete: »Zwei davon bitte, Annie. Und noch zwei Croissants.«

»Mein Mann denkt, sein Geld hat Doudet hauptsächlich mit seinen Angeboten im Internet verdient«, sagte die Ältere, ohne die Jüngere anzusehen.

»Mit seinen Bildern, meinen Sie, den Ölgemälden, die er gemalt hat?«

»Nein, nein, nicht mit den Bildern, diesen schwarzen Löchern auf Leinwand.« Die Ältere verzog das Gesicht. »Roger, mein Mann, glaubt, Doudets Kräutertinkturen gingen am besten. Er hat sich mal mit Doudet darüber unterhalten, und der hat angedeutet, dass er sich mit den Jahren einen riesigen Kundenstamm geschaffen habe, bis nach Deutschland und wer weiß wohin.«

»*Voilà*. Da sehen Sie's, Madame«, sagte die Jüngere mit hörbarer Genugtuung, während die Verkäuferin die weiße Tüte mit ihrem frischen Gebäck auf die Glastheke legte.

»Was, bitte, sehe ich, Madame?«, gab die Ältere spitz zurück.

»Dass er ein faszinierender Mann war, unser Monsieur Doudet! Bis weit nach Deutschland, Sie sagen es selbst.« Sie reichte einen Geldschein über die Theke und wartete auf das Wechselgeld. »Schade um ihn.«

Die Ältere ließ nun ihrerseits demonstrativ den Blick über die Kuchenauslage gleiten.

Rapp knurrte inzwischen der Magen so laut, dass ihm die Verkäuferin einen mitleidigen Blick zuwarf. Denn während sich die jüngere Kundin verabschiedete und den Laden verließ, vertiefte sich die ältere in das Angebot, als hätte sie noch nie in ihrem Leben ein Kuchenstück gesehen.

Plötzlich begann Honoré, draußen vor dem Laden unruhig zu werden, und im nächsten Moment fing er an zu jammern. Rapp ging hinaus und begriff, dass der Hund wegen der prallen Sonne litt, die trotz der Herbstzeit allzu warm vom wolkenlosen Himmel auf den guten alten Kerl hinunterschien.

Rapp spähte durch das Schaufenster in die Boulangerie. Die verbliebene Kundin vertiefte sich noch immer derart in das unwiderstehliche Kuchenangebot, als könnte sie es allein schon mit den Augen verzehren.

Rapp gab es auf, noch länger zu warten, löste Honorés Leine und spazierte mit ihm zum Marktplatz, zurück zu seinem Wagen.

In Pfaffenhoffen fuhr er zunächst zu Jeannettes Boulangerie, um dort eine Brioche und ein Pain au Chocolat zu kaufen, die er sich dann zu Hause mit einem starken Café noir gönnte.

Mehrfach während seiner kleinen Vesper war er nahe daran, im Hôpital Grand Est anzurufen, um sich nach Isabelles Zustand zu erkundigen. Er ließ es dann aber bleiben angesichts der Bitte der Krankenschwester, die nun wirklich eindeutig gewesen war, wie er sich erinnerte.

Honoré verzog sich in seinen Korb und schnarchte schon

bald auf dem Rücken liegend leise vor sich hin. Rapp griff sich seinen Laptop, um sich ein Bild von dem zu machen, wen oder was dieser Doudet eigentlich darstellen wollte, wenn er sich in Anspielung auf die alten Kelten »Druidier« nannte. Einigermaßen hinderlich bei seinen Recherchen war die Tatsache, dass der Computer, den er erst vor zwei oder drei Jahren gekauft hatte, schon wieder veraltet war. Nach Meinung der Industrie, die die Software dazu ins Netz stellte, war das Betriebssystem des Gerätes angeblich schon wieder überholungsbedürftig. Der Rechner selbst aber behauptete, sein System *könne* gar nicht mehr überholt werden, da seine Hardware von gestern sei. Fehlte nur noch die direkte Aufforderung im Dialogfenster des Laptops: Bitte verschrotte mich. Kauf dir einen neuen Computer.

Verärgert griff Rapp zu seinem Handy, das erst ein Jahr alt war, und versuchte es damit. Technisch ein Fortschritt, optisch kaum, das kleine Display ermüdete die Augen bei längeren Recherchen. So legte er das Handy wieder fort und arbeitete erneut mit dem lahmen Laptop.

Nach einer halben Stunde angestrengten Suchens und Lesens fühlte er sich so klug wie vorher. Das Verlässlichste, was man über Druiden sagen konnte, stand, wie es schien, in den Astérix-Heften. Der Dorfdruide Panoramix, in Deutschland hieß er Miraculix, war das offensichtliche Vorbild von Doudet: ständig unterwegs, um mit seiner goldenen Sichel Mistelzweige zu schneiden und Zaubertränke zu mischen.

Die wenigen Autoren historischer Quellen dagegen widersprachen sich gegenseitig (manche widersprachen auch sich selbst an verschiedenen Stellen) oder hatten ihre unbewiesenen Behauptungen offenbar kreuz und quer voneinander abgeschrieben. Für Plagiate hatte man in antiken Zeiten zwar schon das Wort, aber noch keinen Sinn.

Über alldem war das Druidentum keineswegs ausgestorben. Im Gegenteil, heute gab es auf der ganzen Welt zahlreiche neue selbst ernannte Druiden und Druidinnen, die sich in der Tradition von Priestern und Priesterinnen der Kelten sahen. In England wurden sogar Steuern auf die neukeltische oder druidische Religion erhoben. Was aber, fragte er sich mit Blick auf Doudets Aktionsradius, hatte es mit dem Keltentum speziell im Elsass auf sich? Hier, schien ihm, bewegte man sich schon eher auf sicherem Grund. Grob gesagt hatten die Kelten in den fünfeinhalb vorchristlichen Jahrhunderten eindeutig das Sagen in der Region gehabt. Dann kamen die Römer und setzten sich für die nächsten viereinhalb Jahrhunderte in diesem zentralen Siedlungsgebiet der Kelten fest. Dass die Römer den Galliern, wie sie die Kelten nannten, den Weinanbau und das Bauen von Aquädukten beibrachten, hatte jedenfalls nach Rapps Dafürhalten durchaus Vorteile. Doch die Zaubertränke der Druiden hatten auch in den Köpfen der beiden Erfinder von Panoramix überlebt.

Plötzlich fiel ihm Sylvie ein, die sich ebenfalls für Heilkräuter der Region interessierte, allerdings streng wissenschaftlich. Als historische Botanikern war sie immer auf neue Entdeckungen aus und deshalb viel in der Gegend unterwegs, besonders in den Vogesen.

Er musste einmal tief durchatmen, als er daran dachte, dass er sich für heute Abend vage mit ihr verabredet hatte. Falls sie nicht zu erschöpft war. Wenigstens sollte er dafür sorgen, dass er es nicht war. Er schickte seinen Laptop schlafen – und sich selbst auch für eine Weile.

Am frühen Abend hatte er Gewissheit. Er rief Sylvie an, und eigentlich ahnte er es schon, ehe sie nach vielmaligem Klingeln endlich abnahm und ihn mit einer Art wohligem Knurren begrüßte. »Ah, Jean Paul … schön, dass du …«, sie gähnte ausgiebig, »mich anrufst.«

Sie hatte den geplanten Spaziergang plus dem, was danach vielleicht noch möglich gewesen wäre, keineswegs vergessen. »Aber ich fühle mich wie erschossen, Jean Paul. Lieg hier auf meinem Sofa, Fou Fou neben mir, ich fürchte …«, sie gähnte erneut, »ich schaffe es heute nicht mehr in die Horizontale – oder ist das die Vertikale? Egal, du weißt, was ich meine.«

Er wusste, was sie meinte, sie hatte es ja schon angekündigt, und er verstand das natürlich. In früheren Zeiten war es ihm nach anstrengenden Tagen im Dienst ähnlich ergangen. Allerdings *ohne* dass Isabelle Verständnis dafür gezeigt hätte.

Er wünschte Sylvie einen guten Schlaf und wollte bereits auflegen, als sie sagte: »Aber morgen früh, Jean Paul, was meinst du?«

»Morgen früh?«

»Ich meine, wollen wir vielleicht morgen früh zusammen frühstücken?«

»*Mais oui!*« Eine ganz ausgezeichnete Idee. »Bei dir oder bei mir?«

»Was hältst du davon, wenn wir frühstücken gehen? Irgendwohin, wo es schön ist.«

»*D'accord.*« Warum nicht? Nicht direkt französische Lebensart, aber Sylvie war ja auch deutscher Herkunft. »Die Winstub neben dem Café Faust in Rouffach soll ein schönes Frühstück anbieten«, fiel ihm spontan ein. Edgar hatte kürzlich davon erzählt. »Außerdem teilt die Winstub sich die Terrasse mit dem Faust. Bei schönem Wetter könnten wir draußen sitzen.«

»Die Winstub? Da war ich noch nicht.«

»Warte kurz, ich schau mal, wie das Wetter morgen wird.« Er rief die Wetter-App auf. »Sonne satt, sehe ich hier.«

»*Alors*, die Winstub in Rouffach, das machen wir, Jean Paul, ja?«

»Um wie viel Uhr? Um zehn?«

»Hm, weiß nicht, ob ich dann schon so weit bin. Rufst du mich um die Uhrzeit mal an, mein Lieber?«

Er versprach es.

»*À bientôt.*«

»*À bientôt*, Sylvie.«

# 7

*Pfaffenhoffen, Samstag, 1. Oktober*

Rapp hatte beschlossen, Honoré nicht mit nach Rouffach zu nehmen. Denn das Wetter versprach, wie angekündigt, sonnig und warm zu werden, auf der Terrasse der Winstub wäre der gute alte Knochen viel zu lange der Mittagshitze ausgesetzt. Rapp war daher vorhin bereits zum zweiten Mal mit ihm durch die Gassen gewandert, ehe er Sylvie nun wie verabredet anrief.

»*Salut*, Sylvie, gut geschlafen?«

»*Salut*, Jean Paul. Ich hoffe, du auch.« Sie klang nicht nur ausgeschlafen, sondern bestens gelaunt. »Ich kann dir gar nicht sagen, wie hungrig ich bin. Ich muss dich warnen, wenn das Frühstück in der Winstub eine Niete ist, muss ich über *dich* herfallen.«

»Wie wär's in umgekehrter Reihenfolge?« Er würde sich alle Mühe geben, keine Niete zu sein.

Sie lachte und bot an, ihn mit ihrem Wagen von zu Hause abzuholen.

Kurz darauf hörte er es von der Rue Grand Cru her zweimal kurz hupen. Vor dem Spiegel im Flur kontrollierte er ein letztes Mal sein Äußeres, strich sich über das leicht wellige braune, noch kaum ergraute Haar und befand das weiße Button-down-Hemd zum hellbraunen Leinenanzug mit den echten Hornknöpfen endgültig für passend. Honoré stemmte immerhin ein Augenlid hoch, als Rapp an seinem Korb vorbei hinausstrebte, die steile Wendeltreppe des Hausaufgangs hinunter und durch den Hof, um zu Sylvie in den mintgrünen Berlingo zu steigen.

Das Zweite, was ihm auffiel, waren die herben Düfte von diversen Wildpflanzen, die sie offenbar in der letzten Zeit gesammelt hatte. Was er aber als Erstes wahrnahm, war natürlich sie selbst: der fruchtige Duft ihrer Haut, den er einsog, als sie sich zur Begrüßung auf beide Wangen küssten, ihre strahlenden moosgrünen Augen, als sie ihn ansah, und wie im Kontrast dazu die erdbeerrot geschminkten Lippen – überhaupt ihr schönes herzförmiges Gesicht, das frisch wie ein eben erst gepflückter Apfel aussah, es fiel ihm schon jetzt schwer, sich zusammenzureißen.

Das allerdings wurde ihm durch den Kickstart erleichtert, den sie dann hinlegte, und mit Hilfe ihres, gelinde gesagt, forschen Fahrstils, der eine ernste Herausforderung für seinen Magen darstellte.

Zum Glück dauerte die Fahrt nicht lange. Sylvie nahm nicht, wie es Rapp meistens bevorzugte, den Schleichweg nach Rouffach, der kürzer war, aber länger dauerte, sondern bretterte – »*Dieu*, ich habe wirklich einen Mordshunger!« – über die Route nationale, sodass sie in wenigen Minuten ihr Ziel erreicht hatten.

Sie fand einen Parkplatz in der Nähe der Winstub, die im Zentrum Rouffachs lag, nur einen Steinwurf von Notre-Dame de l'Assomption entfernt, der in Teilen tausend Jahre alten Kirche der Stadt.

Auf dem kurzen Weg dorthin kamen sie an Roschis Fahrradladen vorbei. Im »Vélos-Roschi« hatte sich noch bis vor einem Jahr die Sparkassenfiliale befunden; sie war von heute auf morgen dichtgemacht worden. Jetzt blitzten neue Fahrräder vor dem Laden in der Sonne, und drinnen, in einem der hinteren Räume, reparierte Roschi, ein gelernter Zweiradmechatroniker, Fahrräder aller Art.

Roschi, der vollständig und auf Hochfranzösisch Roger Berger hieß, war ein freundlicher, lebhafter Mann Anfang fünfzig. Rapp hatte ihn in dem Kochkurs kennengelernt, den Edgar ihm ans Herz gelegt hatte. Der Kurs fand weiterhin statt, sogar das ganze Jahr über, in Rouffachs Altem Rathaus, dessen historische Säle mit allem Schnickschnack für Gruppen und soziale Zwecke zur Verfügung gestellt wurden; dazu zählte auch eine neu eingerichtete Küche.

Als sie jetzt an Roschis Laden vorbeigingen, fiel Rapp daher nicht nur sein Peugeot-Rad wieder ein, das Roschi erstklassig und mit viel Liebe repariert hatte, sondern auch sein unerwartet gescheiterter Versuch, genießbare Galettes zu kreieren. Er würde Wätti das nächste Mal um ein paar Kniffe bitten, mit denen das Gericht garantiert gelang.

Was Roschi betraf, so war von dem Meister momentan nichts zu sehen, obwohl die Ladentür angesichts des schönen Wetters weit offen stand; vermutlich war er hinten in der Werkstatt mit Reparaturarbeiten beschäftigt.

Ehe Rapp mit Sylvie, die sich bei ihm untergehakt hatte, die Winstub erreichte, warf er noch einen Blick hinüber zur Place de la République auf der anderen Straßenseite. Die Dienststelle des Commissariats befand sich noch immer, wie zu seinen aktiven Zeiten, in der ehemaligen Kornhalle am anderen Ende des Marktplatzes mit seinem mittelalterlichen Gebäudeensemble. Es hätte ihn gar nicht gewundert, wenn ihm Rimbout begegnet wäre. Es war zwar Samstagvormittag, doch bei aktuellen Mordfällen wurde selbstverständlich auch an den Wochenenden gearbeitet.

An den Marktständen zwischen Altem Rathaus, Hexenturm und Notre-Dame herrschte lebhaftes Treiben. Denn heute war Markttag wie an jedem Samstag. Dass er daran nicht gedacht hatte! Vielleicht sollten sie nach dem Frühstück noch einen Bummel über den Markt machen.

Dummerweise hatten sie in der Winstub nicht reserviert, weder er noch Sylvie hatten daran gedacht. Es fand sich auf der Terrasse noch genau ein freier Tisch – Glück gehabt.

Sie wurden von einer jungen Kellnerin mit blondem Pferdeschwanz begrüßt, die Rapp zwar nicht kannte, sie kam ihm aber irgendwie bekannt vor, ohne dass er sie gleich einordnen konnte. Doch kaum hatten sie sich gesetzt und sich ein wenig die anderen Gäste angesehen, wusste er es plötzlich: »Das muss Thérèses Tochter sein. Aber ja, sie sieht ihr wie aus dem Gesicht geschnitten ähnlich.«

»Thérèse?« Sylvie sah ihn fragend an. »Du meinst die Kellnerin aus Pfaffenhoffen, die oben am Kloster im Restaurant de Kastelberg arbeitet?«

»Ja, an bestimmten Tagen bedient Thérèse aber auch drüben

im Faust.« Rapp deutete mit dem Kinn zum Eingang des angrenzenden Cafés hinüber.

Kurz darauf kam die junge Kellnerin an ihren Tisch zurück, um die Bestellung aufzunehmen, und Rapps Vermutung bestätigte sich: Sie hieß Fleur und war tatsächlich Thérèses Tochter, eines der vier Kinder, die Thérèse nach dem Tod ihres Mannes vor vielen Jahren allein großgezogen und ernährt hatte. Fleur studierte mittlerweile in Strasbourg, das wusste Rapp bereits von ihrer Mutter.

Diese arbeite heute, am Samstag, oben im Kastelberg-Restaurant, erklärte Fleur. »Maman hat mir auch den Job in der Winstub vermittelt. Sie kennt Damien, den Wirt, durch ihre Arbeit drüben im Faust. Ich brauche die Kohle dringend, die Miete und so weiter, voll der Fuck in der Stadt.«

»Nicht nur dort«, stimmte Sylvie mit einem schmerzlichen Lächeln zu. Sie hatte vor Kurzem selbst eine saftige Mieterhöhung für das hübsche kleine Haus in der Rue de Kaefferling in Pfaffenhoffen, in dem sie wohnte, kassiert.

»Und?« Fleur sah sie mit einem auffordernden Blick an. »Was möchtet ihr gerne?«

Sie bestellten »das volle Programm«, wie Sylvie sich ausdrückte: ein opulentes Frühstück mit hausgemachtem Brot, Wurst, Schinken, Käse, Ei, Obst, Quark und Kougelhopf. Dabei entsprach das Angebot in seinen deftigen Anteilen wohl eher den Bedürfnissen von deutschen und österreichischen Touristen. Rapp reichten zum *petit déjeuner* gewöhnlich außer dem Café au Lait ein Croissant und ein Stück Baguette mit Butter und Marmelade. Auch heute konzentrierte er sich mehr auf die »süße« Seite des Angebots. Sylvie hingegen, die sich den »mageren« französischen Frühstücksgewohnheiten mit den Jahren angepasst hatte, merkte man jetzt den Wolfshunger an diesem Morgen und ihre deutschen, speziell Berliner Wurzeln an. Sie hielt sich vor allem an Flûtes mit Butter, Wurst und Käse und vertilgte außer einer Menge Obst sogar noch ein kleines Stück Kougelhopf. Rapp fragte sich, wie sie es schaffte, trotz ihres guten Appetits, den er schon mehrfach erlebt hatte, schlank zu bleiben. Er dagegen nahm schon beim Zuschauen zu.

Doch im Moment spielte das keine Rolle. Nach Sylvies Rückkehr von ihrem Forschungsaufenthalt in Mexiko, überlegte er, war heute das erste Mal, dass sie sich erfolgreich verabredet hatten. Bislang hatten sie sich zwar mehrfach wiedergesehen und miteinander gesprochen, doch immer nur kurz, buchstäblich zwischen Tür und Angel, oder aber am Telefon, weil Sylvie nach der langen Zeit tausend Dinge zu erledigen hatte, beruflich im Éco Musée und privat in ihrer Wohnung. Doch hier und heute schlemmte er mit ihr zusammen auf der sonnenbeschienenen, gut besuchten Winstub-Terrasse mit dem Blick hinüber zum historischen Marktplatz, von dem die Rufe der Händler und die Unterhaltungen der Kundschaft mit leichten, warmen Windstößen herüberwehten. Er fühlte sich pudelwohl.

Und glücklicherweise verschonte sie ihn damit, ihm von ihrem mexikanischen Kollegen Ramón vorzuschwärmen, wie sie es kurz nach ihrer Rückkehr noch getan hatte. Heute erzählte sie ihm stattdessen begeistert von den scheinbar unendlichen Möglichkeiten, die sie in Mexiko kennengelernt hatte, Tomaten und Kartoffeln und andere Gemüsesorten, deren Heimat ursprünglich Lateinamerika gewesen war, zu züchten, zu konservieren oder zuzubereiten. Sie hüpfte munter wie ein Eichhörnchen von einem Themenast zum nächsten, Rapp hätte ihr ewig zuhören können.

Und er sagte nicht Nein, als Fleur ihnen kurz darauf einen perfekt gekühlten Pinot blanc anbot, der seinen Geist sicher noch zusätzlich beflügeln würde.

Während Fleur ihnen den Wein einschenkte, legte Sylvie zum ersten Mal eine Redepause ein, und ihr Blick wanderte hinüber zum Marktplatz auf der anderen Straßenseite. Ihr Tisch auf der Terrasse der Winstub lag in einer Flucht mit der alten Kornhalle am anderen Ende des Platzes. Und nachdem Fleur gegangen war, sah Sylvie Rapp plötzlich eigentümlich an: »Wo ich gerade deinen früheren Arbeitsplatz sehe, Jean Paul, das Commissariat drüben, da muss ich dir doch was erzählen«, sagte sie. »Ich habe im Courant Alsacien gelesen – du sicher auch –, dass in Thann ein Mann getötet wurde. Und inzwischen hat man auch seinen Namen bekannt gegeben, es ist ein gewisser Didier Doudet.« Rapp musste tief durchatmen und deutete ein Nicken an.

»Ich glaube, du hast mir im letzten Jahr einmal von einem Doudet erzählt, dem Therapeuten deiner Ex-Frau?«

»Ja, richtig.« Er wusste es noch genau, das war in ebendem Restaurant de Kastelberg gewesen, in dem auch Thérèse, Fleurs Mutter, an jenem Abend als Kellnerin gearbeitet hatte.

»Meine Kollegin Constance«, fuhr sie fort, »unsere Spezialistin für Heilkräuter im Éco Musée, kannte Doudet sogar persönlich.« Sylvie war zu dezent, um direkt zu fragen, doch sie legte geschickt die Leimspur, an der er vermutlich haften sollte.

»Constance, ja.« Rapp erinnerte sich an Sylvies Kollegin. Er war ihr einmal im Kastelberg begegnet, das sie mit Sylvie zusammen besucht hatte. Constance war ebenfalls Ende fünfzig, Sylvie traf sich mit ihr auch privat hin und wieder auf ein Glas Wein.

»Und nun fragst du dich natürlich«, sagte Rapp, »ob der tote Doudet in Thann, den deine Kollegin kannte, identisch ist mit dem Doudet, dem Isabelle in die Fänge geraten ist, richtig?«

»Ist es so?«

Rapp war sich nicht sicher, ob er in einem so schönen, entspannten Augenblick über das Thema reden wollte, und reagierte mit einer Gegenfrage: »Mich würde interessieren, wie deine Kollegin an Doudet geraten ist. Hat er sie ebenfalls – behandelt?« Was auch immer Doudet darunter verstanden hatte.

»Nein, nein.« Sylvie winkte ab. »Constance interessierte sich für Didier Doudet wegen seiner angeblichen Kenntnisse über den Tüpfelfarn.«

»Tüpfelfarn?«

Sylvies Gesicht nahm einen leicht offiziellen Ausdruck an. »Der Tüpfelfarn ist eine Wildpflanze, auch als Engelsüß bekannt, weil er zuckrig schmeckt, schon in der Antike stand man darauf. Der Farn wächst auf verschiedensten Böden, auch an Baumrinden. Und ihm wird eine heilende Wirkung zugeschrieben.«

»Inwiefern?«

»*Alors*, die Pflanze soll bei Erkältungen helfen, gegen Gicht und Lebererkrankungen. In alten Büchern der Volksmedizin wird dem Tüpfelfarn sogar eine hormonelle Wirkung nachgesagt.«

»Eine Art Allzweckwaffe plus Jungbrunnen, dieser Engelsüß, wie?«

»Nach altem Volksglauben schon. Er könne sogar unsichtbar machen, glaubte man früher. Die Leute legten ihn sich in die Schuhe, wenn sie nicht gesehen werden wollten.«

»Klingt verlockend. Zum Beispiel für Mörder.«

Sie verdrehte die Augen ein wenig. »Jedenfalls geschäftsfördernd, was Doudet betrifft. Er hat, wie Constance herausbekommen hat, den Tüpfelfarn als Basis für eine angeblich keltisch-elsässische Heilkräutermischung verwendet, die er über seinen Laden in Schœnwiller und später auch via Internet vertrieben hat. Jeweils individuell zusammengestellt und, wie er behauptet hat, mit ziemlichem Erfolg. Wahrscheinlich hat der Name, den er seinem Kräutermix gegeben hat, geholfen. Er hat ihn Engelsfarn getauft.«

Er nickte, das hatte er ja schon von Isabelle erfahren. »Durchaus passend«, bemerkte er dazu trocken.

»Passend, wieso?«

»Weil Doudet an der Engelsburgruine oberhalb von Thann getötet wurde.«

»Ach so, richtig. Seltsame Koinzidenz.«

»Die nichts bedeuten muss.«

»Nein, natürlich nicht.« Sie wirkte jetzt nachdenklich. »Constance hat versucht, die genaue Zusammensetzung von Doudets Engelsfarn herauszubekommen, weil sie von Besuchern zunehmend darauf angesprochen wurde. Aber Doudet hat sein Geheimnis nicht gelüftet.« Sie zuckte die Achseln. »Einerseits verständlich, die Kräutermischung, sein Engelsfarn, war schließlich sein Betriebskapital.«

»Und andererseits?«

»Andererseits ruchlos.«

»Ruchlos?« Ein starkes Wort. »Wie meinst du das?«

Sie sah ihn nun noch ernster an. »Doudet war dazu übergegangen, sein Rezept als Heilmittel auch gegen schwerste Erkrankungen anzudienen. Es helfe nicht nur gegen Stimmungsschwankungen aller Art und beuge Depressionen vor, die zu verschiedenen Süchten oder sexueller Unlust – von Frauen, wohlgemerkt – führten. Nach den Erfahrungen, die er mit den Jahren gewonnen habe, könne Engelsfarn, individuell richtig dosiert, auch eine Vielzahl von Karzinomen heilen.«

»Wie bitte? Doudet hat ernsthaft behauptet, sein Kräuterschnaps würde auch gegen Krebs helfen?«

»So hat er es Constance gegenüber dargestellt.« Sylvie sah ihn erstaunt an. »Aber von wegen Schnaps: Wie kommst du darauf, dass er Alkoholtinkturen aus seinen Kräutern hergestellt haben könnte?«

»Ich weiß es nicht sicher. Aber da wir schon beim Thema sind: Ich vermute es, weil der selbst ernannte Heiler Didier Doudet auch Isabelle auf diese Weise ›behandelt‹ hat.« Er setzte das Wort mit zwei Fingern in Anführungszeichen.

»Mit dem Engelsfarn?«

»Ja. Ich werde den Verdacht nicht los, dass er sein Kräuterrezept mit Alkohol konserviert hat.«

»Also sie erst richtig abhängig davon gemacht hat?«

»Sie verlangt inzwischen heftiger danach als nach einer Flasche Quetsch d'Alsace.«

Sylvie wiegte den Kopf. »Aber es wäre auch möglich, dass Doudets Mixtur sie nur an Alkohol erinnert hat, das Rhizom des Tüpfelfarns schmeckt süßlich, erinnert ein wenig an Likör, heißt es.« Sie kniff die Brauen zusammen. »Was für Alkoholabhängige allerdings auch die Lust auf mehr, auf das Original statt auf die Fälschung, auslösen könnte.« Sie blickte ihn fragend an. »Wusstest du denn nicht, was Doudet ihr verabreicht hat?«

»Ich habe erst gestern davon erfahren.« Rapp fasste in knappen Worten die zuletzt dramatische Entwicklung zusammen, bis hin zu Isabelles Zusammenbruch und ihrer Krankenhauseinweisung. »Ich werde später in der Klinik in Colmar anrufen, um zu erfahren, wie es ihr geht«, erklärte er Sylvie.»Im Moment können wir nur abwarten, Edgar und ich.«

»Das tut mir leid für euch zwei. Und vor allem für Isabelle natürlich – unbekannterweise.« Die beiden Frauen waren sich bisher nicht begegnet.

Rapp presste die Lippen zusammen.»Mich macht die Sache unglaublich wütend auf diesen Doudet, sogar post mortem noch. Wenn ich es nicht besser wüsste, würde ich mich selbst für einen Tatverdächtigen halten.«

Sylvie lachte.

»Im Ernst, Sylvie«, bekräftigte er.»Wenn ich bedenke, was das Zeug bei Isabelle angerichtet hat – und vielleicht nicht nur bei ihr –, dann würde mich doch brennend interessieren, was sich in Doudets Gebräu noch so alles befunden hat. Wer weiß das schon?«

»Eben, wer weiß das schon?« Sylvie nickte zustimmend.»Mit dem Wunsch stehst du übrigens nicht alleine da. Constance kennt eine Chemikerin in einem Analyse-Institut in Strasbourg, die sich die stoffliche Zusammensetzung von Doudets Engelsfarn einmal ansehen wollte. Sie forscht zur chemischen Wirkung des Tüpfelfarns.«

»Offen gesagt wundert mich, dass nicht schon früher jemand auf die Idee gekommen ist«, sagte Rapp.»Es gibt doch gesetzliche Vorschriften für den Einsatz von Arzneien, oder nicht?«

»Schon, aber Doudet hat sein Engelskraut nicht als Arznei vertrieben, Jean Paul!«

»Sondern?«

»Als Nahrungsergänzungsmittel. Das angeblich zu hundert Prozent aus natürlichen Kräutern besteht, die jeder und jede überall sammeln kann. Damit ist – oder war, muss ich jetzt wohl sagen – ihm arzneimittelrechtlich schwer beizukommen. Jedenfalls nicht, solange tatsächlich in den Flaschen war, was außen draufstand. Und sofern Doudet empfahl, sich an die in Europa vorgeschriebene Höchstmenge für jeden enthaltenen Stoff zu halten. Aber exakte Vorgaben existieren nur für bestimmte Vitamine und Mineralstoffe. Kontrolliert wird das von keiner

Behörde. Doudet war außerdem vorsichtig. Nur für Privatpersonen und im Ladenverkauf, buchstäblich unter der Hand, stellte er die speziellen Mischungen mit angeblich höherer Wirksamkeit her. Constance hat sich auch selbst schon ein hochprozentiges Gläschen von seinem Kräuterkonzentrat einschenken lassen.«

»Und?«

»Sie sagt, sie habe sich dadurch nur ein wenig angeheitert gefühlt. Harmlos letztlich.« Sylvie hob die Brauen. »Constance hatte aber keine Möglichkeit, die Inhaltsstoffe im Einzelnen zu überprüfen. Sie ist Botanikerin wie ich, eine Praktikerin, keine Wissenschaftlerin.«

»Und was ist mit der Chemikerin, die du erwähnt hast? Die sich für die stoffliche Zusammensetzung der Tinktur interessiert hat, die chemische Formel, wenn ich das richtig verstanden habe? Was hat sie herausgefunden?«

»Das musst du Constance fragen, Jean Paul. Ich sammle zwar auch wilde Heilkräuter, aber beruflich sind sie nicht mein Schwerpunkt, wie du weißt, sondern …«

»Kartoffeln und Tomaten.«

Sie lachte. »Ja. Und andere Nutz- und Gartenpflanzen. Daher bin ich in puncto wilde Heilpflanzen nicht auf dem Laufenden.«

Rapp überkam auf einmal der Jagdinstinkt. Er ließ sich einfach nicht unterdrücken, auch wenn er noch kurz dagegen ankämpfte. »Was dagegen«, hörte er sich auf einmal fragen, »wenn du deine Kollegin Constance einmal anrufst?«

»Was denn, jetzt?« Sylvie sah ihn überrascht an.

Er zog bittend eine Braue hoch. »Geht ja nur um eine kurze Auskunft.«

Sie schüttelte lachend den Kopf. »Du bist unverbesserlich, Jean Paul. Bei dir geht es nie nur um eine kurze Auskunft.«

»Es ist auch … wegen Isabelle.« Aber Sylvie hatte natürlich recht, dieser seltsame Fall Doudet interessierte ihn zunehmend, unabhängig von Isabelle.

Sylvie aktivierte ihr Handy, das sie genau wie Rapp während ihres Frühstückrendezvous ausgeschaltet hatte. »*Voilà.*«

Eine Textnachricht blinkte auf dem Display auf. »Von Ramón!«, rief sie begeistert aus und las die Nachricht, während Rapp sich verfluchte, dass er sie genötigt hatte, ihr Handy anzuschalten. »Ach, wie süß«, flötete sie im gleichen Tonfall, »Ramón schreibt, er hat eine Videobotschaft für mich angehängt. Mit einer Überraschung!« Sie warf Rapp einen kurzen Blick zu. Ihre Augen blitzten wie die eines Kindes vor der Weihnachtsbescherung. »Was dagegen, wenn ich mir das Video kurz ansehe, Jean Paul, bevor ich Constance anrufe?«

Er zuckte ergeben mit den Schultern.

Keine drei Sekunden später erschien auf dem Display bildfüllend das freundliche Gesicht eines etwa fünfzigjährigen Mannes mit indigenen Zügen, wie Rapp zu erkennen glaubte. Dieser sanft lächelnde Mexikaner wirkte selbst auf ihn, wie er sich leider eingestehen musste, durchaus sympathisch. Doch die einzigen Worte, die er im Folgenden verstand, waren: »*Hola*, Sylvie!«, »*patatas*« und »*tomates*«. Im Unterschied zu Sylvie sprach Rapp außer »*buenos dias*« und »*un vino tinto*«, »*por favor*« oder »*dos cervezas*« kaum ein Wort Spanisch. Er beobachtete aber mit Befremden ihre zunehmende Verzückung über die Breaking News in Sachen Tomaten und Kartoffeln, die Ramón ihr via Smartphone auftischte. Oder war noch mehr im Busch? Das Ganze dauerte nur gut drei Minuten, es kam ihm jedoch wie Tage vor, bis Sylvie das Video endlich zu Ende gesehen hatte.

»Stell dir vor, Jean Paul«, schwärmte sie mit leuchtenden Augen, »Ramón hat ein Stipendium bekommen, das er für einen Forschungsauftrag beantragt hatte. Und jetzt rate mal, wo und wann und für wie lange?«

Rapp starrte sie entgeistert an, ihm blieb buchstäblich die Spucke weg.

Doch die Frage war nur rhetorisch. »In Frankreich, genauer gesagt, in unserem schönen Département Grand Est, hat er jedenfalls keinen Erfolg gehabt«, sagte sie mit kaum verhohlener Enttäuschung, und Rapp spürte bereits eine gewisse Entspannung. Bis sie nachschob: »Nein, die Uni Basel hat ihm das

Stipendium bewilligt, also quasi um die Ecke! Du, die Schweizer sind spitze, was unser Fach angeht. Und absolut kooperativ.«

»Und was genau heißt das?« Doch er ahnte bereits, was sie sagen würde.

»Na, dass Ramón und ich uns häufig sehen werden, heißt das selbstverständlich! – Hach, ist das toll.« Sie strahlte, als würde sie ihm im nächsten Moment um den Hals fallen. Als Ersatzmann für Ramón, der schon seinen Videoschatten vorausgeworfen hatte. Normalerweise liebte Rapp Sylvies Begeisterungsfähigkeit. Aber manchmal übertrieb sie es, fand er plötzlich. »Und wann kommt Monsieur Ramón zu dir, ich meine, nach Basel?«

»Du wirst es nicht glauben, schon in den nächsten Wochen!«

»Im Ernst?«

»Ja, stell dir vor!«

Besser nicht. Es fühlte sich eh schon an wie ein Kinnhaken. Zum Glück saß er, sonst läge er jetzt am Boden.

»Ich kann es selbst kaum glauben. Aber das ist eben typisch für solche Stipendien, entweder sie kommen gar nicht oder ganz überraschend. Und dann musst du sie meistens auch ganz schnell antreten, sonst verkürzt das die Aufenthaltsdauer.«

»Und die wäre … in diesem Fall?«

»Drei – die Höchstdauer!«

»Drei was? Monate?« Ein Vierteljahr, das klang weniger schlimm, als er befürchtet hatte.

»Quatsch: Drei Jahre dauert das Projekt!« Sie lachte vor Freude hell auf. »So lange wird Ramón ganz in der Nähe verbringen, in Basel, vielleicht auch in Kooperation mit Mulhouse. Ach, ich freu mich so für ihn. Und ehrlich gesagt auch für mich. Weißt du, Jean Paul, die Mexikaner, das heißt Ramón und die Leute an seinem Institut in Mexico City, haben ein enormes Wissen über Nutzpflanzen …«

»Patatas, tomates«, warf Rapp ein.

»Darüber auch, ja. In jedem Fall werden nicht nur die Schweizer, sondern grenzüberschreitend alle in der Region von Ramóns Wissen profitieren. Ich sowieso, auch ganz persönlich, meine ich.« Sie strahlte über das ganze Gesicht.

Er sah sie frustriert an. »Wie schön …« … du bist, Sylvie, dachte er. Leider hatte er ihrer Begeisterung für diesen Nutzpflanzenversteher Ramón nur seine Eifersucht entgegenzusetzen und bemühte sich erfolglos, sie im Zaum zu halten. »Wenn ich dich erinnern darf, Sylvie«, sagte er betont nüchtern, »du wolltest deine Kollegin Constance für mich anrufen, wegen Doudet und der Chemikerin in Strasbourg.«

»Ach, richtig, entschuldige, Jean Paul.« Sie fingerte auf dem Display ihres Smartphones herum. »Da hab ich ihre Nummer.«

Rapp sah sie die Verbindung herstellen und das Telefon ans Ohr legen. Gleich darauf begrüßte sie die Kollegin geradezu in Champagnerlaune: »Ah, Constance, *salut, ma chère! Pardon*, wenn ich dich gerade störe … Nicht? Fein. Du, ich sitze hier nämlich mit meinem … meinem Nachbarn Jean Paul zusammen in der Winstub in Rouffach. Ihr seid euch schon mal begegnet, du und Jean Paul, oben im Kastelberg, falls du dich erinnerst. Nicht? Na, macht nichts. Wie bitte? Ja doch, die Winstub hier ist wirklich ganz toll, musst du auch mal ausprobieren. Du, bevor wir auf das Thema kommen, weswegen ich dich anrufe – ich muss dir noch was Wichtiges sagen: Ramón hat mir vorhin eine Nachricht geschickt. Ja, mein Ramón aus Mexiko, wer sonst?«

Mein Ramón? – Hinter Rapps Stirn pulsierte es immer heftiger.

»Und jetzt halt dich fest, Constance«, fuhr Sylvie mit ihrer Schwärmoffensive fort: »Ramón kommt schon im Laufe der nächsten Wochen nach Basel! Doch, im Ernst. Für volle drei Jahre! Unfassbar, oder?«

Nicht zu fassen, allerdings. Vor allem für Rapp.

»*Pardon?* Ach so, richtig. Ja, weißt du, Jean Paul interessiert sich für dieses Engelskraut von Doudet, diese Mischung auf der Basis von Tüpfelfarn. Wie? Nein, nein, nicht deswegen, Jean Paul fühlt sich kerngesund.« Sie legte eine Hand auf das Telefon und sah ihn an, eher neugierig als besorgt. »Du fühlst dich doch gesund, Jean Paul, oder?«

Er bejahte stumm mit einem Kopfnicken und musste sich

räuspern, ehe er die Sprache wiederfand. »Sag ihr bitte, es sei wegen Isabelle.«

Sylvie wandte sich wieder ihrer Kollegin zu. »*Alors*, Constance, es geht Jean Paul um seine Ex-Frau. Sie war Kundin oder sogar Patientin von Doudet, sofern man das sagen kann. Jetzt ist er tot, wie du ja auch weißt, und Jean Paul würde gerne mehr über die chemische Zusammensetzung von Doudets Engelsfarn erfahren. Du hattest mir doch erzählt, Docteur Sommelier hätte das untersucht ... Ja, eindeutig, das passt zu ihrem Profil. Meinst du, sie würde Jean Paul Auskunft darüber geben? ... Ah, super. Und hast du eventuell die Durchwahl an ihrem Institut in Strasbourg? ... Ach, sogar für ihren Laborraum! Hast recht, dort ist sie sicher meistens. Weißt du was, Constance, ich geb dir Jean Paul kurz, dann kannst du direkt mit ihm sprechen. – Jean Paul?« Sie hielt Rapp das Telefon hin.

»Jean Paul Rapp hier, *bonjour*, Madame.«

»*Bonjour*, Monsieur Rapp. Constance Desmoulins hier. Sylvie sagte, Sie möchten den Kontakt zu Docteur Sandrine Sommelier? Wegen Didou – *pardon*, Didier Doudet?«

»Ja, ich würde sehr gerne einmal mit ihr sprechen«, sagte Rapp. »Durch Monsieur Doudets Tod ist bei meiner Ex-Frau gewissermaßen ein Notfall eingetreten, was das Engelskraut betrifft.«

»Engelsfarn.«

»Farn, richtig. Ich dachte, vielleicht kann Docteur Sommelier mir beziehungsweise ihr mit einer Auskunft weiterhelfen.«

»*Bon*, Monsieur Rapp, ich kann Ihnen Docteur Sommeliers berufliche E-Mail-Adresse und die Durchwahlnummer an ihrem Forschungsinstitut auf Ihr Handy schicken, wenn Sie wollen.«

»Das wäre sehr praktisch, *merci*.« Er nannte ihr seine Telefonnummer.

»*Voilà*, da ist Ihre Nachricht«, konnte er wenige Sekunden später bereits rückmelden. »*Merci beaucoup.*«

»Sie werden aber eventuell enttäuscht sein, Monsieur Rapp, da Docteur Sommelier zurzeit bestenfalls vorläufige Ergebnisse hat. So etwas dauert. Forschung halt.«

»Ich versuche einfach mein Glück«, erwiderte er und dankte ihr erneut.

»Grüßen Sie sie bitte von mir«, bat Constance. »*Au revoir*, Monsieur Rapp. Und, ähm – geben Sie mir bitte noch einmal Sylvie?«

Die Unterhaltung der beiden Frauen schien sich danach nur noch darum zu drehen, wie man dem unverhofften Besuch des Genies aus Lateinamerika dabei helfen könnte, Fuß zu fassen, angefangen bei dem vordringlichsten praktischen Problem, der Wohnungssuche. Rapp bemühte sich wegzuhören, was ihm stellenweise sogar gelang.

## 8

Nach dem opulenten Frühstück und dem noch ausschweifenderen Telefonaustausch über seine Heiligkeit Ramón aus Mexiko schlug Rapp vor, noch eine Runde über den Markt zu drehen. Sylvie war einverstanden. Sie verabschiedeten sich von Fleur mit einem herzlichen Gruß an Thérèse, ihre Mutter, und hatten sogar ein wenig Mühe, die heute äußerst lebhaft befahrene Straße zu überqueren.

Doch Rapps Vergnügen am Markttreiben hielt sich fortan in Grenzen. Der Grund dafür hieß natürlich Docteur Ramón Ramirez Obrador mit vollem Namen, wie er inzwischen mitbekommen hatte. Sylvie dagegen kommentierte umso munterer, was sie sahen, während sie sich an den tausenderlei Ständen mit Gemüsesorten, den Käse-, Fleisch-, Fisch-, Brot- und Gebäckangeboten vorbeischoben.

Sylvie, stellte sich bei der Gelegenheit heraus, war nicht nur eine Kennerin in Sachen Gemüsesorten, sondern wusste zum Beispiel auch um die Namen fast aller Käsesorten, deren teils herbe Düfte ihnen in die Nase stiegen: Brie de Meaux etwa oder Münsterkäse aus dem Süd-Elsass, Aisy Cendré de Bourgogne, Gaperon d'Auvergne, ein Rohmilchkäse, den Schwangere meiden müssten, im Unterschied zu Hartkäsesorten, etwa aus der benachbarten Franche-Comté oder aus Savoyen, auch der Bleu de Corse, ein Blauschimmelkäse aus Korsika, sei himmlisch – und so weiter.

Rapp konnte sich jedoch kaum darauf konzentrieren, was sie sagte. Immer wieder streifte sein Blick die Menschen, an denen sie sich vorbeizwängten. Die sich dicht an dicht durch die engen Gänge zwischen den Ständen schoben, die stehen blieben, um die Waren zu prüfen, zu kaufen oder auch nur, um zu plaudern. An einem Gemüsestand, der gerade weniger frequentiert war, prüfte eine Frau in einem eleganten beigefarbenen Mantel mit grau melierten Haaren und randloser Brille ein Bund Zwiebeln.

Als sie den Kopf hob und sich ein wenig umdrehte, erkannte er sie – und sie ihn.

Es war Madeleine Haertle aus Strasbourg, die die Zwiebeln sogleich beiseitelegte und mit blitzenden Augen auf ihn zusegelte. »*Salut*, Jean Paul! Sie hier, wie schön.« Sie küssten sich auf die Wangen.

»*Bonjour*, Madeleine. Schön, Sie zu sehen.«

Mit einem raschen Blick taxierte Madeleine Haertle die Frau an Rapps Seite.

Er stellte Sylvie vor, die lächelnd darauf wartete, dass er ihr nun auch verriet, wer die andere war.

»Sylvie, das ist Madeleine Haertle aus Strasbourg. Sie arbeitet dort bei Chimie Agricole Basale.«

»Aha, CAB«, sagte Sylvie ohne Begeisterung. »*Bonjour*, Madame.« Sie hatte nicht viel übrig für den deutsch-französischen Agrarkonzern mit Sitz in Strasbourg – und offensichtlich auch nicht viel mehr für Madeleine Haertle. Dabei wusste Sylvie sicher noch, dass Madeleine bei einer von Rapps früheren Recherchen eine äußerst hilfreiche Rolle gespielt hatte.

Rapp erwähnte, dass Sylvie und er eben erst von der Winstub herübergekommen seien, um sich nach dem reichlichen Frühstück noch ein wenig die Beine zu vertreten.

Doch Madeleine Haertle ging nicht darauf ein, sondern erkundigte sich stattdessen nach Honoré, dessen Leidenschaft für ihre straffen Waden bei der letzten Begegnung im Restaurant de Kastelberg sie sich lachend in Erinnerung rief. Sylvie ignorierte sie dabei vollkommen.

»Wie kommt es, dass Sie hier in Rouffach den Wochenmarkt besuchen, Madeleine?«, wunderte sich Rapp. »Ich meine, er ist wunderbar, aber die Märkte in Strasbourg sind sicher auch interessant.«

»*Bien sûr*, Sie haben recht, die Märkte, die Läden – Strasbourg eben. Aber ich bin heute gar nicht wegen des Markts hergefahren, sondern wegen des Fahrradladens dort drüben.« Sie deutete vage mit ihrer feinen, langgliedrigen Hand in die Richtung.

»Sie meinen ›Vélos-Roschi‹?«, fragte Rapp.

»Ja genau. Ich bin ja beruflich viel hier in der Gegend unterwegs, Rouffach-Mulhouse ist mein CAB-Bezirk. Und da fiel mir kürzlich Roschis Fahrradladen auf. Ich suche nämlich schon länger ein Tourenrad, wissen Sie? Eigentlich auch ein neues Stadtrad, aber zunächst mal das Tourenrad. Und Roschis Preise scheinen mir deutlich günstiger zu sein als in Strasbourg. Deshalb bin ich heute Morgen einfach mal hergefahren und hab mir sein Angebot angesehen.«

»Und sind Sie fündig geworden?«, fragte Rapp.

Sie wedelte mit der Hand. »Ich schwanke noch zwischen zwei Modellen.«

»Buridans Drahtesel quasi, die Wahl zwischen zwei Fahrrädern«, warf Sylvie überraschend spitz ein.

Madeleine Haertle hob kurz eine Braue und wandte sich lächelnd wieder Rapp zu: »Wir sind übrigens ein wenig ins Gespräch gekommen, Roschi und ich. Und als wir scherzhaft nach einem schönen Anlass für mich suchten, Radtouren von Strasbourg nach Rouffach und zurück zu machen, erwähnte Roschi einen Kochkurs in Rouffach, an dem er teilnehmen würde. Und wie er so davon erzählt, da stellen wir doch fest, dass wir einen gemeinsamen Bekannten haben, einen ehemaligen Commissaire der hiesigen Kriminalpolizei!« Sie zeigte neckisch auf Rapp.

»Ach, du lernst kochen, Jean Paul?«, bemerkte Sylvie süffisant dazu. »Das wusste ich ja noch gar nicht.«

»Jaha, ertappt.« Rapp wurde verlegen.

»Roschi hat mir erzählt, dass der Kochkurs in der neu eingerichteten Küche hier im Alten Rathaus stattfindet«, sagte Madeleine und wies auf die beiden geschweiften Giebel des Renaissancegebäudes auf der Südseite des Platzes. »Was für ein wunderbarer Ort für einen Kochkurs. Richtig romantisch!«

»Und so nützlich«, kommentierte Sylvie mit einem feinen Lächeln auf ihren rot geschminkten Lippen.

»Edgar, mein Sohn, er ist Koch in Paris, am Montmartre«, sagte Rapp an Madeleine gewandt, doch eigentlich galt die Erklärung Sylvie, »*alors*, Edgar meinte, es könne nicht schaden, wenn ich in puncto Kochen ein wenig dazulerne.«

»Das letzte Mal haben Sie in dem Kurs Soupe à l'Oignon geübt, hat Roschi mir erzählt.« Sie deutete auf das Zwiebelbund, das sie fortgelegt hatte. »Roschi hat mir Wättis spezielles Rezept erklärt, ich kannte es noch nicht und dachte, ich probiere es am Wochenende gleich mal aus.«

»Das letzte Mal habe ich geschwänzt«, gestand Rapp.

»Ich liebe gratinierte Zwiebelsuppe«, bekannte Madeleine Haertle. »Ich muss allerdings gestehen, ich bin keine begnadete Köchin.« Sie lachte und zeigte ihre sehr schönen weißen Zähne, alle noch aus der zweiten Generation, soweit man erkennen konnte. »Aber wissen Sie was, Jean Paul, Roschi hat mich auf eine Idee gebracht.« Sie beugte sich vor, sodass Sylvie, die anderthalb Köpfe kleiner war als Madeleine, nun buchstäblich in ihrem Schatten stand. »Ich habe beschlossen, ebenfalls an Wättis Kochkurs teilzunehmen.«

»Ah ja?« Er zuckte mit den Schultern. »*Pourquoi pas?*«

»Eben: Warum nicht?« Ihre Augen funkelten ihn an, genau genommen waren es ihre Brillengläser, die in der Sonne blinkten. »Ich denke, es wäre eine schöne Entspannung für mich nach Feierabend. Dazu die Aussicht auf nette Leute, Roschi sagte, dass Sie hinterher ab und zu noch eine Bar in der Stadt besuchen. – Super, *savoir vivre*!« Sie machte eine kecke Kopfbewegung, fast sah es so aus, als würde sie am liebsten *ihn* vernaschen, auf der Stelle.

Rapp wurde noch verlegener, nicht zuletzt wegen Sylvie, die von Madeleine inzwischen buchstäblich in den Schatten gestellt worden war. »Tja, Sie haben recht, es sind wirklich sehr nette Leute dabei«, erwiderte er daher denkbar banal und trat einen halben Schritt zurück.

Doch Madeleine schloss die Lücke gleich wieder. »Und das Beste«, lachte sie wieder, »ich kenne mindestens zwei sehr attraktive Männer unter den Kursteilnehmern, *non*?« Sie hatte ihre Stimme mit einem Mal so gekonnt auf dunkel und verrucht gestimmt, dass selbst die Gemüsehändlerin irritiert schwieg, als sie Madeleine wegen der Zwiebeln anscheinend noch einmal hatte fragen wollen. Jetzt ließ sie es bleiben.

»Ich will ja nicht drängen, Jean Paul«, meldete sich Sylvie spürbar genervt zu Wort. »Aber ich müsste noch Katzenfutter für Fou Fou besorgen.«

Rapp verstand den Wink. »Sylvie und ich sind zusammen hergefahren«, erklärte er Madeleine, warum er sich nun ebenfalls verabschieden musste.

»Schön, dann sehen wir uns nächste Woche, Jean Paul. Sie werden diesmal doch kommen, hoffe ich.«

»Nächste Woche?« Er stand gerade ziemlich auf dem Schlauch, was die Kurstermine betraf.

»Am Dienstag, meinte Roschi. Stimmt doch, oder?«

»Wenn Roschi das sagt.«

In diesem Moment zwängte sich ein beleibter Mittsechziger an ihnen vorbei und stieß Madeleine mit seinem Kugelbauch an, dass sie schwankte und Rapp sie geistesgegenwärtig auffing, damit sie nicht fiel. »Oops!« Sie lachte und fuhr sich mit der Hand durchs Haar. »Der Markt von Rouffach, voller schöner Überraschungen!«

Als Rapp kurz darauf mit Sylvie zum Intermarché am Ortsausgang von Rouffach fuhr, um dort das Futter für Fou Fou zu kaufen, sagte sie spürbar missgelaunt: »Diese Frau mag vielleicht hin und wieder ganz hilfreich sein, aber sie lacht, als würde sie dafür bezahlt, unaufhörlich, selbst über Nichtigkeiten.«

Was sollte er dazu sagen?

Ihm fiel nichts Passendes ein.

Die Stimmung zwischen ihm und Sylvie hatte sich aus seiner Sicht schon vor der Begegnung mit Madeleine Haertle eingetrübt. Trotz des verheißungsvollen Auftakts an diesem Morgen. Im Grunde war er bei Sylvie abgemeldet gewesen, sobald dieser Ramón in Erscheinung getreten war. Und das nicht nur auf dem Handy. Zugegeben, er hatte es selbst provoziert. Aber nun konnte er sich lebhaft ausmalen, wie es werden würde, wenn der schon jetzt sagenumwobene Docteur Ramirez Obrador erst leibhaftig auftauchen würde.

Dass ihm das unverhoffte Zusammentreffen mit Madeleine

Haertele keine Pluspunkte bei Sylvie eingebracht haben dürfte, spielte da schon keine Rolle mehr. Ja, Madeleine schien ein gewisses Interesse an ihm zu haben, den Verdacht hatte er bereits früher gehabt. Und ja, Madeleine wollte nun auch noch denselben Kochkurs besuchen wie er – na, wenn schon, das war ihr gutes Recht, sie lebte allein, suchte Kontakt zu anderen Menschen und war zudem eine sehr zugewandte und zweifellos auch attraktive Frau ...

Er holte tief Luft und dachte an den Aufwand – die Radstrecke von Strasbourg nach Rouffach und retour –, den Madeleine bereit war, auf sich zu nehmen, nur um an einem Kochkurs teilzunehmen. Bei aller Liebe, aber das würde er selbst niemals fertigbringen.

Eine knappe halbe Stunde später hielt Sylvie in der Rue Grand Cru, um ihn aussteigen zu lassen. Ihre gute Laune schien sie inzwischen zurückgewonnen zu haben. Sie scherzte über seine zukünftigen Kochkünste; sie hoffe doch, bald selbst davon zu profitieren. »Auf alle Fälle eine prima Idee von Edgar, dich dorthin zu schicken! Egal, für wen du kochst.« Sie lachte scherzhaft, Madeleine Haertle schien bereits wieder vergessen.

Doch als er sie fragte, ob sie nicht Lust habe, ihn und Honoré noch auf ihrem Nachmittagsspaziergang zu begleiten, lehnte sie dankend ab. Sie müsse sich jetzt erst einmal bei Ramón für die schönen Neuigkeiten bedanken und ihn zu seinem Stipendium beglückwünschen. »Das bin ich ihm schuldig, nachdem ich in Mexiko so herzlich von ihm empfangen und versorgt worden bin. Mehr als herzlich!«

So verabschiedeten sie sich züchtig, und ihr Berlingo heulte auf, als sie zurücksetzte und davonbrauste, als könnte sie es keine Sekunde mehr erwarten, mit ihrem Ramón zu skypen.

# 9

Eine Stunde später hatte Rapp die obligatorische Runde mit seinem Hund gedreht: entlang der Weinberge und durch den Ort zurück nach Hause. Es war ein typischer Elsässer Herbstnachmittag in und um Pfaffenhoffen, warm und durchsonnt, träge und ein wenig melancholisch stimmend, einer dieser friedvollen Tage, die einen mit dem Leben und irgendwie sogar mit dem Tod, der schließlich jedem von uns einmal bevorstand, versöhnen konnten. Wieder zu Hause, wählte er die Nummer von Edgars Handy. Er erreichte ihn in seinem Restaurant.

»Papa, ich kann leider im Moment nicht lange mit dir telefonieren, es ist Hochbetrieb im Resto.«

»Na, Gott sei Dank ist es das.«

»Eben. Aber da du anrufst, Papa, ich habe mit Gabriel, Mamans behandelndem Arzt in Colmar, telefoniert.«

»Du nennst ihn ... den Klinikarzt deiner Mutter nennst du Gabriel? Hat Monsieur le Docteur auch einen Nachnamen, den dein Vater erfahren darf?«

»Nun reg dich nicht gleich auf, Papa. Er heißt Desponte.«

»Docteur Desponte also?«

»Ja. Gabriel und ich kennen uns zufällig privat. Ein wenig. Gabriels früherer Mann war mal mit Julien zusammen. Du weißt, dass Julien lange in Colmar gelebt hat.«

»*Voilà.*« Falls Edgar es erwähnt hatte, so war es Rapp entfallen; ein Ausdruck, der ihm besser gefiel als schlicht »vergessen«.

»Und was hat er dir nun gesagt, der Docteur?«

»Gabriel sagt, dass Maman sich zwar auf dem Weg der Besserung befindet, aber derzeit auf Entzug ist.«

»Entzug«, wiederholte Rapp ernst. »Das ist gut.«

»Aber es ist auch anstrengend für sie, sagt Gabriel. Wir können Maman daher momentan noch nicht sprechen, Papa. Mindestens bis Montag sollten wir sie besser in Ruhe lassen.«

»Meint Gabriel?«

»Genau. Dann dürfte sie das Gröbste überstanden haben, glaubt er. Danach sollten wir mit ihr über eine Therapie reden.«

»Haben wir schon«, sagte Rapp. »Das Ergebnis war dieser Doudet.«

»Doudet war ein Fehlgriff. Außerdem ist er jetzt tot. Das ist doch gerade der Grund für ihre Krise.«

»Nein, Doudet als Person war der Grund für ihre Krise, nicht sein Tod.«

»Papa, hör auf, mit mir zu streiten, ich sehe es doch genau wie du. Ich habe auch mit Julien darüber gesprochen. Wir werden versuchen, demnächst eine Aushilfe zu finden, die mich vertritt. Dann komme ich nach Colmar und kann mich ein paar Tage um Maman kümmern, wenn sie aus dem Krankenhaus entlassen wird.«

»*Merci*, Edgar.« Rapp war seinem Sohn durchaus dankbar für sein Engagement. Aber einmal musste auch Schluss damit sein, dass Isabelle stets andere die Verantwortung für ihr Leben tragen ließ. Und Edgar hatte in Paris nicht nur als Koch und Restaurantbetreiber alle Hände voll zu tun, sondern seit zwei Jahren auch als Vater von Maëlle mehr als genug Verantwortung. Ein Wunder, dass er sich nun auch noch die Zeit nahm, sich um seine alkoholkranke Mutter zu kümmern.

»Du, Papa, hier ist die Hölle los, wir telefonieren am Wochenende, okay?«

»*D'accord*, Edgar.«

»*Salut*, Papa.«

Während Honoré sich der Länge nach auf der roten Couchdecke ausstreckte, um zu meditieren, bereitete sich Rapp einen Café noir – die sonst obligatorische Brioche mit dick bestrichener Butter ließ er heute angesichts des opulenten Frühstücks weg – und setzte sich mit seinem Laptop an den Küchentisch.

Das »Labor Sommelier« in Strasbourg, dessen Website er nun aufrief, befasste sich laut der Auflistung seiner »Leistungen« mit chemischen Untersuchungen von Lebensmitteln und »nahrungsmittelrechtlich relevanten Parametern«. Dazu zählten die Analyse von bestimmten Zusatz- und Konservierungsstoffen sowie Untersuchungen auf Rückstände und Kontaminationen. Die danach aufgeführten »speziellen Analyseparameter« erinnerten Rapp an seine schönen verschlafenen Schulstunden im Chemieunterricht damals, als Monsieur Carrefour, der Chemielehrer, zusammen mit ein paar versessenen Schulkameraden, die zu Hause einen Chemiebaukasten besaßen, meist vergeblich versucht hatte, seine Experimente in Gang zu bringen.

Aus reiner Gewohnheit verglich er die Telefonnummer, die er von Sylvies Kollegin Constance erhalten hatte, mit der, die auf der Laborwebsite unter »Kontakte« angegeben war: eine Zentralnummer, die auf null endete.

Er griff zu seinem Handy, das neben dem Laptop lag, und wählte auf gut Glück Constances Durchwahlnummer; er war gar nicht sicher, ob Chemielabore auch am Samstag arbeiteten.

Es klingelte vier- oder fünfmal, Rapp wollte bereits auflegen, da wurde doch noch abgehoben.

»Labor Sommelier. Murielle Marchais am Apparat.« Die Stimme einer jungen Frau. Und nicht wie erhofft die Chemikerin, die er sprechen wollte.

»*Bonjour*, Madame, mein Name ist Rapp. Ich rufe an auf Empfehlung von Madame Constance Desmoulins, sie ist Mitarbeiterin des Éco Musée. Ich würde gerne mit Docteur Sandrine Sommelier sprechen, falls sie gerade anwesend ist.«

»*Alors*, anwesend ist Docteur Sommelier, Monsieur – sie ist eigentlich immer da.« Die junge Frau unterdrückte anscheinend ein Lachen. »Aber ob sie im Augenblick Zeit zum Telefonieren hat? Sie hat die interne Umleitung aktiviert, deshalb sind Sie bei mir gelandet.«

Plötzlich war aus dem Hintergrund eine weitere weibliche Stimme zu hören: »Wer ist es denn, Murielle?«

»Ein Monsieur Rapp ruft an, Madame Sommelier.« Die junge Frau trötete ebenso laut in den Hörer wie in den Raum hinaus. »Empfehlung von Madame Desmoulins, Éco Musée, sagt er.«

»Na schön, dann stell bitte auf Apparat zwei durch, Murielle, bin eh auf dem Weg dorthin«, vernahm Rapp wieder die zweite

Stimme, die nach einer deutlich älteren, vielleicht vierzig- bis fünfzigjährigen Frau klang.

Er vernahm ein Knacken in der Leitung und im nächsten Moment die Stimme der älteren Frau direkt in seinem Ohr: »Sommelier, *bonjour*.«

»*Bonjour*, Docteur Sommelier«, sagte Rapp, nannte seinen Namen und erklärte, dass er sich auf Empfehlung von Constance Desmoulins vom Éco Musée an sie wende.

»Madame Desmoulins, *bon*. Worum geht es denn?« Sie klang durchaus aufgeschlossen.

»Es geht um ein privates Anliegen, eine Bitte um Auskunft. Madame Desmoulins meinte, Sie könnten mir eventuell weiterhelfen.«

»Wenn ich kann, gerne. Was möchten Sie denn wissen?«

»*Alors*, ich habe eine Frage zu einem Mittel namens Engelsfarn, das meine Frau auf Anraten von Monsieur Didier Doudet, einem Ladenbesitzer aus Schœnwiller, eingenommen hat. Nun ist der Mann bei Thann tot aufgefunden worden. Möglicherweise haben Sie davon gehört, Docteur?«

»Ja, ich habe davon im Radio erfahren, glaube ich, oder in der Zeitung gelesen, ich weiß nicht mehr. Aber …« Sie zögerte kurz. »Ich wüsste nicht, wie ich Ihnen da helfen kann.«

»Das Problem, Docteur Sommelier, ist, dass meine Frau weiterhin nach diesem Mittel von Monsieur Doudet verlangt. Und da Monsieur Doudet ja nun nicht mehr lebt, fragt sie sich, ob sie es zukünftig von einem anderen Hersteller beziehen könnte.«

»Es tut mir leid, Monsieur Rapp, ich bin Chemikerin. Vom Handel mit Medikamenten verstehe ich zu wenig, fürchte ich, um Ihnen helfen zu können.«

»Um den Handel geht es mir auch gar nicht, Docteur. Wenn überhaupt, dann erst in zweiter Linie. Mein persönlicher, wenn auch laienhafter Eindruck ist, dass meiner Frau das Mittel nicht bekommt, gelinde ausgedrückt. Und da ich mit Madame Desmoulins vom Éco Musée ein wenig bekannt bin und weiß, dass sie sich mit solchen Dingen, wilden Heilkräutern, meine ich, beruflich beschäftigt, habe ich mit ihr darüber gesprochen.«

»Und sie hat Sie an mich verwiesen, verstehe. Ich nehme an, dass es Ihnen um unsere chemische Analyse der Tinktur von Monsieur Doudet geht?«

»Ganz genau, Docteur Sommelier. Ich interessiere mich für die Ergebnisse Ihrer Untersuchung. Falls Sie bereit wären, sie einem Laien wie mir kurz und zusammenfassend zu erklären.«

»*Alors*, Monsieur, grundsätzlich ist das natürlich schön zu hören, dass Sie sich für unsere Forschung interessieren. Normalerweise finden Laien das ziemlich langweilig. Oder unverständlich. In Ihrem Fall ist das selbstverständlich etwas anderes. Aber ...« Er hörte sie Luft holen. »Das eigentliche Problem ist, dass der Bericht nicht fertig ist. Die Analyse ist noch nicht abgeschlossen.«

»Sie hatten aber doch einen Grund, Doudets Mixtur zu untersuchen, Docteur, oder nicht?«

»Selbstverständlich. Wir stellen eine gewisse Hypothese auf hinsichtlich der stofflichen Zusammensetzung des Untersuchungsobjekts, in dem Fall der besagten Mixtur, basierend auf Tüpfelfarn. Diese Hypothese versuchen wir zu widerlegen, um zu schauen, ob sie Bestand hat.«

»Im Fußball würde man so ein Vorgehen wohl das Spiel gegen den Ball nennen.«

»Von Fußball verstehe ich nichts, Monsieur. Wir betreiben hier Wissenschaft. Und zwar auf hohem Niveau.«

»Selbstverständlich.« Sie klang verschnupft, und Rapp begriff, dass sein Ton zu salopp ausgefallen war. »Wenn ich Sie richtig verstehe, Docteur«, bemühte er sich jetzt um einen tödlichen Ernst in der Stimme, »dann drückt Ihre Forschungshypothese gewissermaßen Ihr Misstrauen gegenüber Monsieur Doudets Tinktur aus? Könnte man das so sagen?«

»Verkürzt ausgedrückt, ja. – Hm. Ich verstehe, worauf Sie hinauswollen, Monsieur, eine Gesundheitsfrage, vollkommen berechtigt. Wissen Sie, ich kann Ihnen zwar noch keine Ergebnisse liefern, wie gesagt. Aber ich will Ihnen unsere Forschungsannahmen in Bezug auf die Tinktur gerne erläutern, wenn Sie meinen, dass es Ihnen oder vielmehr Ihrer Frau hilft.

Wir betreiben hier ja keine Geheimwissenschaft. Bloß ...« Sie schien ernsthaft zu überlegen. »Auf die Schnelle wird das nicht gehen, Monsieur, erst recht nicht am Telefon. Dazu müssten Sie sich schon persönlich herbemühen. Ich bin allerdings nur noch heute im Labor, morgen, am Sonntag, arbeite ich nicht, und ab Montag sind wir mit Analysen beschäftigt. Am einfachsten wäre es also, Sie würden geduldig den Bericht abwarten, wie Madame Desmoulins es tut, dann wissen Sie spätestens in drei, vier Monaten Bescheid. Ich werde Ihnen dann auch gerne alle gefundenen Ergebnisse erläutern, wenn Sie das wünschen.«

Drei, vier Monate – in der Ermittlungsarbeit entsprach das einem Jahrhundert. So lange konnte er nicht warten. Und indem sie ihm die Schwierigkeiten aufgezählt hatte, hatte sie ihm zugleich ein Angebot gemacht, von dem sie vielleicht glaubte, dass es für ihn so spontan nicht zu realisieren wäre.

»Was halten Sie davon, Docteur Sommelier«, schlug er ihr unumwunden vor, »wenn ich Sie heute noch besuchen käme? Wäre Ihnen das recht?«

»Heute? Hier in meinem Labor?«

»Oder in einem Ihrer Büros. Wo Sie möchten.« Von ihm aus auch in einer Abstellkammer. »Es geht mir nur darum, etwas mehr über Doudets Mittel zu erfahren. Um Isabelles willen, meine Frau, verstehen Sie? Wir brauchen dringend Orientierung in der Frage.«

»*Bon*, ich verstehe Sie.« Sie schien nun tatsächlich ihre Verantwortung als Wissenschaftlerin, die sich mit dem Thema beschäftigte, zu spüren. »Ich arbeite heute noch bis fünf Uhr. Könnten Sie bis dahin hier sein?«

Rapp schaute auf die Küchenuhr. »Das dürfte kein Problem sein, Docteur.«

»*Alors*, eine halbe Stunde könnte ich mir für Sie Zeit nehmen. Sie wissen, wo Sie uns finden?«

Er nannte ihr die Adresse, die auf der Firmenwebsite stand.

»*Exactement*, Monsieur Rapp.«

## 10

Die Fahrt von Pfaffenhoffen nach Strasbourg dauerte eine gute Stunde mit dem Auto. Das Labor Sommelier lag in der unscheinbaren Rue Klein, im Krutenau-Viertel unterhalb des östlichen Flussarms der Ill. Rapp stellte den Wagen in einem Parkhaus in der Rue des Bœufs ab, kaum einen Steinwurf von der Place d'Austerlitz entfernt. Da sich Honoré auf der Rückbank des Charleston ohnehin bereits wieder im Tiefschlaf befand – Rapp hatte seinen Hund sicherheitshalber noch vor der Abfahrt in Pfaffenhoffen erneut ausgeführt –, ließ er ihn weiterträumen. Für alle Fälle goss er ihm etwas Wasser aus einer Flasche, die er mitgenommen hatte, in die kleine Metallschale hinter dem Beifahrersitz und öffnete das Fenster einen winzigen Spaltbreit, ehe er ausstieg, den Wagen abschloss und sich auf den Weg zum Labor machte.

Die Rue des Bœufs wurde am südlichen Ende von einem gigantischen Wohnriegel überdacht, den er umkurvte, um in die Parallelstraße, die Rue d'Austerlitz, zu gelangen und von dort gleich rechts in die Rue Klein.

Die Krutenau war ein recht gemischtes, abwechslungsreiches Stadtviertel. Die groben Bausünden der sechziger und siebziger Jahre standen neben typisch elsässischer Fachwerkarchitektur, es gab traditionelle Gaststätten und luxuriöse Restaurants, durchschnittliche Kneipen und Bistros neben Bars und Clubs, die je nach Szene, Alter und Geschmack als hip oder chic oder *fou*, verrückt, galten.

Als Rapp die jungen Familien und spielenden Kinder an der Place d'Austerlitz sah, kam ihm der Gedanke, dass die Krutenau vielleicht sogar das elsasstypischste Quartier in Strasbourg war: wenn man nämlich die kulturelle Vielfalt der Menschen, die hier lebten und arbeiteten, betrachtete. Das Elsass war seit jeher ein Schmelztiegel unterschiedlicher Sprachen und Kulturen gewesen.

Das Chemielabor Sommelier verbarg sich in einem recht unscheinbaren, etwas von der Straße zurückgesetzten Altbau, dessen bodentiefe Fenster mit französischen Balkonen bestückt waren. Das Klingelbord verriet, dass außer dem Labor noch ein paar Fachärzte, eine Optikerwerkstatt und zwei pharmazeutische Zulieferer darin ihren Platz gefunden hatten. Er klingelte, und die junge weibliche Stimme, die ihn schon am Telefon begrüßt hatte, meldete sich: »Dritte Etage bitte, Monsieur Rapp!«

Der eiserne Käfigfahrstuhl hielt wie versprochen im dritten Stock, jedoch mit einem magenhebenden Ruck. Als er ausstieg, stand die Tür zum Labor bereits offen. Die junge Frau mit den hellen Augen, die ihn empfing, war Murielle Marchais, wie ein kleines Metallschild an ihrem weißen Arbeitskittel verriet, der weit um ihre sehr schlanke, hohe Gestalt herumwehte.

»Kommen Sie, Monsieur, ich bringe Sie zu Docteur Sommelier«, sagte sie.

Er folgte ihr durch einen langen, schmalen, von unzähligen LED-Deckenleuchten erhellten Flur und rätselte, ob der tätowierte Reptilienschwanz, der sich von Murielle Marchais' Schwanenhals zum rechten Ohr hinaufschlängelte, zu einer großen Eidechse oder zu einem kleinen Dino gehören mochte.

Docteur Sandrine Sommelier kam ihm bereits im Flur entgegen. Hinter ihr, am Ende des Gangs, erhaschte Rapp eben noch einen Blick durch die offen stehende Labortür auf ein Ensemble aus Glasgefäßen, technischen Apparaten und Armaturen.

Murielle Marchais übergab ihn nonchalant mit einem Wink an ihre Chefin und verschwand dann hinten in dem Laborraum, dessen Tür sie unsanft ins Schloss zog.

Docteur Sommelier trug ebenso wie ihre junge Mitarbeiterin einen langen weißen Kittel, sie war auch genauso schlank, jedoch nicht annähernd so groß wie diese. Die ältere Chemikerin hatte ein schmales, ovales Gesicht, eingerahmt von leicht gewellten kastanienbraunen Haaren, die ihr auf die Schultern fielen. Rapp schätzte sie auf Mitte vierzig.

Sie lächelte recht förmlich und bat ihn nach nebenan in einen kleinen Raum mit bequemen, aber keineswegs neu aussehenden ledernen Polstersesseln. In dem hohen Fenster des französischen Balkons wies über den Dächern der gegenüberliegenden Gebäude der Turm von Notre-Dame de Strasbourg, des Münsters, mahnend in den Himmel des späten Nachmittags.

Aus einem chromblitzenden Kaffeeautomaten bot sie ihm mit Bedauern im Blick einen Kaffee an. »Das Gerät sieht zwar top aus, kann aber leider nur Cappuccino einwandfrei.« Er nahm dankend an, und sie stellte ihm ein Glas stilles Wasser aus einer danebenstehenden Flasche dazu, das so lauwarm war, dass es ihn schüttelte, als er einen Schluck davon versuchte. Sie selbst trank nur das Wasser.

In den schlammbraunen Ledersesseln saßen sie sich schräg gegenüber. Sandrine Sommelier sah ihn auffordernd an. »Bitte, erklären Sie mir doch noch einmal, Monsieur Rapp, worum es Ihnen genau geht. Nicht, dass wir aneinander vorbeireden.«

»Es geht um Isabelle, meine Frau«, begann er. Dass er Isabelle noch einmal als seine Frau ausgeben würde, hätte er bis vor Kurzem nicht für möglich gehalten.

Dann schilderte er der Chemikerin relativ wahrheitsgetreu die Symptome, die er an Isabelle wahrgenommen hatte, seitdem sie sich auf Doudet und sein vermeintliches Heilmittel eingelassen hatte. »Bestimmte Probleme, gewisse Verstimmungen et cetera, hatte sie vorher schon. Aber mir scheint, sie ist heute süchtiger als vorher.«

Die Chemikerin legte die Stirn in Falten. »Wissen Sie, Monsieur, wir bearbeiten die verschiedensten Anfragen. Häufig von staatlicher Seite, oft auch von Universitäten, die im Rahmen von eigenen großen Studien an Teilen unserer Untersuchungen interessiert sind. Wir betrachten das dann als wissenschaftliche Dienstleistungen. Bei der Presse hat es sich als hilfreich erwiesen, wenn es sich um Fachblätter handelt, die ein gewisses Vorverständnis mitbringen.«

Er begriff allmählich, dass es weniger Misstrauen war, was sie ihm entgegenbrachte, als vielmehr ihre Skepsis, ob er überhaupt in der Lage wäre zu verstehen, wovon sie sprach. Sie wollte fachlich nicht missverstanden werden und sich womöglich hinterher dafür rechtfertigen müssen.

Den Zahn musste er ihr ziehen. »Es geht mir um ganz einfache Sachverhalte, Docteur Sommelier. Vor allem darum, auf welche Stoffe hin Sie Doudets Mixtur genau untersuchen.«

»Nun, die Frage kann ich Ihnen recht einfach beantworten, Monsieur«, sagte sie, »wir testen außer dem Polypodium vulgare ...«

»*Pardon*, Docteur Sommelier, Poly-was?«

»Polypodium vulgare, Tüpfelfarn. Die Pflanze gehört zu meinem besonderen Fachinteresse.«

»Verstehe.«

»Die Tinktur sollte ja laut Monsieur Doudet außer dem Polypodium, dem Tüpfelfarn als Hauptelement, nur noch aus bestimmten weiteren Heilkräutern bestehen, die in den Vogesen und deren Ausläufern vorkommen. Aber ...« Sie stockte überraschend und sah ihn mitfühlend an.

»Ja, Docteur?«

»Sie sagten vorhin, Ihrer Frau gehe es sehr schlecht.«

»Richtig. Sie musste ins Krankenhaus eingeliefert werden.« Das hatte er ihr noch nicht berichtet.

»Das tut mir leid, Monsieur.« Ihr Gesichtsausdruck und ihr Tonfall veränderten sich deutlich. Etwas arbeitete in ihr.

Und er sollte sich nicht täuschen: »Nun, wir haben eine erste Voranalyse gemacht, die routinemäßig noch wiederholt werden muss«, sagte sie langsam und beugte sich nun auch ein Stück zu ihm vor. »Sollten sich deren Ergebnisse bestätigen – Sie merken, ich formuliere das alles sehr vorsichtig und mit Vorbehalt ...«

»Selbstverständlich.«

»Gut, sollte sich der Vortest bestätigen, müssten wir auf dieser Grundlage noch auf weitere Stoffe untersuchen, die wir, sagen wir, bislang nicht erwartet hatten.«

»Ah ja?«

»Die Namen der Substanzen darf ich Ihnen nicht sagen, noch nicht. Aber sie würden Ihnen wohl auch nichts sagen. Es handelt sich um bestimmte synthetische Stoffe oder Verbindungen.«

»Synthetisch? Sie meinen, künstlich hergestellte Stoffe?« Solche, die jedenfalls nicht in den Vogesen wuchsen.

Sie sah ihn eindringlich an.

Jetzt begriff er. »Moment bitte, Docteur, wir sprechen hier von künstlichen Drogen?«

»Unter dem erwähnten Vorbehalt sprechen wir von sehr spezifischen Substanzen, die als Bestandteile von Designerdrogen der neuesten Generation verwendet werden – *könnten*.«

»Aber ...«, er gab sich weiterhin naiv, »solche Drogen sind doch verboten, oder nicht?«

»Nicht unbedingt, Monsieur. In diesem Fall sind die Einzelsubstanzen legal, als künstlich zusammengefügte Bestandteile aber sind sie verboten, weil deren Schädlichkeit schon nachgewiesen wurde.«

»Verstehe ich Sie richtig«, versuchte Rapp die Bedeutung vollends zu erfassen, »dass Sie in Ihren nächsten Analyseschritten untersuchen, ob die gefundenen Einzelstoffe in Doudets Mischung erstens synthetisch und zweitens chemisch so miteinander reagieren, dass sie als Drogen wirken?«

»Genau. Aber bitte, Monsieur Rapp!« Docteur Sommelier hob beschwichtigend beide Hände. »Die Betonung muss bei allem, was ich Ihnen gesagt oder angedeutet habe, auf ›hätte‹ und ›könnte‹ und ›wäre‹ liegen. Streng genommen habe ich Ihnen jetzt lediglich unsere Forschungsfragen und eine Voruntersuchung erläutert, die dazu dient, genauere Untersuchungen durchzuführen. Wissenschaft besteht häufig über einen sehr langen Zeitraum darin, die Forschungsfragen immer genauer zu formulieren. Deshalb liegen belastbare Ergebnisse auch erst in drei, vier Monaten vor, wie ich schon sagte.« Sie saß ihm weiter mit ernster Miene gegenüber. »Diese Untersuchung ist Teil meines allgemeinen Forschungsgebiets.«

»Des Tüpfelfarns.«

»Polypodium vulgare, genau. Wenn Sie aber meine private Meinung wissen wollen, Monsieur Rapp«, fügte sie mit gesenkter Stimme hinzu. »In Bezug auf Ihre Frau und das Engelsfarnrezept von Monsieur Doudet, meine ich ...«

»*Mais oui, Docteur.* Deshalb bin ich hier.«

Sie schüttelte langsam und bedeutungsvoll den Kopf. »Gehen Sie kein Risiko ein. Entsorgen Sie, was Ihre Frau davon noch besitzt. Und verschaffen Sie ihr auch keinen Ersatz. Meines Wissens war Monsieur Doudet zudem der Einzige, der für sich in Anspruch nahm, aus dem Tüpfelfarn eine Art Allheilmittel herzustellen. Aber das fällt im Grunde schon nicht mehr in mein Fachgebiet als Chemikerin.« Sie sah auf ihre Armbanduhr. »Désolée, Monsieur Rapp, aber ich muss mich nun wieder meiner Arbeit zuwenden.«

Sie erhoben sich gleichzeitig.

Rapp reichte ihr zum Abschied die Hand. »Sie haben mir sehr geholfen, Docteur, vielen Dank.« Und das war nicht als leere Phrase gemeint.

# 11

Eine gute halbe Stunde später fand Rapp mit seinem aus dem
Auto befreiten und noch immer schlaftrunkenen Hund im
Schlepptau einen kleinen Tisch auf der Terrasse eines gut besuchten Cafés am Quai des Bateliers, dem Schifferkai.
Der Seitenarm der Ill, in dem sich unter dem frühen Abendhimmel blumengeschmückte Fachwerkhäuser Schulter an
Schulter spiegelten, grenzte das Krutenau-Viertel von der Altstadt ab.
Schräg gegenüber dem Café, in dem Rapp und Hund unter
hohen Bäumen auf der Terrasse ihre Beine ausstreckten, befand
sich der Pont du Corbeau, die Rabenbrücke, sie war im Mittelalter Ort zahlreicher Hinrichtungen gewesen. Mit Schaudern
dachte Rapp an die Geschichten zurück, die er schon als kleiner
Junge davon erzählt bekommen hatte. Von Erwachsenen, die
ein ausgesuchtes Vergnügen daran hatten – an den Geschichten
selbst, wie er damals angenommen hatte, oder daran, Kindern
damit Angst zu machen, wie er heute vermutete. Mörder, hatte
man ihm damals zugeraunt, ebenso wie Ehebrecherinnen (er
hatte keine Ahnung gehabt, was er sich darunter vorzustellen
hatte) seien in einen Sack gesteckt worden, den der Henker von
der Rabenbrücke aus in den Fluss geworfen habe. Bei leichteren
Vergehen wie Diebstahl oder Weinpanschen seien die Säcke mit
den Menschen darin nach einer Weile wieder herausgezogen
worden. Sollten sie dann noch gelebt haben, war Rapp erst viel
später klar geworden, so hätten sie nicht nur die Marter und
Angst als fortdauernde Qualen in ihrem Leben zu ertragen gehabt, sondern sicher auch grässliche körperliche Schäden erlitten
infolge des Kontakts mit der giftigen Gerberbrühe, die unweit
der Rabenbrücke durch einen Kanal vom Gerberviertel aus in
den Fluss geleitet worden war.
Zur bitteren Ironie solcher Geschichten gehörte natürlich,
dass das ehemalige Gerberviertel, La Petite France, in der Alt-

stadt heute als idyllischer Ort galt und einer der Magneten für Touristen aus aller Welt war. In der Vergangenheit aber war das Quartier ein dunkler verstunkener Ort, ein Gerber- und Hafen-, Schmuggler- und Hurenviertel gewesen. Und seinen Namen hatte La Petite France auch nicht vom französischen Vater- oder Mutterland, sondern von der Syphilis, die man ungerechterweise als Franzosenkrankheit bezeichnete, obwohl es vermutlich keine Nation auf der Welt gab, in der diese Geißel der Menschheit nicht beheimatet war.

Rapp genoss die milde Abendluft und betrachtete beinahe so entspannt wie sein Hund die äußerst lebendige, von Passanten, Touristen, Rad- und Autofahrern belebte Szenerie an der Place du Corbeau. Ein stark gebeugter alter Mann fiel ihm besonders auf. In einem langen grauen Mantel, mit einer Baskenmütze schräg auf dem Kopf und einem dicken Zeichenblock unter dem Arm, unterhielt sich der Mann angeregt mit einer Handvoll gut gelaunter junger Leute.

Doch mehr und mehr kehrten seine Gedanken zurück zu dem eben geführten Gespräch mit Sandrine Sommelier. Die Chemikerin, überlegte er, war einerseits äußerst bedacht auf ihr Renommee gewesen und hatte ihre Seriosität als Wissenschaftlerin sehr stark hervorgekehrt; andererseits war sie ihm weit entgegengekommen, fand er, nachdem sie ihr anfängliches Misstrauen ihm gegenüber, vielmehr ihre Skepsis, was sein fachliches Verständnis betraf, erst einmal abgelegt hatte. Doch sein Verstehen hatte er am Ende nicht etwa den komplizierten Vorgängen ihrer Forschung zu verdanken, mit denen sie ihn verschont hatte, sondern seiner Fähigkeit, zwischen den Zeilen zu lesen.

Und genau dort hatte die Wissenschaftlerin einiges zu platzieren gewusst: Ihre Informationen waren, wenngleich noch vorläufig, dazu angetan, dem Fall womöglich eine ganz neue Richtung zu geben. Denn wenn ihre Hypothesen sich bestätigten, dann wäre Didier Doudet nicht etwa ein Hochstapler gewesen, sondern ein skrupelloser Betrüger, der seinem »Engelsfarn« womöglich künstliche Substanzen beigemischt hatte.

Stoffe, die sich zu synthetischen Drogen zusammengefügt haben könnten. Und die er, darauf würde Rapp seinen Kopf verwetten, bestimmt nicht selbst hergestellt hätte, sondern mit Sicherheit von illegalen Herstellern hätte beziehen müssen.

Eine Win-win-Situation, wie man in Wirtschaftskreisen wohl dazu sagen würde, dachte Rapp: Beide Seiten, Doudet und seine Zulieferer, hätten davon profitiert. »Druidier« Doudet hätte einen vermeintlichen Heiltrank verkauft, der seine ahnungslosen Opfer am Ende von Substanzen abhängig gemacht hätte, die für ihn als Hersteller erst strafbar gewesen wären, wenn man ihre chemische Reaktion hätte nachweisen können. Was offensichtlich schwer genug war, wie Docteur Sommeliers Bemühungen zeigten. Und die Lieferanten dieser künstlichen Stoffe hätten in Doudet einen konstanten Abnehmer gewonnen, mit vielleicht noch steigender Kundenzahl.

Sollte sich diese Spur tatsächlich bewahrheiten, wurde Rapp klar, wäre der Fall noch komplizierter als ohnehin schon. Zu dem Kapitalverbrechen, Mord oder Totschlag, würde sich noch ein raffinierter Drogendeal hinzugesellen, dessen Ausmaß er gar nicht einschätzen konnte. Doch zumindest wäre er verpflichtet, Rimbout darauf hinzuweisen.

Doudets vermeintliches Wunderkraut war also bestenfalls harmlos gewesen, wie Sylvies Kollegin Constance offenbar annahm, schlimmstenfalls aber äußerst schädlich, worauf ihm zumindest Isabelles tragische Entwicklung hinzudeuten schien.

Rapp bedauerte jetzt umso mehr, dass er trotz seines tief sitzenden Misstrauens gegenüber Doudet nicht aktiv gegen den Mann geworden war, sondern es nach anfänglichem Protest Isabelle selbst überlassen hatte, sich Doudet anzuvertrauen oder eben nicht. Aber – *mon Dieu!* – er war eben seit Jahren getrennt von Isa, sie trug für sich selbst die Verantwortung, oder etwa nicht?

Seine Gedanken sprangen hin und her. Er erinnerte sich plötzlich, vor einiger Zeit im überregionalen Teil des Courant Alsacien einen Bericht darüber gelesen zu haben, dass in Amerika solche synthetischen Drogen zu einem riesigen Suchtproblem geführt hatten, allerdings als Bestandteil ganz legaler Schmerzmittel, wenn er das richtig verstanden hatte.

Er war kein Fachmann in diesen Dingen und nahm daher kurz entschlossen sein Handy, um Aimée Polignac eine Nachricht zu schreiben mit der Bitte, ihm eventuell mehr Informationen zu synthetischen Drogen et cetera zu schicken, falls es ihr zeitlich möglich sei. Unter Umständen könne er es ihr seinerseits mit Hintergründen zu dem Mordfall danken, über den sie bereits miteinander gesprochen hätten. Vorausgesetzt, er liege mit gewissen Annahmen richtig.

Je mehr Rapp darüber nachdachte, desto deutlicher stand ihm das Mordmotiv vor Augen, das vermutlich so alt war wie die Menschheit: Rache. Als Vergeltung für Betrug, Täuschung und vielfach erlittenen Schaden.

Der Garçon kam und fragte Rapp nach seinen Wünschen. Er bestellte eine Tarte au Fromage blanc, einen Käsekuchen und einen Grand Café, eine große Schale Kaffee, schwarz wie die Nacht. In diesem Moment regte sich Honoré zu seinen Füßen und hob den Kopf. Rapp begriff erst, indem er sich halb umdrehte, dass sein Hund nicht auf den Kellner, sondern auf den gebeugten alten Mann mit der Baskenmütze auf dem Kopf und dem Zeichenblock unterm Arm reagierte, der vorhin noch mit den jungen Leute drüben am Kai geplaudert hatte.

»*Bonjour*, Monsieur«, grüßte der Alte mit einem verschmitzten Lächeln im Gesicht, das aus der Nähe betrachtet fast nur aus Falten zu bestehen schien. »Hätten Sie etwas dagegen, wenn ich mich eine Minute lang zu Ihnen setzen würde, um mich auszuruhen? Die anderen Tische sind alle besetzt, wie mir scheint.«

Der Garçon, bereits im Gehen begriffen, sah Rapp fragend an. Der signalisierte ihm, dass er sich getrost um die Bestellung kümmern könne.

»*Bien sûr*, Monsieur«, erwiderte Rapp freudig und schob dem Alten einen Stuhl hin. »Bitte, setzen Sie sich zu mir, sonst grübele ich nur immer weiter vor mich hin.«

Der alte Mann stieß ein heiseres Lachen hervor und sank ächzend auf den Stuhl. »*Merci*, Monsieur, sehr freundlich. Wissen Sie, ich wohne nicht weit von hier, etwa einen Kilometer, in der Rue Fritz. Aber in meinem Alter, ich werde bald zweiundneunzig, hüpft man nicht mehr ganz so leicht durch das Quartier wie ein junger Spund Ihres Alters.«

Rapp lachte laut auf und winkte ab. »Sagen Sie das bitte mal meinem Orthopäden, Monsieur, er behauptet, ich bewege mich zu wenig. Darf ich Sie vielleicht auf ein Gläschen einladen? Ich muss leider noch mit dem Auto fahren, daher kann ich nur mit einem Grand Café mit Ihnen anstoßen, wenn es Ihnen nichts ausmacht?«

Der alte Mann zierte sich nicht und nahm Rapps Einladung dankend an. Er legte seinen Zeichenblock und ein kleines schwarzes Stoffetui, in dem sich vermutlich seine Stifte und Zeichenutensilien befanden, auf den noch freien Stuhl, den Rapp ihm zu diesem Zweck bereits hingeschoben hatte, und studierte aufmerksam die Weinkarte.

»Ich denke, ich nehme einen Pinot noir, wenn Sie erlauben.«

»Ich hoffe, er schmeckt Ihnen, Monsieur. Der Garçon müsste gleich zurückkommen.«

Der Alte klappte die Weinkarte zu und streichelte nun mit seiner blau geäderten Hand Honorés Kopf, den der Hund ihm zu diesem Zweck bereits auf die Knie geschoben hatte. Ein Vertrauensbeweis, den Honoré weiß Gott nicht jedem gewährte.

»Wohin fahren Sie denn an einem so schönen lauen Herbstabend, Monsieur, wenn ich fragen darf?«

»Zurück nach Pfaffenhoffen«, antwortete Rapp.

»Pfaffenhoffen in der Nähe von Rouffach?«

»Sie kennen es?«

»Ich war früher ein paarmal dort. Das alte Kloster oben am Kastelberg ist ein wunderbarer Ort zum Zeichnen. Der Blick in die Ebene über das Rheintal hinweg bis zum Schwarzwald … wunderbar. Und das Kloster ist selbst ein schönes Objekt, nicht wahr?«

»Das allerdings«, stimmte Rapp zu. »Trotz der vielen Touristen an manchen Tagen immer ein Ort der Entspannung.« Vor allem abends, wenn es dämmerte, die Temperaturen sanken, es aber noch angenehm warm war. Und er sich mit Sylvie ein Fläschchen Pinot gris oder noir teilen konnte.

Auch der alte Mann schien solchen Erinnerungen an Pfaffenhoffen nachzuhängen, er seufzte leise. »Schon Jahre her, dass ich dort oben auf dem Kastelberg war. Mittlerweile bin ich nur noch in Strasbourg unterwegs, hier in meinem Viertel, um genau zu sein.«

Rapp deutete auf seinen Zeichenblock. »Sie zeichnen, was Sie sehen, Monsieur? Was Ihnen begegnet?«

»Ja genau. Früher war ich für die Modebranche tätig, meine Arbeiten erschienen in Zeitschriften, Illustrierten und so weiter. Auch schon wieder eine lange Zeit her.« Er lächelte wehmütig. »Jetzt, im Alter, zeichne ich draußen, die Menschen, Landschaften, die Stadt. Und die Tiere.« Er warf einen Blick auf Honoré und sah Rapp dann fragend an. »Denken Sie, Ihr Terrier erlaubt mir, ihn zu zeichnen, Monsieur?«

Rapp warf einen Blick auf seinen Hund, der den Kopf gelassen zwischen ihm und dem alten Mann hin- und herschwenkte. »Ich schätze, Honoré hat nichts dagegen, Monsieur.«

Noch während der alte Mann seinen Zeichenblock und das Etui vom Stuhl nahm, kam der Kellner mit Rapps Käsekuchen und dem Café. Rapp bestellte den Wein für Monsieur und fragte den alten Mann, ob er nicht ebenfalls Lust auf ein Stück Kuchen habe.

»Tarte au Fromage blanc – da sage ich nicht Nein, Monsieur, *merci*«, gab er verschmitzt zurück, und der Kellner verschwand mit der neuen Bestellung.

Während Rapp es sich bereits schmecken ließ, legte sich der Alte den Block auf die Knie und begann, mit einem blauen Kugelschreiber Honoré zu zeichnen, der sich inzwischen wieder der Länge nach ausgestreckt hatte. Erst als der Kellner mit dem Wein und dem Kuchen für ihn zurückkam, klappte er den Block noch einmal zu und leistete Rapp Gesellschaft beim Schmausen.

Und jetzt stellten sie sich auch mit Namen vor. So erfuhr Rapp, dass er es mit Antoine Keller zu tun hatte, einem Mann aus der Generation Tomi Ungerers.»Im Unterschied zu mir ein internationaler, ein echter Weltkünstler«, betonte Antoine Keller. »Ich selbst sehe mich mehr als regionalen Künstler, wissen Sie, Monsieur Rapp. Als einen zeichnenden Chronisten, wenn Sie so wollen.«

»Menschen, Tiere, Stadt und Land«, fasste Rapp noch einmal zusammen.

»Richtig, im Grunde alles, was mir vor den Stift kommt.« Er lachte.»Viele alte Gebäude in Strasbourg zum Beispiel, die ich damals, vor vielen Jahren, gezeichnet habe, sind ja verschwunden. Abgerissen, *perdu*.« Er machte eine wegwerfende Bewegung mit der Hand.

»Auch in der Krutenau«, ergänzte Rapp zustimmend.

»Ja, aber hier im Viertel ist Schlimmeres verhindert worden. Sie wissen vielleicht, dass man in den sechziger Jahren vorhatte, im Grunde das ganze Quartier zugunsten einer Schnellstraße in die Luft zu sprengen. Zum Glück gab es Initiativen, die das verhindert haben. Ich selbst habe mich an den Protesten beteiligt, habe zeitweilig sogar ein Haus besetzt, damit es erhalten bleibt, es steht immer noch, drüben in der Rue Paul Janet, das Haus Nummer 6.« Er lächelte zufrieden.»Heute ist das Krutenau ein *place à la mode*, nicht gerade billig für unsereins, hier auszugehen, aber die jungen Leute mögen es. Und sehen Sie sich mit Monsieur«, er deutete mit der Kuchengabel auf Honoré, »die Place des Orphelins an, ganz in der Nähe, in Richtung Sainte-Madeleine, wo noch Reste der alten Stadtmauer stehen. Aus der Place des Orphelins sollte ein Parkplatz werden. Das haben wir damals zum Glück auch verhindern können. Heute sehen Sie dort den Kinderspielplatz und die Tischtennisplatten unter den schönen Bäumen. *Voilà*.«

»Darauf trinken wir, Monsieur Keller«, sagte Rapp und hob sein Glas.

»*Enchanté*, Monsieur Rapp!« Sie tranken, und Antoine Keller fügte mit Kennerblick auf das in der letzten Abendsonne funkelnde Weinglas hinzu:»Ein sehr guter Pinot. Und ein ebenso großes Vergnügen, mit Ihnen hier zu plaudern, Monsieur.«

Er prostete auch Honoré zu, und nachdem er den Kuchen verzehrt und den Wein getrunken hatte, vollendete er seine Zeichnung von »Monsieur«, wie er Rapps Hund konsequent nannte.

Schließlich trennte er das fertige Bild aus dem Zeichenblock, datierte und signierte es sorgfältig, um es dann Rapp zu reichen. »Wenn Sie erlauben, erwidere ich Ihre Freundlichkeit mit dem einzigen Vermögen, das ich besitze.«

»Mit Ihrer Zeichenkunst, selbstverständlich, Monsieur Keller, *merci beaucoup*.« Rapp nahm dankbar die Zeichnung in beide Hände und fand, dass nicht nur Statur und Haltung seines Hunds wunderbar getroffen waren, sondern auch das Wesen des Tiers: Keller hatte Honorés entspanntem Gesicht geradezu altersweise Züge verliehen.

Rapp war sehr berührt von dem Bild. »Vielen Dank, Monsieur Keller, ein wunderbares Bild.«

Der alte Mann winkte ab, nahm Block und Etui wieder an sich und stand auf. »Das ganze Geheimnis der Kunst, Monsieur Rapp, besteht meiner Meinung nach darin, genau hinzuschauen. Und es dann zu versuchen, immer wieder von Neuem. Niemals aufzugeben. Aber dafür braucht es Zeit. Und Muße. Die wenigsten Menschen ahnen, wie kostbar diese zwei Dinge sind.« Er lachte. »Obwohl sie ständig betonen, wie sehr sie danach verlangen.«

Zum Abschied gaben sie sich die Hände, der Alte beugte sich noch einmal – schwer ächzend – zu Honoré hinab, um ihm die Stirn zu streicheln, dann ging er langsam das Trottoir hinunter Richtung Place d'Austerlitz.

Rapp sah ihm noch eine Weile nach, während er das Blatt mit dem Bild von Honoré vorsichtig zusammenrollte. Antoine Keller hatte der Zeichnung keinen Namen gegeben, doch Rapp betitelte es im Geiste *Honoré en bleu*, »Honoré in Blau«.

Dann ließ er sich die Rechnung bringen und brach auf.

Auf dem Weg zum Parkhaus in der Rue des Bœufs gingen ihm die letzten Sätze des alten Mannes noch eine Weile durch den

Kopf. Vielleicht, überlegte er, bestand auch das Geheimnis einer Mordermittlung, wenigstens zum größten Teil, im genauen Hinsehen. Und darin, sich die Zeit zu nehmen, alle Spuren sorgfältig zu prüfen und nicht aufzugeben. Niemals.

## 12

*Pfaffenhoffen, Sonntag, 2. Oktober*

Gegen zehn Uhr am Sonntagmorgen rief überraschend Rimbout an.

»*Bonjour*, François, ich wollte dich auch schon anrufen«, bekannte Rapp, der noch am Frühstückstisch saß. »Aber erst morgen, ich weiß ja, dass dir der Familiensonntag heilig ist. Abgesehen von aktuellen Fällen natürlich.«

»Eben.«

»Wie bitte?«

»Ja, der Familiensonntag ist mir heilig. Aber der aktuelle Fall lässt mir keine Ruhe.«

»Und deswegen rufst du an?«

»Wegen beidem, wenn man's genau nimmt.«

»Wie, wegen der Familie *und* wegen des Falls?« Rimbout konnte mitunter recht kompliziert sein.

»Richtig. Erkläre ich dir, wenn wir uns treffen. Was hältst du von heute Nachmittag?«

»In Ordnung, in Sachen Doudet wollte ich sowieso noch mit dir sprechen.«

»*Bon.* Um drei an dem Pétanque-Platz hinter dem Hexenturm in Rouffach?«

»In Ordnung.« Allerdings hatte der Ort weder mit seiner Arbeit noch mit der Familie zu tun. Wie auch immer. »Ich werde dort sein«, versprach Rapp, und sie legten auf.

Der Himmel war leicht bedeckt, als Rapp am Nachmittag sein jahrzehntealtes Peugeot-Fahrrad aus dem Geräteschuppen des Maison Michelberger schob und Honoré in den improvisierten Hundekorb setzte, den er für ihn aus einem ausrangierten Metallkorb gebastelt hatte. Er hatte leichten Gegenwind auf seinen Schleichwegen abseits der stark befahrenen Autoroute.

Doch seitdem Roschi das Rad überholt hatte, machte es tatsächlich wieder einen Unterschied, ob er im ersten oder im fünften Gang fuhr.

Eine gute halbe Stunde später erreichte er den kleinen Schotterplatz in Rouffach, der schon vor langer Zeit zum Terrain de Pétanque erklärt worden war – inoffiziell, aber niemand hatte je dagegen protestiert. Der Platz befand sich in der Nähe des Hundeauslaufs an der Rue de la Piscine.

Wie meistens an den Wochenenden hatte sich auch heute ein kleines Grüppchen zum Pétanque-Spielen eingefunden, aber im Unterschied zu den Pétanquisten in Pfaffenhoffen kam ihm niemand bekannt vor.

Er stellte sein Rad im Schatten des historischen Hexenturms ab, der Teil des mittelalterlichen Schutzwalls der Stadt war, und ging hinüber zum Platz. Es war bereits kurz nach drei Uhr, doch von Rimbout war noch nichts zu sehen. So nahm sich Rapp die Zeit, um Honoré in der »Avenue de la merde« noch ein wenig auszuführen, der »Kack-Allee« für Hunde, die sich unter wunderschönen Platanen parallel zu der historischen Stadtmauer erstreckte.

Als er knapp zehn Minuten später zum Pétanque-Platz zurückkehrte, sah er Rimbouts hohe, schlaksige Gestalt ungeduldig – oder unzufrieden – vor- und zurückwippen. Das Gesicht verdrossen, beide Hände in den Hosentaschen vergraben, stierte er auf das Terrain de Pétanque, wo die *cochonette*, das »Schweinchen«, bereits von drei Kugeln um mehrere Handbreit verfehlt worden war.

»*Salut*, François!«, grüßte Rapp und schreckte Rimbout damit aus seinen offensichtlich trüben Gedanken.

»*Salut*, Jean Paul.« Rimbout, mitunter war er ein wenig förmlich, gab Rapp die Hand und beugte sich dann zu Honoré hinunter, um ihm freundschaftlich den Handrücken zu reichen. Honoré wedelte leicht mit dem Schwanz, schleckte routinemäßig mit der Zunge über Rimbouts Hand, das war's, Rapps alter Kollege war aus irgendeinem Grund nicht so recht sein Fall.

Rimbout schlug vor, ein paar Schritte zu gehen und das

Pétanque-Spiel aus dem Schatten einer Platane zu verfolgen.

»Weißt du, offiziell arbeite ich gerade.«

»›Offiziell‹ heißt?«

»Meiner Familie gegenüber.«

Rapp sah ihn erstaunt an.

»Ja, ich habe Marianne und den Kindern gesagt, ich müsse dringend am neuen Fall arbeiten, in meinem Büro in Rouffach. *Alors*, das sollte ich wirklich tun. Aber im Moment sind mir die Hände gebunden, aus gewissen … Gründen.«

»Du sprichst in Rätseln, mein Lieber«, gestand Rapp. »Sei so freundlich und erzähl mir einfach, was los ist.«

»Um mit der Familie anzufangen, Marianne will heute mit den Zwillingen ihre Schwägerin besuchen. Du kennst Bernadette ja auch.«

»Nur aus dem Fernsehen«, lästerte Rapp.

Er musste an Bernadettes verrückten Live-Auftritt bei Salut Alsace, einem lokalen Privatsender, vor einiger Zeit denken: Gut gelaunt, mit dampfender Haschischzigarette zwischen den Fingern, hatte sie ausgeplaudert, wie sie zwei Jugendlichen – Rimbouts Zwillingen Jeanne und Richard – das Autofahren mit einer ausrangierten Citroën Dyane beigebracht hatte. »Auf dem Acker hinter meinem Haus.« Aber erst nachdem Jeanne und Richard erste Lektionen von ihrem Vater, bekanntermaßen Leiter des Commissariats in Rouffach, erhalten hätten.

Rimbout hatte sich später etwas ungeschickt damit verteidigt, er habe den Zwillingen zwar das Auto erklärt, aber nicht das Fahren. Was für manche auch nicht weniger bekifft geklungen hatte als Bernadettes Forderung, junge Talente solle man *fördern*, nicht *be*fördern.

Das Video war von Salut Alsace ins Internet gestellt worden – und laut Rimbout seitdem viral gegangen, zigtausendmal angeklickt und wahrscheinlich auch heruntergeladen worden. Seitdem verging praktisch kein Tag mehr, an dem Rimbout nicht von irgendwem auf »Bernadettes Enthüllungen« angesprochen wurde – im Commissariat, in der Colmarer Zentrale oder in Thann, wo er mit der Familie lebte.

»Weißt du, was mich wirklich ärgert?«, meckerte Rimbout weiter. »Dass Marianne ihre Schwester auch noch in Schutz nimmt!«

»Und die Zwillinge?«

»Die himmeln ihre Tante geradezu an, diese Verrückte!« Er setzte eine trotzige Miene auf. »Da werde ich mir doch den Sonntag nicht dadurch verderben, dass ich ausgerechnet mit zu Bernadette fahre! Wahrscheinlich hat sie in ihren unvermeidlichen Rhabarberkuchen einen Haufen Cannabis hineingeschaufelt und den Rest davon in den Tee geschüttet, den sie uns dazu reicht.«

»Ihre Art von Gemütlichkeit«, stichelte Rapp ein wenig.

»*Non, merci*, ohne mich.«

»Und da hast du jetzt die Arbeit am neuen Fall als Ausrede vorgeschoben?«

»Was hätte ich machen sollen?« Rimbout zuckte mit den Schultern.

»Warum sagst du deiner Familie nicht einfach, dass du keine Lust hast, Bernadette zu besuchen?«

»Weil Marianne dafür kein Verständnis hätte und die Zwillinge noch weniger. Sie fänden, ich würde maßlos übertreiben und Bernadette sogar unrecht tun. Unrecht! Ich – Bernadette! Absurd.« Er presste erbittert die Lippen zusammen und setzte dann hinzu: »Es ist genau umgekehrt. Ich untertreibe, was Bernadette angeht.«

»Du *unter*treibst?« Angesichts der Wuttirade, die sein alter Freund gerade vom Stapel gelassen hatte, schien Rapp der Vorwurf seiner Familie nicht ganz unberechtigt.

Rimbout sah ihn direkt an. »Nimm zum Beispiel diese neue Idee der Zwillinge, das Repair-Café.«

»Keine schlechte Idee«, entgegnete Rapp. »Mir fallen auf Anhieb ein Dutzend Sachen ein, die bei mir zu Hause vor sich hin gammeln, weil sie mal eine kleinere Reparatur bräuchten. Aber wer macht so etwas heute noch? Und wenn ja, wo und wie findet man ihn?«

»Irgendwie soll das mit Hilfe des Internets funktionieren, sagen die Zwillinge.« Rimbout machte eine wegwerfende Geste.

»Klingt doch vernünftig«, erwiderte Rapp. Heutzutage fanden sich doch sogar Paare im Internet. Allerdings hatte es früher auch ohne Netz und doppelten Fragebogen für die Paarungswilligen geklappt. In seinem und Isabelles Fall aber auf die Dauer ohne *fortune*.

Rimbout hatte jedoch grundsätzliche Einwände. »Erstens sind die Zwillinge Jugendliche, sie gehen noch zur Schule. Und zweitens bräuchte es für so ein Repair-Café auch eine Anlaufstelle, eine Art Laden, und zwar in Wirklichkeit, nicht nur im Netz.«

»Stimmt vermutlich. Aber was wäre die Lösung?«

»Keine Ahnung. Aber Bernadette behauptet selbstverständlich, sie habe eine. Details will sie heute Nachmittag mit den Zwillingen besprechen. Die drei wollen anscheinend einen Plan schmieden, wie sie mit Bernadettes Hilfe – Hilfe, haha! – an einen geeigneten Laden kommen könnten, den ein gemeinnütziger Verein betreiben soll.« Der Ausdruck der Empörung in Rimbouts Gesicht hätte nicht größer sein können.

»Aber was ist falsch an so einem Plan? Warum regt dich das so auf?«, wunderte sich Rapp.

»Mich regt auf, dass diese durchgedrehte Schraube Bernadette durch ihren Auftritt bei Salut Alsace bereits fünfzig Prozent meines guten Rufs ruiniert hat. Und ich bin sicher, ihr fällt auch jetzt wieder irgendetwas ein, das die restlichen fünfzig Prozent meiner Reputation in die Tonne tritt. Das Ganze unterstützt durch meine eigenen Kinder!«

»*Oh, là, là*, François, ich weiß wirklich nicht, ob du dich nicht völlig umsonst aufregst. Vielleicht sind die Reaktionen sogar ganz positiv?«

»Positiv? In welchem Sinne?«

»In dem Sinne, dass man dich als einen ziemlich modernen, liberalen Vater empfindet zum Beispiel. Jedenfalls ist im Moment noch gar nichts passiert.«

»Das wird es aber, Jean Paul, denk an meine Worte: Das wird es.« Rimbout holte tief Luft, und das schien er sehr nötig zu haben.

»*Bon*, für heute hast du dich also mit der Arbeit als Ausrede aus der Affäre gezogen.« Rapp sah Rimbout schmunzelnd an.

»Aber du sagtest, du würdest tatsächlich gerne heute noch an dem Fall arbeiten.«

»Ja, ich verfolge im Fall …« Er zog Rapp noch ein paar Schritte weiter weg von der Pétanque-Gruppe und senkte die Stimme: »Im Fall Doudet verfolge ich eine Spur, zu der ich gerne deine Meinung hören würde.«

»Ives Robert von der Gendarmerie in Thann sprach davon, dass ihr denkt, es könnten angetrunkene Touristen gewesen sein, mit denen Doudet womöglich aneinandergeraten ist.« Juristisch gesehen liefe das auf schwere Körperverletzung mit Todesfolge hinaus.

Doch zu Rapps Überraschung schüttelte Rimbout den Kopf.

»Nein, davon gehe ich nicht mehr aus. Anfangs schon, da hast du recht, auch im Präsidium hielt man das für plausibel.«

»Aber? Habt ihr neue Erkenntnisse?«

»Zunächst mal haben wir am Tatort und im weiteren Umfeld der Engelsburgruine keine Hinweise auf Jugendliche oder überhaupt irgendeine Touristengruppe gefunden.«

Rapp überraschte das nicht, Ives Robert hatte es bereits angedeutet. »Das Wetter an dem Abend soll außerdem miserabel gewesen sein«, rief er in Erinnerung. »Nicht gerade einladend für eine Touristengruppe, bei Nieselregen zur Engelsburgruine hinaufzukraxeln, um in der Dämmerung ins Tal hinunterzublicken, wo das Städtchen im dichten Nebel liegt.«

»Schon, aber es gibt immer ein paar Fanatiker, die sich selbst bei Nacht und Nebel auf den Weg in die Vogesen oder in die Wälder machen.«

»Du hast aber jetzt eine andere These?« Er war hoffentlich nicht doch noch auf die Wahnidee verfallen, dass Isabelle, direkt oder indirekt, etwas mit der Sache zu tun haben könnte.

Doch Rapps Sorge schien unbegründet: »Wir haben schlichte Polizeiarbeit gemacht«, sagte Rimbout bedeutungsschwer. »Zunächst mal haben wir seine Biografie gecheckt, soweit das in der kurzen Zeit möglich war. Und die wirft durchaus Fragen auf, was seinen Charakter betrifft.«

»Inwiefern?«

»Doudet wurde in Lyon geboren, ledig, als einziges Kind seiner Mutter, die früh verwitwet war. Dort hat er eine kaufmännische Lehre absolviert und danach ein paar Jahre im Textilbereich gearbeitet.«

»Bekleidung?«

»Richtig. Und jetzt wird es interessant, Jean Paul. Doudet zieht von Lyon nach Strasbourg und tritt dort eine Stelle bei Monoprix an.«

»Was ist daran so besonders?«

»Wart's ab. Nach Auskunft der Geschäftsleitung wurde Doudet recht bald zum Abteilungsleiter befördert, weil er ein ungewöhnlich guter Verkäufer war und sogar, ohne zu murren, viele Überstunden machte. Doch mit der Zeit fiel auf, dass an den folgenden Tagen immer häufiger Kleidungsstücke fehlten, die von Doudet als gestohlen gemeldet wurden. Die vermeintliche Diebstahlquote in seiner Abteilung war jedoch so hoch, dass Doudet selbst in Verdacht geriet, solche Kleidungsstücke – stets sehr teure Sachen – mitgehen zu lassen.«

»Wurde er angezeigt?«

»Nein. Die Diebstähle konnten ihm nicht nachgewiesen werden. Aber er wurde, sagen wir mal, ruhmlos entlassen.«

»Zerstörtes Vertrauensverhältnis?«

»So lautete die Begründung der Geschäftsleitung, ja. Doudet war danach ein Jahr lang arbeitslos, dann starb seine Mutter in Lyon und hinterließ ihm ein kleines Erbe, mit dem er den Laden in Schœnwiller einrichten und eröffnen konnte.«

»Doudet war also ein sehr guter Verkäufer und möglicherweise ein dreister Klamottendieb«, fasste Rapp zusammen.

»Genau. Wir haben natürlich überprüft, ob der Name Doudet in letzter Zeit oder überhaupt einmal polizeilich oder juristisch aufgetaucht ist.«

»Und?« Rapp war wirklich gespannt.

»Ein einziges Mal nur. Gar nicht so lange her, vor ein paar Wochen erst. Eine Kneipenschlägerei in Masevaux.«

»Masevaux, aha.« Der kleine Ort lag im Tal der Doller, südwestlich von Thann.

»Laut Doudets Aussage war es ein tätlicher Angriff auf ihn, allerdings ohne großen körperlichen Schaden. Der Wirt in Masevaux musste trotzdem die Kollegen von der örtlichen Polizeistation rufen, um den Streit zu schlichten.«

»Und wer war Doudets Kontrahent?«

»Ein gewisser Nicolas Fontaine.« Rimbout sah Rapp fragend an. »Sagt dir der Name eventuell irgendetwas?«

»Auf Anhieb nicht, tut mir leid. Wieso fragst du?«

»Dieser Fontaine ist laut Aktenlage ein völlig unbescholtenes Blatt. Aber es gibt ja diese Typen, die uns gelegentlich schon aufgefallen sind, zum Beispiel durch ihre unerwartete Nähe zu richtig schweren Jungs. Die aber nie zu fassen sind, weil irgendjemand aus der Gang solchen Halbgangstern immer wieder ein Alibi verschafft.«

»Und Fontaine?«

»Ende vierzig, IT-Spezialist, vollkommen unauffällig, wie gesagt – bis auf den Vorfall in der Kneipe. Und auch der war laut Polizeibericht so uneindeutig, dass man ihn nicht weiterverfolgt hat.«

»Was heißt ›uneindeutig‹?«

»Der Wirt konnte Doudets Vorwurf, er sei von Nicolas Fontaine angegriffen worden, nicht bestätigen, weil er sich zu Beginn des Streits hinten in seiner Küche befand. Er kam erst herausgerannt, nachdem er den Lärm im Kneipenraum gehört hatte. Doch seiner Ansicht nach war auch Doudet nicht ganz unschuldig an der Prügelei.«

»Das spricht aber mindestens ebenso sehr gegen Doudet wie gegen Fontaine.«

»Tatsache ist, dass der Mann erheblichen Streit mit Doudet hatte«, beharrte Rimbout. »Nur sagt der Polizeibericht nichts über den Anlass dafür aus.«

»Warum vernimmst du den Mann nicht einfach?«

»Habe ich schon. Der Typ ist dicht wie ein Stahltresor.«

»Was ist mit seinem Alibi für die Tatnacht?«

»Er hat keins. Lebt allein, will an dem Abend zu Hause gewesen sein. Solo, keine Zeugen. *Voilà.*«

»Und jetzt? Die Suche nach dem Motiv, das er gehabt haben könnte?«

»Richtig. Ich lasse alle verfügbaren Daten über den Mann prüfen. Herkunft, Aufenthalte, Geldströme, alles, was da ist, um es mit dem abzugleichen, was wir über Doudet wissen. Die Suche nach Knotenpunkten zwischen dem Opfer und Fontaine, damit wir ihn in der Vernehmung überraschen können, falls er der Täter ist.«

»Aber?« Denn nach einem Aber hörte sich sein frustrierter Tonfall an.

Rimbout stöhnte. »Die Genehmigungen für solche intensiven Überprüfungen von Tatverdächtigen dauern derzeit tagelang. Personalengpässe in der Justizverwaltung, innere Kündigung, was weiß ich? Unterdessen kann Fontaine Beweise verschleiert oder beiseitegeschafft haben. Aber erklär das mal der Verwaltung.«

»Du scheinst dir ziemlich sicher zu sein, was diesen Fontaine betrifft.«

»Er gefällt mir nicht. Ein aalglatter Typ.«

»Aber, François, solche Typen gibt es wie Sand am Meer. Besser, du verbeißt dich nicht zu sehr in ihn. Nähere dich ihm langsam und beobachte ihn direkt«, riet Rapp ihm, als wäre er noch immer Chef-Commissaire.

»Weißt du, um mich dem Mann unauffällig zu nähern, ihn scheinbar harmlos als Zeugen zu vernehmen, ist es ja nun schon zu spät. Wir hatten ihn bereits in der Mangel.«

»Und?«

Rimbout sah ihn eigenartig listig an. »Na ja, ich dachte, *du* könntest dir Fontaine vielleicht einmal anschauen. Ganz neutral, versteht sich. Seit dem Vorfall damals, der Prügelei mit Doudet, besucht er offenbar regelmäßig ein anderes Lokal in Masevaux, ein Bistro. Dort ist er Stammgast, fast jeden Abend da, sonntags in jedem Fall, haben wir herausgefunden.«

»*Alors*, nicht ganz unverständlich, oder? Der Mann ist alleinstehend, sucht Kontakt, und der Wirt seiner früheren Stammkneipe hat seinetwegen damals die Polizei gerufen.«

Rimbout sah ihm in die Augen. »Mich würde dein persönlicher Eindruck von dem Mann interessieren, Jean Paul.«

Rapp gab sich geschlagen und ließ sich von Rimbout den Namen von Fontaines neuer Stammkneipe geben.

»Bistro de la Doller, im Ortszentrum, nicht zu verfehlen.«

»Ich glaube, ich weiß, wo es liegt. Ich war früher öfter mal in Masevaux, allerdings privat, mit Isabelle und Edgar.

»Apropos Isabelle. Sagtest du nicht, du hättest mir in Sachen Doudet etwas mitzuteilen? Ich hoffe, es hat nicht mit Isabelle zu tun. Ich denke, du bist in diesem Punkt nicht objektiv.«

»Nicht objektiv?« Rapp verschlug es sekundenlang die Sprache. Es fiel ihm noch immer schwer, sich von seinem früheren Assistenten Rimbout belehren zu lassen. Freundschaft hin oder her. »Es geht mir im Fall Doudet nicht um Isabelle«, erwiderte er recht verschnupft auf Rimbouts Unterstellung. Obwohl sie nicht mal falsch war.

»Da bin ich aber beruhigt«, machte Rimbout in dem Oberlehrerton weiter, den er angeschlagen hatte. »Worum geht es denn dann?«

Rapp fasste in aller Kürze seine Begegnung mit Docteur Sandrine Sommelier in Strasbourg zusammen und bemühte sich, seine Recherchen als mehr oder weniger zufällig veranlasst darzustellen. »Eine … Bekannte, meine Nachbarin Sylvie Printemps, hat mich darauf gebracht, dort einmal nachzuhaken. Sylvies Kollegin am Éco Musée befasst sich beruflich mit Heilkräutern, und aus diesem Grund hat sie sich auch für Doudets Kräuterrezepturen interessiert. In dem Zusammenhang hat sie davon erfahren, dass eine spezielle Mixtur von ihm, er nannte sie Engelsfarn, nahrungsmitteltechnisch, also chemisch untersucht wird.«

Dass Docteur Sommelier die Chemie des Tüpfelfarns mehr grundlagenwissenschaftlich untersuchte, ließ Rapp der Einfachheit halber weg.

Rimbout schob das Kinn vor, offenbar wenig beeindruckt. »Und?«

»Das Labor prüft noch. Docteur Sommelier, die Leiterin,

verfolgt dabei unter anderem – und jetzt wird es interessant, François – die Vermutung, dass sich auch synthetische Stoffe in Doudets Mixtur befunden haben könnten.«

Rimbout zuckte mit den Schultern.»Synthetische Stoffe sind doch in jeder Zahnpasta. Und wir putzen uns trotzdem jeden Tag die Beißer damit.«

»Doudet hat aber behauptet, nur natürliche Stoffe zu verwenden.«

»Hört sich für mich nach einer Ordnungswidrigkeit an. Warum sollte das für uns interessant sein?«

»Weil seine synthetischen Beimischungen je nach Zusammensetzung auch drogenähnliche Wirkungen entfalten können, meint Docteur Sommelier.«

»Das wäre dann ein Fall für die Lebensmittelkontrolle oder das Ordnungsamt. Wie kommt Madame Docteur überhaupt zu der Annahme?«

»Aufgrund einer Voranalyse in ihrem Labor. Der definitive Nachweis solcher Stoffe scheint allerdings aufwendig zu sein.«

»Nur damit ich das verstehe, Jean Paul: Die Chemikerin spricht im Grunde von Designerdrogen, oder?«

»Richtig.«

»*Bon.* Die Sache ist die: Die Designer von solchen Stoffen sind oft schneller als die Polizei. Und vor allem schneller als die Gesetze, die gegen sie erlassen werden.«

»Das weiß ich, François. Aber das Zeug, das sie herstellen, macht unter Umständen trotzdem süchtig. Vielleicht noch stärker als Heroin oder Koks. Zumindest stärker als Alkohol.«

»Womit wir nun aber doch bei Isabelle wären, *non*?« Rimbout warf sich regelrecht in Pose. »Warst du es, Jean Paul, oder Isabelle selbst, die davon gesprochen hat, dass auch sie Doudets Kräutermischung, nun ja, genossen hat? Und ihre Reaktion am Telefon auf Doudets Tod kam mir, *pardon*, wenn ich das sage, Jean Paul, aber sie kam mir ziemlich hysterisch vor. Wie eine Süchtige, der man ihren neuen Suchtstoff weggenommen hat.«

»Hysterisch? Isabelles Erkrankung ist keine Einbildung, François. Sie liegt derzeit im Krankenhaus. Und zwar sehr real.«

Rimbout stutzte. »Entschuldige. Das tut mir leid. Ich hoffe, du gibst nicht mir die Schuld daran?«

»Nein. Solange du nicht Isabelle verdächtigst, ist das in Ordnung. Anhaltspunkte dafür wirst du bei Isa ohnehin nicht finden, François, das garantiere ich dir. Du solltest besser diese Designerdrogenspur im Umfeld von Doudet überprüfen.«

»Aber der Tatbestand ist doch noch nicht mal von deiner Docteur Sommelier bestätigt worden. Hast du selbst gesagt.«

»Was ist mit der Kriminaltechnik, François? Die Chemiker dort würden vielleicht schneller als so ein chemisches Labor, das auch noch andere Sachen zu tun hat, herausfinden, was für Substanzen Doudet so alles beigemischt hat.« Drei bis vier Monate wie das Labor Sommelier würden sie jedenfalls nicht benötigen.

Rimbout winkte ab. »Rien ne va plus, mein Lieber. Wie soll ich das denen gegenüber begründen? Damit, dass Doudet unter Umständen eine Ordnungswidrigkeit begangen hat? Indem er ... wie sagt man ... eine Art Nahrungsergänzungsmittel falsch deklariert hat? Die lachen sich tot bei der KT, wenn sie hören, dass der Mann tot ist und nicht mal mehr eine Gesundheitsgefährdung von ihm ausgehen kann.« Er kniff die Brauen zusammen. »Ich verstehe ehrlich gesagt nicht, warum dir diese Designerdrogensache so wichtig ist, Jean Paul. Wo ist der Bezug zu unserem Fall?«

»Aber das liegt doch auf der Hand, François: Doudet gab sich offiziell als charismatischer Kräuterkenner aus. Um seiner Kundschaft sofort spürbare Wirkungen zu suggerieren, könnte er seinem vermeintlichen Zaubertrank synthetische Stoffe zugesetzt haben, die sehr wohl gesundheitlichen Schaden hätten anrichten können. Möglich, dass ihm jemand auf die Schliche gekommen ist und sich an ihm gerächt hat.«

»Möglich, aber doch sehr theoretisch«, wandte Rimbout ein.

Nichts ist praktischer als eine gute Theorie, hatte Rapp mal in einer Psychologiefortbildung vor vielen Jahren gelernt. Aber Rimbouts Einwand war natürlich nicht ganz unberechtigt. Doch es gab noch einen weiteren Aspekt:

»Außerdem«, sagte Rapp, »müsste Doudet solche Substanzen

von irgendwoher bezogen haben. Das hätte ihn aber mit recht zwielichtigen Kreisen in Verbindung gebracht. Die zudem immer noch aktiv sein könnten.«

Rimbout holte tief Luft. »*D'accord*, das wäre dann aber in meinen Augen kein Fall für die Kriminaltechnik, sondern zunächst mal für die Kollegen von der Drogenfahndung. Wir wollen ja das Pferd nicht von hinten aufzäumen, nicht wahr?« Er warf Rapp einen Blick zu, der diesem ziemlich onkelhaft vorkam. »Die Drogenfahnder sollen sich Doudets Umfeld einmal auf entsprechende Verbindungen hin ansehen. Vielleicht erkennen sie irgendwelche Strukturen, Hintermänner et cetera, die ihnen verdächtig erscheinen.« Doch er schien alles andere als überzeugt davon, dass sich der Aufwand lohnte.

Plötzlich blickte Rimbout irritiert an sich hinunter. Und bemerkte just in diesem Moment, dass Honoré in aller Gemütsruhe das Bein an seiner beigen Hose gehoben hatte.

»*Dieu*, Honoré! Was machst du?«, schimpfte er verdattert und leicht angewidert, während Rapp ruckartig an der Leine zog.

»*Excuse-moi*, François«, sagte Rapp mit mäßigem Bedauern. »Das muss das Alter sein. Steht uns allen einmal bevor, denke ich.«

Rimbout betrachtete den Schaden. Letztlich hatten nur ein paar Tropfen das Hosenbein benetzt. Dann sah er, dass Honoré leutselig, ohne sichtbare Reue, zu ihm aufschaute. Und er begann zu lachen, schüttelte den Kopf, lachte zu Rapps Verblüffung immer stärker, sodass die Pétanque-Spieler mit den Kugeln in ihren Händen verharrten und amüsiert zu ihnen herüberblickten.

Rapp fasste ihn erleichtert am Ellenbogen. »Als Entschuldigung für meinen Hund spendiere ich dir ein Glas, mein Lieber.«

Rimbout sagte nicht Nein.

Zusammen gingen sie hinüber zum Café du Marché am Marktplatz, das sie auch früher, als Rapp noch im Dienst war, gelegentlich besucht hatten.

Honoré trottete neben ihnen her, die Nase steil im aufkommenden warmen Wind.

# 13

Rapp war zwar bereit, Rimbout den Gefallen zu tun, diesem Fontaine aus Masevaux einmal unverbindlich auf den Zahn zu fühlen. Doch Rimbouts Überlegungen dazu überzeugten ihn bislang nicht. Sie stützten sich fast einzig auf den Vorfall im Bistro de la Doller. Und auf Rimbouts persönliche Abneigung gegenüber dem Mann anlässlich dessen erster Vernehmung.

»Bedenke doch mal«, hatte Rimbout im Café du Marché ins Feld geführt, als sie im Detail darüber gesprochen hatten. »Masevaux und Thann liegen Luftlinie nicht mal zehn Kilometer voneinander entfernt.«

»Luftlinie?«

»Mit dem Auto keine halbe Stunde«, hatte Rimbout beharrt. Für die Strecke gab es zwei Möglichkeiten. Entweder man entschied sich für die Route Joffre über den Kamm der süd-östlichen Vogesenausläufer. Oder man fuhr möglichst um sie herum, nahm die übliche Strecke von Thann im Tal der Thur nach Masevaux im Tal der Doller.

»Welche Route hättest du gewählt?«, hatte Rapp von Rimbout wissen wollen.

Rimbout hatte nicht lang überlegt. »Ich wäre über den Berg-kamm gefahren. Es war neblig an dem Abend, bei dem Wetter hätte kaum jemand sonst den Pass über die Route Joffre riskiert. Das hätte ein geringeres Risiko bedeutet, zufällig von jeman-dem gesehen oder gar erkannt zu werden. Da Fontaine aus der Gegend stammt, wäre das nicht unwahrscheinlich gewesen.«

»*Bon*, dann werde ich die Strecke einmal ausprobieren. Am besten gleich heute.« Denn zum einen war zu hoffen, dass Nico-las Fontaine sich gewohnheitsmäßig auch an diesem Sonntag in seinem neuen Stammbistro blicken ließ. Zum anderen hatten sich am Himmel mittlerweile schwer hängende grauweiße Wolken gebildet; keine Bedingungen wie in der Mordnacht zwar, aber die Fahrt konnte vielleicht eine Ahnung davon vermitteln.

Rapp hatte sich daher recht bald von Rimbout verabschiedet, der lustlos zum Terrain de Pétanque zurückgeschlurft war, um vielleicht auch selbst ein paar Kugeln zu werfen.

Rapp war dagegen zuerst mit dem Rad nach Hause gefahren, um dort mit Honoré im Schlepptau auf den Charleston umzusatteln. Gegen halb sechs erreichte er Thann. Noch vor dem Zentrum bog er rechts ab auf die Seite nördlich der Thur, bis er sich unterhalb des Hexenauges hoch oben an der Engelsburgruine befand. Um das Ortsinnere zu meiden, so wie Rimbout es für ratsam gehalten hatte, nahm Rapp die Strecke rechts des Flusses in Richtung Westen. Doch sehr bald zeigte sich, dass dies eine schlechte Entscheidung gewesen war. Der Himmel hatte sich immer mehr zugezogen. Bis Bitschwiller, der kleinen Ortschaft gleich hinter Thann, machte sich das noch kaum bemerkbar. Doch sobald er die Thur überquerte und via Route Joffre in den Wald hineinfuhr, spätestens aber, als sein Charleston jaulend und jammernd die Berge hinaufkraxeln musste, stellten sich die Nachteile der Strecke heraus. Die regenschwangeren Wolken hüllten die Passstraße, die zudem an manchen Stellen extrem eng und kurvig war, in dichten Dunst und Nebel; Rapp kam sich vor wie in einer Waschküche. Der Täter, überlegte er, hätte schon recht kaltblütig sein müssen, um unmittelbar nach dem Mord an Doudet diese hochanspruchsvolle Strecke bei Nacht und Nebel über den Vogesenkamm unfallfrei zu bewältigen. Unmöglich wäre es freilich nicht gewesen.

Er selbst brauchte jetzt wegen der katastrophal schlechten Sicht, die ihn ständig zum Tempodrosseln zwang, nicht etwa eine knappe halbe, sondern beinahe eine ganze Stunde bis Masevaux Centre.

Ironischerweise klarte der Abendhimmel auf, als er von Houppach kommend gegen halb sieben das Tal der Doller erreichte und Masevaux sich vor seinen Augen ausbreitete. Er kreuzte den lebhaften Flusslauf der Doller, die das Städtchen quasi in zwei Hälften spaltete, und parkte seinen Wagen auf der südlichen Seite, an der raumgreifenden Place des Alliés, dem Platz der Alliierten. Rapp war schon viele Jahre nicht mehr in Masevaux gewesen; das Städtchen mit seinen kaum viertausend Einwohnern lag abseits seiner heutigen Dachspfade. Dabei war es reizvoll. Viele Häuser aus der Barockzeit waren erhalten geblieben und schienen auch heute noch gut in Schuss zu sein. Es gab den Chor einer alten Klosterabtei aus dem 14. Jahrhundert, historische Brunnen, das Hotel de Ville und die aus wunderschönem rotem Sandstein erbaute Kirche Saint-Martin aus dem 18. Jahrhundert. Am frischesten in Erinnerung waren Rapp jedoch die Marionetten-Festivals, die er früher im Sommer mit Isa und dem kleinen Edgar in Masevaux besucht hatte. Überall in dem Städtchen, in Schulen, Turnhallen, der Salle polyvalente, also der Mehrzweckhalle der Gemeinde, auf den Plätzen, drinnen und draußen eben, waren kleine und größere Bühnen aufgebaut worden, um mit unglaublich phantasievollen Puppen, wie er sie noch nie vorher gesehen hatte, das ganz junge, das nicht mehr junge und das schon wieder junge Publikum zu faszinieren. Der kleine Edgar jedenfalls war begeistert davon gewesen.

Vielleicht, spekulierte Rapp, erinnerte er sich aber auch deshalb so gut an die Festivaux de Marionnettes in Masevaux, weil ihm damals, vor so vielen Jahren, seine Familie – er, Isabelle und Edgar – noch intakt erschienen war. Isabelle hatte später jedoch behauptet, dass für sie zu dem Zeitpunkt ihre Ehe bereits den Bach hinuntergespült worden sei. Rapp verkläre die Zeit wie gewöhnlich im Nachhinein. An das Marionetten-Festival in Masevaux könne er sich nur deshalb so gut erinnern, weil er ansonsten kaum etwas mit seiner Familie, mit ihr und Edgar, unternommen habe. Damals nicht und später erst recht nicht mehr. »Immer nur die Arbeit: Mord und Totschlag, Opfer und Täter, Rapp und Rimbout, *à bientôt, ma famille*!«

Rapp entschloss sich zu einem kleinen Spaziergang mit Honoré. Von der Mairie aus – das Rathaus der Stadt grenzte an die Doller – graste er mit ihm in östlicher Richtung das Flussufer ab. Andere Hunde witterten ihn und gaben Laut von den angrenzenden Höfen her, blieben aber unsichtbar. Rapp hatte den Eindruck, als würde ihr Kläffen in dem von den Vogesen umgebenen Tal als Echo noch dutzendfach verstärkt.

An der Rue de l'Église kreuzte er die Brücke und kehrte auf der nördlichen Uferseite zurück. An der Place Clemenceau fand er das Bistro de la Doller und trat mit seinem Hund ein.

Es war ein anspruchsloses kleines Lokal, dunkel, mit länglichem Zuschnitt, dem sich die endlos anmutende Theke phantasielos anpasste. Es gab eine Reihe kleiner Tische für zwei bis vier Personen, die genauso spartanisch dekoriert waren wie die gekalkten Wände, nämlich gar nicht. Die hintere Wand zierte ein riesiger Bildschirm, auf dem ein Fußballspiel in markerschütternder Lautstärke lief, Racing Strasbourg kickte gegen Paris Saint-Germain und lag nach gut sechzig Spielminuten hoffnungslos drei zu null zurück. Rimbout als unerschütterlichem Fan, nicht etwa von Racing, sondern von Saint-Germain, würde es freuen, dachte Rapp.

Das Bistro war um diese Zeit, gegen sieben am frühen Abend, nur mäßig besucht. Von der Tür aus fragte Rapp den Wirt, einen freundlich dreinschauenden Mann um die vierzig mit weit vorangeschrittener Halbglatze, ob Hunde in seinem Bistro erlaubt seien. Der Wirt winkte beide, Rapp und Honoré, lächelnd herein.

Rapp setzte sich an die Theke und bestellte ein alkoholfreies Bier, Honoré bekam eine Schale mit Wasser hingestellt.

Der Wirt war offensichtlich ein Hundefreund.

In der nächsten halben Stunde sah Rapp geistesabwesend zum leuchtend grünen Bildschirmrasen hinüber, auf dem Strasbourg immer mehr Prügel von Paris bezog. Er interessierte sich nicht allzu sehr für Fußball, die einzigen beiden Sportarten, bei denen er gern auch zuschaute, waren Schach und Pétanque. Das ausschließlich jugendliche Publikum an den zwei besetzten Tischen des Bistros kommentierte die Partie auf dem Rasen jedoch lebhaft und lautstark.

Unterdessen überlegte Rapp, wie er den Wirt in ein Gespräch über Monsieur Nicolas Fontaine verwickeln könnte, dessen Lokal Fontaine sich laut Rimbout als neue Stammkneipe ausgesucht hatte. Doch wie sich herausstellen sollte, besorgte das die gesunde Neugier des Kneipiers von allein.

Woher Rapp stamme, ob er mit seinem Hund einen Ausflug

mache oder neu zugezogen sei, checkte der Wirt den Gast recht unverblümt, während er Gläser putzte und zum Neufüllen bereitstellte.

»Ich komme aus Vieux-Thann«, behauptete Rapp. »Probiere mal eine neue Tour durch die Gegend aus.«

Der Wirt beugte sich über die Theke und funkelte Rapp düster an. »Sie meinen, abseits des Thurtals, wie? Momentan nicht ganz geheuer in Thann und Umgebung, was? Der Tote an der Engelsburg dort oben. Schon unheimlich, *non*?«

Rapp zog vielsagend die Brauen hoch.

»Da haben Sie sich mit Masevaux genau den richtigen Ort als Alternative ausgesucht, Monsieur ...?« Er sah Rapp fragend an.

»Beigner. Charles Beigner«, fiel Rapp spontan ein.

»Monsieur Beigner, *enchanté*. Ich bin Jean-Baptiste.«

»Wie meinen Sie das, Jean-Baptiste, Masevaux sei gerade der richtige Ort?«

Der Wirt gab eine Art Grunzlaut von sich. »Stellen Sie sich vor«, raunte er Rapp zu, »die Kriminalpolizei des Distrikts war wegen des Toten in Thann im Ort. Hier bei uns in Masevaux!«

»Wirklich wahr?«

»*Mais oui!* Sie haben sogar mich befragt, so wahr ich Jean-Baptiste Chuc heiße!«

»Die Polizei hat Sie zu dem Toten bei uns in Thann befragt, Jean-Baptiste?« Rapp warf bewusst die Stirn in Falten. »Verdächtigt man Sie etwa?«

Der Wirt lachte lautstark auf. »Nein, mich verdächtigt niemand. Obwohl ich ja finde, jeder könnte es sein. Ich meine, jeder Mensch wäre wohl zu einem Mord imstande. Finden Sie nicht auch?« Er grinste.

»Kommt vielleicht darauf an«, entgegnete Rapp bierernst.

»Worauf?« Der Wirt sah ihn schräg an, überrascht, dass der Gast seinen Scherz anscheinend ernst nahm.

»Ob das Bier gut oder schlecht gezapft war.«

Der Wirt stutzte, musste noch einen Moment lang nachdenken und lachte dann herzhaft. »*Alors*, der war gut, Monsieur. Nein, die Polizei verdächtigt mich selbstverständlich nicht.« Er legte theatralisch seine breite Hand aufs Herz, das nasse Putztuch für den Tresen hinterließ einen feuchten Fleck auf seinem hellgrauen Oberhemd. »Aber ich wurde befragt.« Er klang recht stolz darauf.

»Befragt? Weshalb denn?«

»Es ging ...«, er kam wieder näher, »um einen bestimmten Gast von mir.« Sein Gesichtsausdruck bettelte geradezu um weiteres Nachfragen.

»Ah ja? Und da kommt man zu Ihnen, Jean-Baptiste, um Sie zu befragen?« Rapp bemühte sich um ein Erstaunen, hart an der Grenze zur Bewunderung.

»Ja-ha, ich habe mich auch gewundert«, antwortete der Wirt geradezu heiter. »Zu diesem speziellen Gast – ich nenne keinen Namen, Monsieur, das mache ich nicht, niemals, Ehrenkodex als Gastwirt, wissen Sie? – nur so viel: Es handelt sich um einen Stammgast. Das ist er aber auch erst seit ein paar Monaten. Luc, der Wirt von der Brasserie Française drüben, hat die *flics* zu mir rübergeschickt. Vorher war der Mann nämlich Stammgast bei Luc.«

Und nun schilderte der Wirt, während Racing Strasbourg unerwartet ein Treffer gegen Paris gelang, der von der Jugend explosionsartig bejubelt wurde, die Hintergründe über Nicolas Fontaine, die Rapp bereits von Rimbout erfahren hatte. »Luc sagt, der Tote – Quatsch, damals war er ja noch gar nicht tot, sondern quicklebendig, *non*?« Er lachte und wurde wieder ernst, als Rapp nicht recht mitlachen konnte. »*Alors*, Luc hielt damals Doudet für ebenso schuldig an dem Streit, an der Schlägerei in seinem Bistro, wie ... den bewussten Gast, der seitdem regelmäßig zu mir kommt.«

Sein »und« hing spürbar in der Luft. »Und?«, half Rapp nach.

»Und diesem ... Monsieur X wollen wir ihn mal nennen ... dem würde ich alles zutrauen.«

»Weil Sie jedem Menschen einen Mord zutrauen, wie Sie sagten?«, stichelte Rapp ein wenig, um ihn weiter in Schwung zu bringen.

»*Non, non, non*, Monsieur!« Der Wirt verneinte noch zusätzlich mit erhobenem Zeigefinger. »Ich meine, dass Monsieur X *ernsthaft* alles zuzutrauen ist.«

»Interessant«, sagte Rapp, und das stimmte sogar. »Aber wie kommen Sie darauf?«

»Ich finde, er ist zu alt.«

»Zu alt?« Rapp starrte ihn verständnislos an. »Wie meinen Sie das? Ich zum Beispiel bin auch nicht mehr taufrisch. Und meine erste Leiche hatte ich schon mit fünfundzwanzig.«

»Haha, mit fünfundzwanzig, *très bien*, Monsieur, wirklich gut!« Der Wirt lachte, dass sein Putztuch in der Hand hin- und herschwang wie eine Marionette in Aktion. »Ich will sagen, der Mann, also Monsieur X, ist zu alt für ein Publikum wie das hier.« Er deutete mit dem Lappen auf die jugendlichen Fußballfans, die inzwischen wieder wütende Kommentare auf die »Verlierertruppe«, ihren Lieblingsverein aus Strasbourg, abgaben.

Rapp ahnte, worauf Jean-Baptiste hinauswollte. »Sie meinen, Ihr Stammpublikum ist normalerweise jung? So jung wie die armen Racing-Fans dort?«

»Blutjung, ja.« Er sah Rapp eindringlich an. »Und nun frage ich Sie, Monsieur, wieso sucht sich ein mittelalter Mann ausgerechnet ein Bistro als Stammkneipe aus, in dem vor allem junge Leute verkehren?«

»Wie kommt er denn mit den jungen Leuten zurecht?«, konterte Rapp seine Frage.

»Oh, erstaunlich gut, muss ich zugeben. Er setzt sich mitunter zu ihnen, redet mit ihnen, es sind ja hauptsächlich junge Kerle, manchmal bringen sie auch ihre Freundinnen mit. Anfänglich haben sie sich ein wenig über ihn lustig gemacht, aber irgendwie hat er es geschafft, dass sie ihn respektieren. Er hält sich auch nie lange an ihren Tischen auf und niemals an der Theke, sollten sie dort stehen, etwas trinken und palavern. Alles ganz friedlich, bei mir gab es bislang keinen Streit. Würde von mir auch nicht geduldet.«

»Das heißt, Monsieur X macht bei Ihnen keinen Ärger, verhält sich respektvoll gegenüber den anderen Gästen, den Jugendlichen?«

»Ja, das schon. Und trotzdem.« Der Wirt verzog das Gesicht. »Irgendwas stimmt mit dem Mann nicht.«

Rapp nahm einen Schluck von seinem Bier. »Haben Sie das alles eigentlich auch der Polizei erzählt?«

Der Wirt stutzte und sah ihn plötzlich misstrauisch an. »Selbstverständlich habe ich das, Monsieur! Das heißt«, lenkte er nun doch ein, »im Prinzip. Hab denen gesagt, dass der Mann mir nicht ganz koscher erscheint. Und das nicht nur, weil er nun nicht gerade das Geschäft belebt. Ein einziges Getränk den ganzen Abend! Immer Espresso. Dazu muss ich ihm andauernd neues Wasser hinstellen. Ich bitte Sie, Monsieur, sieht so ein Gast aus, der einen armen Wirt leben lässt?«

»Vermutlich nicht«, sagte Rapp, der den Wink verstand und überlegte, ob er ein weiteres Alkoholfreies bestellen sollte, als er plötzlich einen kalten Luftzug im Rücken spürte. Neue Gäste betraten das Bistro, junge Männer, die den wollenen Windfang forsch zur Seite schlugen und zu den anderen Jugendlichen an den Tischen hinüberstiefelten, wo sie als Erstes den für Strasbourg deprimierenden Spielstand laut und höhnisch kommentierten.

»*Salut*, Jean-Baptiste!«, riefen sie dann herüber und bestellten ihre *pressions*, ihre frisch gezapften Biere. Der Wirt entschuldigte sich bei Rapp und beeilte sich, sie ihnen zu servieren.

Kurz darauf trat ein weiterer Gast ein, ein Mann Ende vierzig, mit schütterem braunem Haar, in einem zerknitterten grauen Regenmantel, in der Hand einen zusammengefalteten Regenschirm. Als der Wirt mit leerem Tablett zur Theke zurückkam, grüßte er den Mann mit einem bestenfalls angedeuteten Kopfnicken und signalisierte dann Rapp mit einem Blick, dass es sich um den schon erwarteten »speziellen Gast«, um Monsieur X, handele.

Nicolas Fontaine verharrte auf dem Weg zu den Tischen, als er sah, dass im hinteren Bereich des Bistros derzeit alles besetzt war. Er warf einen Blick auf die zwei schmalen Tische unweit des Entrees, entschied sich dann jedoch dagegen und wandte sich, wenig amüsiert, zur Theke.

Rapp beobachtete das alles über den Spiegel hinter dem Tresen, vor dem die Spirituosenflaschen auf schmalen Regalbrettern standen. Jetzt sah er, dass Fontaine ihn umgekehrt ebenso genau musterte, dann Honoré zu seinen Füßen neben dem Schemel entdeckte und sich irgendwie zu entspannen schien. Eine Reaktion, die Rapp nicht unbekannt war. Offenbar dachten viele Leute, dass ein Mann mit einem so freundlich dreinblickenden, tiefenentspannten Hund kein schlechter Mensch sein konnte.

Fontaine wieselte, anders konnte man es nicht nennen, rasch ein paar Schritte heran, beugte sich zu Honoré hinunter und ließ seine Hand über dessen Kopf schweben, als wollte er ihn hypnotisieren.

Dann blickte er zu Rapp hoch und fragte: »Was dagegen, wenn ich Ihren Hund streichle, Monsieur?«

»Wenn er nichts dagegen hat.« Rapp zeigte auf seinen Hund, und Honoré ließ das nun folgende unwirsche Kopfschrubben geduldig über sich ergehen.

Der Mann richtete sich auf und legte eine Hand auf den freien Schemel neben Rapp. »In Ordnung, wenn ich mich zu Ihnen geselle, Monsieur?«

Rapp gestattete es ihm mit einer kleinen Geste, und der Mann pflanzte sich leicht ächzend auf den hohen Stuhl. »Sie stammen nicht aus Masevaux, Monsieur, oder?« Monsieur X stand dem Wirt an Neugier anscheinend in nichts nach. Dabei zeigte er ein Grinsen, das etwas schadhafte Schneidezähne entblößte und seine Augen zu Schlitzen verengte.

»Nein, Monsieur«, sagte Rapp. »Ich bin nicht aus Masevaux.« Er deutete mit dem Kinn auf Honoré. »Wir beide sind nur auf der Durchreise, Honoré und ich.«

»Ah, verstehe. Ein wenig frische Luft schnappen in den Bergen.«

Rapp antwortete mit einem schwachen Lächeln.

Die Augenschlitze des Mannes öffneten sich weit, als er nun den Wirt suchte und ihn hinten bei den Tischen der Jugendlichen fand. »Jean-Baptiste!«, rief er ihm zu, statt abzuwarten, bis er wieder hinter der Theke stand. »Einen Espresso für mich und ein neues Bier für Monsieur! Aber *subito*, hehe.« Er lachte schnarrend und wandte sich wieder an Rapp. »Ich darf Sie doch einladen, Monsieur? Mein Name ist Fontaine, Nicolas Fontaine.«

»Charles Beigner.«

»Monsieur Beigner. Darf ich Charles sagen? Wir Junggesellen müssen zusammenhalten, was? Finden Sie nicht auch?«

Rapp widersprach weder der überraschenden Einladung noch der jovialen Unterstellung, er sei unverheiratet und alleinstehend. Er war wirklich erstaunt, dass Rimbouts neuer Tatverdächtiger sich derart an ihn heranwanzte. Umso besser, der Mann nahm ihm damit die heikle Aufgabe ab, umgekehrt Kontakt zu ihm herzustellen. Rapp beschloss, die Dinge sich einfach entwickeln zu lassen.

»Wissen Sie, Charles«, fuhr Fontaine in einem vertraulichen Tonfall fort, »ich bin öfter mal in diesem Bistro. Das Publikum ist jung, nicht so verknöchert wie in den Cafés und Restaurants ringsum, wenn Sie verstehen.«

Rapp zog vielsagend die Brauen hoch. Er hatte keine Ahnung, worauf Monsieur X anspielte.

»Zugegeben, die jungen Burschen lieben es mitunter allzu laut«, fuhr Fontaine fort und wiegte leicht den Kopf. »Aber die Jugend um sich zu wissen – ich finde, das hält den Geist wach. Meinen Sie nicht auch?«

Der Wirt stellte Rapp ein neues Alkoholfreies hin und für Fontaine den geforderten Espresso, dazu ein Glas Wasser. »Zum Wohl, Messieurs«, wünschte er mit säuerlicher Miene.

Rapp bedankte sich artig bei Fontaine, indem er sein Glas anhob, was diesen dazu veranlasste, seinen dampfenden Espresso hinunterzustürzen und das Wasserglas gleich bis zur Hälfte auszutrinken, vermutlich um den Brand in seinem Schlund zu löschen.

Dann blickte Fontaine wieder kurz zu Honoré hinunter, der nun zwischen ihren beiden Schemeln lag: »Schöner Hund«, sagte er rasch dahin. »Aber so ganz allein unterwegs in den Vogesen? An einem Sonntag? – Ziemlich einsam, oder?«

Rapp setzte ein etwas trauriges Lächeln auf und wartete gespannt, was da jetzt kommen mochte. »Wissen Sie, Charles«, sagte Fontaine, »es ist nicht so, als könnte man gegen die Einsamkeit nichts unternehmen. Das denken viele Männer Ihres, ich meine, unseres Alters.« Rapp sah ihn verständnislos an. Worauf, fragte er sich immer mehr, wollte dieser blasierte, säuerlich ausdünstende Mann eigentlich hinaus?

Fontaine schien Rapps Irritation, die sich kaum verbergen ließ, zu bemerken und rückte, als hätte er genau darauf gewartet, seinen Schemel einige Zentimeter näher heran. Doch dadurch schreckte er Honoré auf, der sich leicht torkelnd aufrappelte und, so schnell es ihm noch möglich war, um Rapps Schemel herumtapste, um aus der Gefahrenzone zu gelangen.

Fontaine sah in Rapps erzürntes Gesicht – es ließ sich nicht unterdrücken – und begriff seinen Fehler. Er hievte sich vom Schemel und streckte, wie um Entschuldigung bittend, die Hand nach dem Hund aus, als er plötzlich vor Schmerz aufschrie.

Aber nicht etwa, weil Honoré sich an ihm gerächt hätte, sondern weil einer der Jugendlichen, ein großer dünner Junge mit blassem Gesicht, offenbar auf dem Weg zu den Toiletten, am Tresen vorbeigeeilt und dabei unglücklich mit Fontaines Hinterteil zusammengestoßen war, als der sich unerwartet gebückt hatte, um Honoré zuzusetzen.

»*Excuse-moi*, Nicolas!«, entschuldigte sich der Junge hastig und fing den nach Halt suchenden Fontaine geistesgegenwärtig mit beiden Händen auf.

So wie Rapp es sah, trug der Junge keine Schuld an dem Zusammenprall, sondern Fontaine selbst, der sich ihm in den Weg gewuchtet hatte.

Doch Fontaine war überraschenderweise nicht bereit, die Entschuldigung des Jungen anzunehmen. »*Excuse-moi, excuse-moi*«, äffte er ihn nach und packte nun seinerseits die Hand, die ihn vor dem Sturz bewahrt hatte, hart am Gelenk. Fontaine schien auf einmal wie ausgewechselt. Sein Gesicht lief gefährlich rot an. »Haben deine Eltern dir kein Benehmen beigebracht,

Yannick?«, fuhr er den Jungen an. »Wenn ich dein Vater wäre, dann …« Seine Augen waren jetzt weit aufgerissen.

Der Junge sah sich hilfesuchend nach seinen Freunden um. Doch der Lärm der Fußballübertragung und das Gegröle der Jugendlichen, die soeben wieder vom Wirt am Tisch bedient wurden, verhinderten, dass sie der Szene Aufmerksamkeit schenkten.

Das Gesicht des Jungen war inzwischen schmerzverzerrt, denn Fontaine fing nun auch noch an, sein Handgelenk zu malträtieren.

Rapp reichte es jetzt. »Monsieur!«, fuhr er den Mann scharf an. »Sie lassen sofort den jungen Mann in Ruhe.«

Fontaine schoss mit dem wutroten Kopf zu Rapp herum, um ihm was auch immer zu entgegnen. Doch als er in Rapps entschlossenes Gesicht blickte, wurde ihm offenbar bewusst, dass es wahrscheinlich keine gute Idee wäre, sich mit ihm anzulegen.

Er ließ den Jungen los, der sogleich in Richtung Toiletten verschwand. Und blitzartig, von einer Sekunde zur nächsten, schnitt Fontaine eine feixende Grimasse. Dabei stieß er ein Lachen hervor, das an Künstlichkeit kaum zu überbieten war. »Sie verstehen das falsch, Monsieur – Charles«, sagte er, indem er sich mit einem Schenkel zurück auf seinen Schemel schob. »Das war nicht ernst gemeint. Die jungen Leute provozieren andauernd auf diese Weise. Nur zum Spaß.« Er griff zu seinem Wasserglas und kippte sich den kleinen Rest in den Hals, als wäre es sein erster Schluck nach tagelanger Durststrecke. »Wenn Sie öfter in diesem Bistro wären, so wie ich, Charles«, sagte er, indem er das leere Glas lautstark auf den Tresen knallte, »dann wüssten Sie, dass das ein Scherz war.«

Rapp sah ihn nur an. Er hatte genug von diesem Kerl. Über den blank geputzten Tresen hinweg schob er dem Wirt eine Münze zu. Fontaines matten Protest – »Ich hatte Sie eingeladen, Monsieur, schon vergessen?« – ignorierte er und verließ ohne ein weiteres Wort mit Honoré das Bistro.

## 14

Auf der Fahrt über die Route nationale nach Hause ging Rapp die Szene erneut durch den Kopf. Innerlich leistete er bereits Abbitte gegenüber Rimbout. Sein alter Freund hatte recht gehabt, dieser Fontaine war nicht einfach nur eine unausstehliche Person, sondern wirkte äußerst dubios und im wahrsten Sinne gewaltbereit.

Der Kontakt zu den Jugendlichen im Bistro war eindeutig und einseitig von Fontaine ausgegangen und erschien Rapp in jeder Hinsicht unangemessen. Fontaines zur Schau getragene Toleranz gegenüber »den jungen Leuten« konnte nicht darüber hinwegtäuschen, wie leicht reizbar er war und dass er seine Aggressivität, einmal hochgekocht, kaum noch unter Kontrolle bekam.

Streng genommen hätte sich Fontaine bei dem erschrockenen Jungen entschuldigen, mindestens aber bedanken müssen. Stattdessen stauchte er den Ärmsten zusammen, nachdem der ihn geistesgegenwärtig vor einem möglicherweise schlimmen Sturz bewahrt hatte, und packte ihn wie einen Verbrecher am Handgelenk.

Nein, dieser Mann schien alles andere als harmlos, und Rimbout tat in jedem Fall recht daran, ihn genauer ins Visier zu nehmen. Vielleicht fanden sich tatsächlich auch jenseits der früheren Kneipenschlägerei noch weitere verdächtige Kreuzungspunkte mit Doudet. Rapp mochte das nach dieser denkwürdigen Begegnung mit »Monsieur X« nicht ausschließen.

Allerdings gab es, das gehörte zur Wahrheit dazu, außer der bezeugten Prügelei zwischen Doudet und Fontaine bislang keine weiteren Anhaltspunkte für dessen Täterschaft. Für eine gerichtsfeste Mordanklage reichte das nicht.

In Höhe Rouffach klingelte sein Handy, er schaute aufs Display. »*Salut*, Aimée.«

»*Salut*, Jean Paul!«, hörte er eine leicht keuchende Stimme.

»Alles in Ordnung, Aimée?«, fragte er besorgt.

»Das hoffe ich doch«, stieß sie hervor. »Moment … Mein Pulsmesser sagt … doch, er sagt, alles okay. Ich jogge gerade in der Rue Basque, meine übliche Strecke. Bei dem Tempo, das ich laufe, soll ich mich immer noch ruhig mit jemand unterhalten können.«

»Gute Idee, mich zu dem Zweck anzurufen, Aimée.«

»Finde ich auch, Jean Paul. Zumal ich heute ohne Begleitung bin. René hat mich versetzt.« René, ihr Freund seit gut einem Jahr.

»Vielleicht hat er sich verlaufen, dein René? Gibt viele Straßen in Colmar.«

Rapp hörte sie plötzlich lachen und dann kräftig durch-schnaufen.

Sie legte anscheinend eine Pause ein. »Jean Paul, du hast mir eine Nachricht geschickt. Möchtest Informationen über syn-thetische Drogen.«

»*Alors*, nur eine zarte Anfrage an dich.«

»Und ein Riesenwink mit dem Zaunpfahl. Sprich: mit dem Mordfall Doudet. Und weißt du was, ich habe mir das über-legt. Eigentlich bin ich dafür zwar nicht mehr zuständig, wie ich schon sagte, und müsste deine Informationen in der Sache an Lacombe weiterleiten. Aber ganz ehrlich, Jean Paul. Dieser hinterlistige Idi… Intrigant, der permanent gegen mich arbeitet, bekommt diese Story *nicht* von mir!«

»Bravo!«

»Ich schicke dir – wahrscheinlich schon morgen – ein kleines Dossier zu dem Thema, Jean Paul.«

»*Merci beaucoup*, Aimée.« Das war weit schneller, als er er-wartet hatte.

»Und du beeilst dich bitte, den Fall aufzuklären, damit ich auch etwas davon habe, okay?«

»Ich gebe mein Bestes. Aber, Aimée, ich kann nichts ver-sprechen. Du weißt, dass mein Einfluss auf meinen Nachfolger im Commissariat …«

»Riesengroß ist.«

»Nein, ich meine, es ist schließlich Rimbout, der die Untersuchung führt und alle Entscheidungen trifft. *Er* sitzt an den Schalthebeln, nicht ich.«

»Du bist das Hirn, Jean Paul, er deine Hand. Ich verlass mich auf dich. *Salut!*«

Und schon war sie weg. Aufgelegt, um weiterzujoggen. Er hoffte wirklich, Aimée am Ende nicht noch zu enttäuschen, sodass sie ohne Gegenleistung für ihre Informationen dastand. Ein groß aufgemachter Artikel aus ihrer Feder, mit Hintergründen einer »gewöhnlich gut informierten Quelle«, würde ihr sicher helfen, diesem Lacombe, der so perfide gegen sie intrigierte, das Maul zu stopfen.

Nun brauchte er nur noch selbst eine gut informierte Quelle, um den Fall zu lösen.

## 15

*Pfaffenhoffen, Montag, 3. Oktober*

Am Montagmorgen drehte Rapp noch vor dem Frühstück die übliche Runde mit Honoré. Am Ende der Rue du Kastelberg erreichte er die Weinberge.

Die Sonne strahlte, der Himmel war nahezu wolkenlos, die Arbeit in den Wingerten schien bereits wieder in vollem Gang – ein Morgen, der summte vor lauter Aufbruchstimmung.

Deshalb begnügte er sich damit, den Hund unterhalb der Rebzeilen spazieren zu führen, via Gaerten- und Freigaessleweg über den Distelpfad bis zu dem Plateau am Ende des Rossgaertenwegs. Von dort hatte er auch einen guten Blick auf das alte Kloster, dessen imposante Mauern auf der Westseite des Kastelbergs so steil abfielen, als wären sie Teil des Felsens, auf dem sie erbaut worden waren.

Rapp musste an Antoine Keller denken, den Künstler aus Strasbourg, der auf fast ein Jahrhundert Leben im Elsass zurückblicken konnte. Keller war noch immer anzumerken, wie sehr er diesen Ort liebte, das Kloster selbst und den Blick von dort oben über das Tal bis zu den Bergketten im Osten und im Süden, die bei dem klaren Wetter sicher auch heute zu erkennen waren.

Die wenigsten Menschen ahnten, hatte der Künstler gemutmaßt, wie kostbar insbesondere Zeit und Muße im Leben seien, obwohl die meisten doch so sehr danach verlangten. Zeit und Muße waren nach Antoine Kellers Erfahrung aber auch die Voraussetzungen für das Gelingen seiner Kunst – denn nur sie ermöglichten genaues Hinsehen.

Als Rapp jetzt wieder darüber nachdachte, fragte er sich einmal mehr, ob er selbst sich in seinem Alltag eigentlich die Zeit nahm, um genau hinzusehen. Auch jetzt im Ruhestand verhielt er sich mitunter wie im Unruhestand. Das betraf auch den Mordfall Doudet. Er musste sich eingestehen, dass seine Motivation, sich auf seine Weise um den Fall zu kümmern, nicht im Geringsten durch das Opfer selbst, Doudet, inspiriert wurde. Der, so viel ließ sich in jedem Fall sagen, alles andere als ein sympathischer Zeitgenosse gewesen war, sondern das Gegenteil von nützlich für die Gesellschaft und vielleicht sogar toxisch für andere Menschen, im wahrsten Sinn des Wortes giftig.

Was ihn vielmehr antrieb, war die Entlastung, die er sich durch eine rasche Aufklärung des Falls für Isabelle versprach. Der unheilvolle Einfluss Doudets auf Isa, selbst über seinen gewaltsamen Tod hinaus, musste heraus aus ihrem Kopf, ihrer Psyche, ihrem Leben.

Und wenn die Hintergründe des Falls zudem als Material für Aimée Polignacs Befreiungsschlag als leitende Journalistin beim Courant Alsacien dienen konnten, wäre das ein äußerst wünschenswerter Nebeneffekt.

Dass Aimée selbst dies inzwischen ebenso sah, freute ihn sehr und bestätigte sich, als er eine gute halbe Stunde später wieder in seiner Wohnung war. Auf seinem Handy, das er bei den frühmorgendlichen und spätabendlichen Spaziergängen mit Honoré meist zu Hause ließ, fand er eine E-Mail mit Textanhang von Aimée vor:

»*Salut*, JP. Hab den Sonntag genutzt, um in Sachen synthetische Drogen zu recherchieren. Alles dazu im Anhang. *À plus*, Aimée.« Sie hatte eine Anmerkung hinzugefügt: »Apropos, René hat sich tatsächlich verlaufen. In ein Café. Wo ihn meine Kollegin Merle zufällig gesehen hat. Beim Tête-à-Tête mit einer anderen. – Rache ist mein zweiter Vorname! Aimée.«

Rapp stöhnte leicht auf, Honoré, in seinem Hundekorb dösend, schloss sich ihm an, obwohl er ihn mit Sicherheit nicht gehört hatte. Die Empathie des alten Gesellen wurde mit zunehmender Taubheit geradezu magisch.

Rapp öffnete den Textanhang, den Aimée ihm geschickt hatte. Es war ein Dossier, das ihn überraschte. Wegen seiner Länge und der vielen Details brauchte er eine Weile, um es zu lesen. Und der Inhalt war auch nicht von Pappe.

Synthetische Drogen, schrieb Aimée, vor allem extrem schnell süchtig machende Opioide, schienen keineswegs nur illegal unterwegs zu sein. Vielmehr wurden sie massenhaft ganz legal von Ärzten verschrieben und in Apotheken verkauft. Millionenfach. In Amerika, urteilte Aimée dazu, habe man sich das größte Suchtproblem der letzten Jahrzehnte mit legalen, von Ärzten verordneten Schmerzmitteln selbst geschaffen, und zwar durch die Beimischung von sogenannten Opioiden, künstlichen Opiaten. Die ahnungslosen Opfer, die sie als Medikamente in jeder Apotheke kaufen konnten, wurden in kürzester Zeit davon abhängig. »Ebenso stark wie von Heroin oder Kokain, vergleichbar mit der Wirkung von Crack«, fasste Aimée zusammen. Doch inzwischen sei das Problem auch in Europa angekommen, in Deutschland zum Beispiel ebenso wie in Frankreich. Von den etwa zwölf Millionen Schmerzpatienten in Frankreich würden elf Millionen mit künstlichen Opiaten behandelt, angeblich »leichten Opioiden«. Doch fatalerweise sei die verschriebene Dosis oftmals von Anfang an so hoch, dass aus den vermeintlich leichten schnell schwere Drogen würden. »Schon sehr bald helfen die künstlichen Opiate auch wegen der von Anfang an hohen Dosis nicht mehr, denn der Körper hat sich an sie gewöhnt. Dann greifen die Patienten zu noch stärkeren Drogen, auch wenn diese nur illegal zu bekommen sind, spätestens dann, wenn die legalen Medikamente abgesetzt werden.« So profitiere am Ende auch der illegale Handel mit synthetischen Drogen vom legalen Markt, auf dem die Pharmaindustrie Platzhirsch sei.

»Natürlich lassen sich legale Einzelstoffe im illegalen Handel auch hervorragend untereinander mischen«, erläuterte Aimée. »Oder sie werden anderen, als harmlos deklarierten Substanzen beigefügt, um deren Wirkung (un)heimlich zu verstärken. Irgendeine Form der Selbstkontrolle findet hier nicht mehr statt. Aber warum sollte auf dem illegalen Markt funktionieren, was schon auf dem legalen Markt nur unzureichend stattfindet? Außerdem«, schloss Aimée, »gibt es vermutlich ein gigantisches Dunkelfeld, in das kaum jemand hineinleuchtet.«

Ein Text, fiel Rapp auf, der viel mehr war als ein kurzes Dossier; in seinen Augen bereits so dicht und gekonnt formuliert, dass man ihn direkt veröffentlichen könnte. Aimée war einfach eine begnadete Journalistin, das stand fest.

Er dachte darüber nach, was das für den aktuellen Mordfall bedeutete. Genau genommen hätte Doudet, sollte er seinem Engelskraut wirklich Opioide oder andere synthetische Drogen beigemischt haben, letztlich nur kopiert, was die Schmerzmittelindustrie vorgemacht hatte. Der »Druidier« hätte lediglich Elsässer Keltenmythos und künstliche Substanzen hinzugefügt und das Ganze zu einer wahrhaft toxischen Verbindung zusammengerührt.

Bedauerlich nur, dass wissenschaftliche Gründlichkeit so lange Zeit in Anspruch nahm. Die Untersuchungsergebnisse des Labors Sommelier in Strasbourg würden noch auf sich warten lassen. Die Kriminaltechnik in Colmar hätte für die chemische Suche nach bestimmten Stoffen vielleicht nur wenige Tage gebraucht. Doch sicher war er sich in diesem Punkt nicht, womöglich wäre der Verlauf dort ähnlich vielversprechend wie eine Strafanzeige gegen unbekannt.

Während er Aimée einen kurzen Dank für ihr Dossier schrieb, klingelte sein Handy. Das passte, es war Rimbout.

»*Bonjour*, François.«

»*Bonjour.* Hör mal, Jean Paul, ich dachte, du rufst mich gleich an, nachdem du in Masevaux warst. Hast du Fontaine denn nun getroffen, wenigstens gesehen? Man hört nichts von dir!«

Rimbout klang ziemlich angefressen.

»Ich bin gestern erst am Abend wieder zu Hause gewesen, François. Und ich wollte dich um die Uhrzeit nicht mehr stören.« Was der Wahrheit entsprach. »Ich nehme an, vielmehr ich hoffe, dass du da schon wieder in Thann bei deiner Familie warst.«

»Ja, das schon«, muffelte Rimbout in den Hörer.

»Aber?«

»Ich trau dem Braten nicht. Diesem Satansbraten Bernadette.«

Vielleicht der eigentliche Grund für seine miserable Laune.

»Was hat sie denn jetzt schon wieder angestellt?«

»Angeblich nichts. Marianne und die Zwillinge behaupten, sie hätten alle zusammen nur nett beieinandergesessen und geredet.«

»Über die Idee mit dem Repair-Café, oder?«

»Tja, anscheinend sind ihnen weitere Ideen dazu ausgegangen, typisch, wenn es konkret werden soll«, maulte Rimbout mit deutlicher Genugtuung in der Stimme.

»Wie meinst du denn das?«, wollte Rapp wissen.

»Ist halt mein Eindruck. Die drei schweigen sich mir gegenüber zu dem Thema einfach aus. Dabei habe ich gar nichts gegen die Idee.«

»Na ja, gewisse Vorbehalte aber schon.«

»*Non, non, non*, Jean Paul! Vorbehalte, und zwar begründete Vorbehalte, habe ich allein gegenüber Bernadette. Wie gesagt, ich traue ihr alles zu.«

»Wenn nicht Mord, dann Rufmord?«

»So ist es.«

»*Bon*, du rufst mich aber nicht wegen deiner Schwägerin an, sondern wegen Fontaine, sagtest du.«

»Richtig. Konntest du ihn dir ansehen? Wenigstens einen Eindruck gewinnen?«

»Ich konnte sogar mit ihm sprechen.«

»Ah ja? Und? Was hältst du von ihm?«

Rapp schilderte Rimbout den Verlauf des gestrigen Gesprächs mit Fontaine und hielt mit seiner Einschätzung des Mannes am Ende nicht hinterm Berg: »Eine dubiose, unkontrollierte Person. Dazu gewaltbereit, auch wenn er es hinterher kleinzureden versucht, wenn der Gaul mit ihm durchgegangen ist. Unklar ist mir allerdings, warum er sich so stark an die Jugendlichen in dem Bistro heranschmeißt. In jedem Fall tut ihr gut daran, Fontaine im Auge zu behalten, François.«

»Worauf du dich verlassen kannst. Vielleicht haben wir in ihm schon unseren Täter gefunden. Jetzt müssen wir es ihm nur noch beweisen.« Er hörte sich geradezu euphorisch an.

»Na, dann viel Glück dabei«, wünschte ihm Rapp.

Er schrieb seinen Dank an Aimée zu Ende, und kurz nachdem er ihn abgeschickt hatte, klingelte erneut das Telefon. Es war Sylvie. »*Salut*, Jean Paul!«, begrüßte sie ihn lebhaft. »Wo hast du denn gesteckt? Zum Beispiel gestern, am Sonntag?« Sie klang wirklich aufgeräumt, geradezu beschwingt.

»Sag nicht, dass du mich vermisst hast, Sylvie.« Allmählich gab er die Hoffnung diesbezüglich auf.

»Ich hab dich gestern Nachmittag angerufen, Jean Paul. Aber du hast nicht abgenommen. Und anscheinend auch nicht deine Anrufliste kontrolliert.«

»*Pardon*, Sylvie«, entschuldigte er sich. »Ich war unterwegs und hatte wohl das Handy ausgeschaltet.« Sie musste ihn angerufen haben, während er im Bistro in Masevaux den Kontakt zu Fontaine hergestellt hatte – und auf die Liste der entgangenen Anrufe hatte er tatsächlich noch nicht geschaut, da hatte sie recht. »Worum ging es denn?«, wollte er wissen.

»Ach, na ja, ich habe dir doch von Ramón erzählt, dem Kollegen aus Mexiko.«

»Ramón?« Was konnte es Schöneres geben, als mit ihr über ihre neu entfachte mexikanische Flamme zu parlieren?

»Du weißt ja, dass wir dringend eine Wohnung für ihn suchen. Ich wollte dich bitten, dich auch ein wenig umzuhören und mir gegebenenfalls Bescheid zu geben.«

»Sicher.« Er konnte sich nichts Besseres vorstellen. Der neue Held in Sylvies Universum sollte sich in ihrer Nähe so recht heimisch fühlen. Vielen Dank, dass er daran mitwirken durfte.

»Jean Paul? Alles in Ordnung?«

»*Bien sûr*, na klar.«

»Du bist so einsilbig.«

»Entschuldige. Aber was diesen … deinen Kollegen aus Mexiko anbelangt, Sylvie, ich fürchte, ich kann dir da nicht helfen. Ich habe gar keine Kontakte in der Wohnungswirtschaft.«

»Ist mir klar. Ich meinte private Kontakte, Jean Paul. Wenn du mich fragst, ist systematisches Fragen im privaten Umfeld die sicherste Methode, um eine Wohnung zu finden. Viel hilft viel, das ist jedenfalls meine Erfahrung. Leider ist Ramóns Budget begrenzt. Sein Stipendium finanziert hauptsächlich seine Forschung und beinhaltet nur einen Zuschuss für eine kleine Wohnung. Aber Ramón ist schließlich kein Einsiedler, er soll sich ja wohlfühlen.«

»Hm.«

»Übrigens rufe ich dich auch noch wegen einer anderen Sache an, Jean Paul.«

Rapp atmete innerlich auf. »Weswegen denn?«

»Es geht um Constance.«

»Sucht sie auch eine Wohnung?«

»Nein, Unsinn. Es betrifft noch mal Didier Doudet, du hattest sie doch darauf angesprochen.«

Rapp war auf einmal wieder ganz präsent. »Ist deiner Kollegin etwas Neues dazu eingefallen? Hat sich Docteur Sommelier aus Strasbourg bei ihr gemeldet?« Was ihn nach ihrer Ankündigung, dass es mit den Ergebnissen der Untersuchung noch dauern werde, nun doch überraschen würde.

»Nein, Docteur Sommelier hat sich nicht bei ihr gemeldet, soviel ich weiß. Aber es gibt da etwas …«

»Ja?«

»Etwas, mit dem Constance bisher hinter dem Berg gehalten hat. Auch mir gegenüber. Weil … ihr die Sache furchtbar peinlich ist.«

»Du machst es ja spannend.«

»Ich vertraue dir das unter dem Siegel der Verschwiegenheit an, Jean Paul. Constance hockt nebenan in ihrem Zimmer, hier im Éco Musée, und heult sich die Augen aus. Selber traut sie sich nicht, sie möchte aber, dass ich dir davon erzähle, weil sie es für wichtig hält. Und weil sie weiß, dass du diskret damit umgehen wirst. Ich habe ihr das versprochen.«

»*Merci bien*, Sylvie, schönen Dank. Selbstverständlich werde ich diskret damit umgehen.« Rapp wechselte das Telefon von einer Hand in die andere. »Aber willst du mir nicht endlich mal verraten, worum es eigentlich geht? Oder darfst du es mir gegenüber nur andeuten?«

»Kurz gesagt, es geht um das uralte Thema: die Liebe. Um

enttäuschte Liebe, genauer gesagt. Um Lug und Trug und blindes Vertrauen und Eigennutz ohne Ende.«

»Ich verstehe kein Wort, Sylvie.«

»Entschuldige, ich versuche mal, mich kurz zu fassen«, sagte Sylvie. »Das Wichtigste zuerst: Constance hatte was mit Doudet.«

»Was denn, ein Verhältnis?«

»Eine Affäre, ja. Wenn auch ziemlich einseitig. Letztlich hat Doudet sie am langen Arm verhungern lassen, wenn ich das richtig verstanden habe.«

»Und wie haben sie sich kennengelernt?«

»Durch den Tüpfelfarn. Da Doudet als Experte für die Pflanze galt, hat Constance ihn halt eines Tages besucht, um mehr darüber zu erfahren.«

»In seinem Laden in Schœnwiller?«

»Höchstwahrscheinlich. So genau habe ich nicht nachgefragt. Sie fand ihn interessant, er hat sie eingeladen, ihn auf seiner Tour in die Vogesen zu begleiten, eins kam zum anderen, wie das mitunter so geht.«

»Mitunter, ja.« Nur bei ihnen beiden, ihm und Sylvie, passierte das anscheinend nie.

»Constance ist in solchen Dingen verschlossen«, erläuterte Sylvie mit gedämpfter Stimme. »Sie hat schon mehrfach Enttäuschungen mit Männern erlebt. Sie sagt, sie spricht mittlerweile über ihre Beziehungen erst, wenn sie sich ganz sicher ist, dass sie Bestand haben, der Mann etwas taugt.«

»Was bei Doudet nicht der Fall war, schätze ich mal.«

»Nein, ganz und gar nicht«, bestätigte Sylvie. »Dabei hielt sie ihn anfangs für die große Ausnahme. Er kam ihr nicht mit den bekannten Sprüchen, was er in seinem Leben schon alles erreicht hat et cetera pp. Im Gegenteil, sagt sie, er sprach von seinen momentanen Schwierigkeiten, sich über Wasser zu halten, meinte aber, er lebe und sterbe nun mal für sein Wissen über Heilpflanzen, die den Menschen so viel Nutzen bringen könnten. Das sei seine Mission. Na, und so weiter. Constance fand Doudet frappierend ehrlich und den Gedanken, dass er womöglich bald seinen Laden aufgeben müsste, derart ungerecht, dass sie sich dazu hat hinreißen lassen, ihm Geld zu leihen.«

»*Dieu.* Von welcher Summe sprechen wir?«

»Leider hat Constance ihm gleich mehrfach Geld gegeben, zusammengerechnet mehrere Monatsgehälter, und das alles innerhalb des knappen Jahres, in dem sie etwas miteinander hatten.« Sie hielt kurz inne. »Das dicke Ende kam aber erst noch.«

»Und zwar?«

»Doudet hat sich eines Tages gegenüber Constance verplappert. Er sprach auf einmal versehentlich von einer gewissen Julie, mit der er verabredet sei. Die hatte er jedoch zuvor als seinen ›alten Freund Victor in Kirchheim‹ ausgegeben und mehrfach an den Wochenenden besucht. ›Damit der Gute nach seiner Scheidung nicht so viel allein ist.‹ Constance war sich gleich sicher, dass Doudet sie mit dieser Julie alias Victor betrog. Als sie ihn damit konfrontierte, stritt er es auch gar nicht mehr ab. Er sagte, sie solle nicht so spießig sein, ein bisschen mehr Freigeist in der Liebe stehe ihr ganz gut zu Gesicht.«

»*Ah, l'amour!*«, lästerte Rapp. Wofür die Liebe nicht alles herhalten musste.

»Constance fiel natürlich aus allen Wolken«, fuhr Sylvie fort, »war schockiert, dass Doudet sie offensichtlich ausgenutzt hatte. Am Ende wollte sie dann auch ihr Geld von ihm zurück.«

»Lass mich raten: Er hat ihr nichts zurückgezahlt?«

»Keinen einzigen Cent, du sagst es. Er hat Constance nur ausgelacht, sagt sie, und sie höhnisch gefragt, ob sie Belege dafür hätte, dass sie ihm Geld geliehen habe. Im Übrigen habe er das Geld als Geschenk betrachtet und längst ausgegeben. Angeblich für die ›Optimierung‹, wer's glaubt, seiner Engelsfarnmixtur. Und dann hat dieser Schuft sich im Grunde ein weiteres Mal verplappert.«

»Inwiefern?«

»Vermutlich um Constance noch weiter zu demütigen, sagte er, sie sei in puncto Geld auch nicht besser als Julie!«

»Nicht besser? Wie meinte er das?«

»Constance sei genauso kleinkariert wie Julie. Sie beide würden ihr Herz an das bisschen Geld hängen, das sie ihm doch geschenkt hätten. Wenn er es dann aber für seine Aktivitäten in Sachen Heilpflanzen ausgebe, beklagten sie sich darüber und wollten es zurück.«

»Mit anderen Worten, Doudet hat diese Julie ebenso ausgenommen ...«

»Wie meine arme Constance, richtig«, ergänzte Sylvie.

»Sie hat mit dir aber nicht darüber gesprochen«, wandte Rapp ein.

»Nein, bislang nicht. Weißt du, Constance hat sich dafür, dass sie diesem Betrüger und Hochstapler auf den Leim gegangen ist, derart geschämt, dass sie darüber mit niemandem reden konnte. Und in den ersten Tagen nach dem Mord habe sie sich wie paralysiert gefühlt, sagt sie. Aber seit du dich bei ihr nach dem Engelskraut erkundigt hast, ist bei Constance alles wieder aufgebrochen, was sie mühsam zu verdrängen versucht hatte.«

»Da habe ich dann wohl in einer alten Wunde gerührt«, sagte Rapp.

»Einer sehr tiefen Wunde, Jean Paul. Aber das konntest du nicht wissen.«

Rapp kam ins Nachdenken. »Ist Constance eigentlich bewusst, dass sie damit ein Mordmotiv hätte?«

»Nein, Jean Paul, in diese Richtung denkt sie gar nicht. Und wenigstens in der Hinsicht muss sie sich auch keine Sorgen machen: Constance war zu dem Zeitpunkt, als Doudet getötet wurde, nachweislich weit weg, bei ihrer Mutter, die in einem Pflegeheim in Bordeaux lebt. Bereits am Tag vor dem Mord ist sie in Bordeaux angekommen und auch den Tag danach noch geblieben. Jede Menge Zeugen könnten das bestätigen, sagt sie.«

»Das ist gut«, sagte Rapp, es erleichterte ihn wirklich.

Doch Sylvie war noch nicht fertig. »Etwas Grundsätzliches, Jean Paul, scheint mir noch wichtig. Constance ist sich sicher, dass sie und diese Julie nicht die einzigen Frauen waren, die von Doudet auf so üble Weise getäuscht wurden. Ihr fallen im Nachhinein noch weitere Frauen ein, die Doudet immer als ›besondere Kundinnen‹ bezeichnet und öfter besucht hat. Einsame, alleinstehende Frauen, die er immer nur mit Vornamen erwähnte und die vermutlich in sein Beuteschema passten. Sie auszunehmen wie Weihnachtsgänse gehörte zu seinem Geschäftsmodell, mit dem er sich über Wasser hielt, denkt Constance heute.«

»Lauter Frauen, die Grund gehabt hätten, sich an ihm zu rächen?«, dachte Rapp laut nach.

»Vielleicht, ja.«

»Was ich nur nicht verstehe, Sylvie: Warum will Constance, dass du mich über all das informierst? Ich meine, sollte zum Beispiel eine dieser betrogenen Frauen Doudet umgebracht haben – oder dafür gesorgt haben, dass er ermordet wird –, dann hätte diese Täterin oder Anstifterin zur Tat doch alle anderen betrogenen Frauen mitgerächt. Darunter auch Constance.«

»Ich verstehe, was du sagen willst. Aber, entschuldige, Jean Paul, so können auch nur Männer denken. Zumindest Männer, die zu lange bei der Polizei gearbeitet haben.«

»Meinst du das ernst?« Rapp war ein wenig schockiert.

»Die schreckliche Wahrheit ist die: Constance ist heute ambivalent, zwiegespalten, was Doudet betrifft. In gewisser Weise hat sie ihn wirklich geliebt. Bis zum Schluss. Sie habe danach zwar selbst Rachegefühle ihm gegenüber gehabt, sagt sie. Aber so ein grausames Ende, nein, das habe er dann doch nicht verdient. Zumal …« Sylvie stockte.

»Ja?«

»Zumal Constance sich heute, im Nachhinein, fragt, ob Doudet nicht doch recht gehabt habe. Wenigstens zum Teil.«

»Womit?«

»Mit seinem Vorwurf, sie sei spießig und zu engherzig in der Liebe, zu besitzorientiert in Beziehungen und in Geldangelegenheiten. Ihre eigene Tochter, sagt sie, habe ihr kürzlich ganz nebenbei erzählt, sie werde in Zukunft lieber in offenen Beziehungen leben. Das sei weniger spießig und besitzergreifend.«

Rapp atmete tief durch. Ihm wurde mit einem Mal klar, dass

Constance Desmoulins' Informationen diesem Mordfall nun auch noch ein denkbar kompliziertes Beziehungsmotiv hinzufügten. Was den Kreis der potenziell Verdächtigen erheblich ausdehnte.

Doch immerhin gab es einen ersten Anhaltspunkt. »Diese Julie, von der Constance sprach, Sylvie …?«

»Ja?«

»Was weiß sie noch über die Frau außer deren Vornamen?«

»Nur, dass sie in Kirchheim wohnte und offenbar geschieden war. Was nicht heißt, dass Constance damals Lust gehabt hätte, sie dort irgendwie ausfindig zu machen. Etwa indem sie Doudet hinterherspioniert hätte oder so etwas.«

»Kirchheim, sagte sie? In der näheren Umgebung fallen mir nur zwei ein, das bei Winzenheim und das Kirchheim-près-Colmar.«

»Ich könnte Constance danach fragen, vielleicht weiß sie das sogar. Muss jetzt sowieso wieder zu ihr rüber. Ich melde mich später noch mal bei dir. Schick dir eine Nachricht.«

»*Merci*, Sylvie.«

»Übrigens wäre es gut, wenn du Constances Namen, falls du denkst, dass du dich mit diesen Informationen an Rimbout wenden musst, vorerst noch aus dem Spiel lassen würdest. Sie hat nichts zu befürchten, war bei ihrer Mutter, wie gesagt. Aber es geht ihr momentan sehr schlecht und …«

»Ich verstehe schon, Sylvie.«

»Ach, und was das andere betrifft, Jean Paul, falls du etwas hören solltest, würde ich mich freuen.«

»Falls ich *was* höre?« Er stand gerade auf dem Schlauch.

»In Sachen Wohnung für Ramón, meine ich.«

»Ah. Sicher.« Es kam eh schon nicht mehr darauf an. Sylvies ganz besonderes Engagement für Docteur Ramón schien nicht mehr zu stoppen.

»*Merci beaucoup*, Jean Paul, du bist ein Schatz«, hörte er sie noch ins Telefon gurren, dann legte sie auf.

Ihr Gurren bezog er nicht auf sich.

Die versprochene Nachricht kam zwei Stunden später. »Es ist Kirchheim bei Winzenheim«, schrieb ihm Sylvie. »C. ist sich in dem Punkt sicher.«

Das war zumindest ein Anfang, dachte Rapp. Das erwähnte Kirchheim, wusste er, war nur ein winziger Ort und verwaltungstechnisch längst ein Teil des etwas größeren Winzenheim. Dort führte sein Leib-und-Magen-Automechaniker Güschti eine Autowerkstatt, bei der Rapp seit vielen Jahren Kunde mit seinem Charleston war. Wer sein altes Auto liebte, vorausgesetzt, es war ein französisches Fabrikat, oder kein Geld für ein neues besaß, ließ es in Güschtis Garage reparieren.

Rapp, der gerade die Spülmaschine eingeräumt hatte, schloss deren Klappe und stellte sie an. Dann ging er zum Telefon.

»Güschtis Garage.« Paulettes krächzende Papageienstimme.

»*Salut*, Paulette, Jean Paul hier. *Ça va?*«

»*Dieu!*« Sie stöhnte vernehmlich auf. »Ich bin ein Wrack, Jean Paul. Wenn ich ein Auto wäre, könnte nicht mal Güschti mich reparieren.«

»Hört sich schlimm an, Paulette. Was ist denn los?«

»Ach, komplizierte Geschichte, Jean Paul, die willst du nicht hören.«

»Doch, gerne. Wollte eh bei euch vorbeikommen, möglichst bald. Mein Charleston macht seit gestern seltsame Geräusche.«

So seltsam, dass er sie selbst nicht mal hören konnte, sondern eben erfunden hatte.

»Pass auf, Jean Paul, du kommst vorbei, fährst dein Schätzchen auf den Werkstatthof und Ahmed oder Güschti horchen mal rein, *d'accord?*«

»*D'accord, Paulette, merci.*« Ahmed, Güschtis langjähriger Angestellter, inzwischen ebenfalls Kfz-Meister, beherrschte das Handwerk mittlerweile ebenso gut wie sein alter Chef. »Wäre es passend«, fragte er Paulette, »wenn ich gleich mal vorbeikäme?«

»So war es gemeint, Jean Paul. *À bientôt.*«

Rapp legte etwas verwundert, dass es mit dem Termin so schnell geklappt hatte, den Hörer auf und drehte sich zu Honoré um, der in seinem Korb am Fenster keinen Mucks von sich gab: »*Allez hopp*, alter Faulpelz! Wir fahren zu Güschti.« Und unterhalten uns mal ein wenig mit Paulette, fügte er in Gedanken hinzu.

Paulette war nämlich noch immer die unbestrittene Vorsitzende des Winzenheimer Gerüchtehofs. Ihr entging kein Flüsterton im Ort, nicht mal »stille Post« war vor ihr sicher. Die Kunst bestand allerdings darin, sich von ihr nicht unversehens selbst Geheimnisse entlocken zu lassen, die dann mit gewissen Ausschmückungen von Paulette zu Allgemeingut verarbeitet wurden.

# 16

Als Rapp mit Honoré das Haus verließ und den Innenhof des Maison Michelberger betrat, schlug ihm eine brütende Hitze entgegen. Die knochentrockenen Holzverstrebungen des jahrhundertealten Fachwerkgebäudes knisterten, und die ebenso alten Pflastersteine im Hof glühten in der Mittagssonne wie unter einem Brennglas.

Deshalb entschied er sich kurzerhand anders, fischte den Hund vom Boden auf, trug ihn wegen seiner ohnehin schon hyperempfindlichen Fußballen bis zu den Platanen an der Rue Grand Cru, ließ ihn dort im Schatten sein Bein heben und brachte ihn geradewegs zurück in die Wohnung.

Es war einfach zu heiß. Der Säulenventilator, den er vorhin noch – angesichts des Stromverbrauchs mit schlechtem Gewissen – Honorés wegen eingeschaltet hatte, hatte ihn vergessen lassen, dass für heute knapp über dreißig Grad vorhergesagt waren. In Paulettes Büro, das weder Klimaanlage noch Ventilator besaß, würde zwar keine Backofenhitze wie draußen im Innenhof herrschen, aber für den Hund wäre es dennoch eine Quälerei.

Nachdem Honoré sich gleichmütig in seinen Korb geringelt und Rapp den Ventilator auf eine mittlere Stufe eingestellt hatte, verließ er die Wohnung.

Sein Charleston hatte unter dem schattenspendenden Carport auf der anderen Seite des Maison Michelberger gestanden. Dennoch brauchte es ein paar Minuten bei geöffneten Türen und zurückgerolltem Verdeck, bis sich der Innenraum so weit abgekühlt hatte, dass Rapp sich hineinsetzen konnte, ohne sich den Rücken oder dessen Verlängerung zu versengen.

Das Verdeck blieb auch während der Fahrt nach Winzenheim, das etwa auf halber Strecke zwischen Rouffach und Thann lag, geöffnet. Die Luft flirrte in der Mittagshitze. Alles schien sich langsamer zu bewegen unter der Glut, die die Rheinebene erdrückte. Die Flugzeuge schienen eine Ewigkeit dafür zu brauchen, den Himmel zu kreuzen, die Erntefahrzeuge in den Weinbergen im Schneckentempo zu kriechen, und die Störche, die hier und da in den Weiden entlang der Route zu sehen waren, schienen mitten in ihren Bewegungen zu verharren. Was jedoch, wie Rapp sich sagte, vielleicht ihrem normalen Jagdverhalten entsprach.

Er war jedenfalls heilfroh, dass der beständige Luftstrom durch das offene Verdeck seinen Kopf kühlte. Dass sein Charleston ebenfalls kaum vom Fleck kam, trotz des Motorenlärms, der nun noch lauter als sonst an Rapps Ohren drang, war jedoch keine Täuschung, sondern Altersschwäche.

Kurz vor Winzenheim bog er von der Route nationale ab und kam an Lautermanns Kfz-Werkstatt, Güschtis unmittelbarer Konkurrenz, vorbei. Er wunderte sich, dass Lautermann nach all den Gaunereien, in die er verwickelt gewesen war, noch immer die Konzession besaß, den Betrieb weiterzuführen. Mit gedrosseltem Tempo näherte er sich dem großen Firmenschild vor dem Werkstattgelände und las hinter »Geschäftsführer« nun »S. Lautermann« anstelle von »B.« für Bernard Lautermann. Ein offensichtlicher Geschäftstrick Lautermanns, dachte Rapp und fuhr kopfschüttelnd weiter.

Güschtis Garage lag in dem kleinen Industriegebiet östlich von Winzenheim. Als Rapp von der Straße aus in den Werkstatthof einbiegen wollte, musste er zunächst eine hüftsteife, reichlich betagt wirkende weißbraun getigerte Katze passieren lassen. Mit der Gemütsruhe des Alters, die Rapp an Honoré erinnerte, schlich das Tier gemächlich um das längliche Gebäude herum, in dessen Erdgeschoss sich Paulettes Reich, das Büro, befand. Im Stockwerk darüber wohnte sie mit Güschti hinter Gardinen, die so vergilbt waren, dass sie von außen undurchsichtig wie Stoffvorhänge wirkten.

Rapp wartete, bis die Katze seitlich im Gebüsch verschwunden war, und ließ den Wagen dann langsam auf den Hof bis vor den Eingang der Werkstatt rollen. Er stieg aus und grüßte die beiden Maestros, Ahmed und Güschti, die an den zwei vorhandenen Hebebühnen der Garage beschäftigt waren.

Wie üblich unterbrach nur Ahmed seine Arbeit und kam Rapp entgegen, während Güschti ihn nicht einmal zu bemerken schien. Zwischenzeitlich hatte sich Güschti auch mal freundlich und gesprächiger gegeben. Doch die Phase war wohl schon wieder vorbei. Rapp focht das nicht an, so war eben Güschtis Wesensart, und auch Ahmed wusste seit Jahren souverän mit den Launen seines Chefs umzugehen.

»*Bonjour*, Monsieur!«, grüßte er Rapp. »Paulette hat schon Bescheid gesagt.« Ahmed deutete mit der ölverschmierten Hand auf den Charleston. »Er macht Geräusche, ja?«

»Kommt mir wenigstens so vor«, behauptete Rapp.

»Was für Geräusche? Wo hören Sie die?«

»Eigentlich …« Gott, was sollte er darauf antworten? »Überall eigentlich.«

»Überall?« Ahmed sah ihn einen Augenblick lang irritiert an. »*Bon.*« Er wandte sich zu der Hebebühne um, an der Güschti mit dem Rücken zu ihnen weiter an einem alten Peugeot 504 schraubte. »Monsieur Rapp hört Geräusche, Güschti«, rief er ihm zu. »Überall an seinem 2CV, sagt er.« Ahmed wandte sich noch einmal zu Rapp um, um sich zu vergewissern, dass er das auch richtig verstanden hatte. Rapp zuckte mit den Achseln.

Güschti hob nur kurz den Schraubenschlüssel, ohne sich umzudrehen, doch Ahmed kannte seine Zeichensprache.

»*Alors*, Monsieur, Schlüssel stecken lassen, wir kümmern uns gleich darum. Sie sehen ja, im Moment ist kaum Betrieb.« Seine Hand beschrieb eine kleine Rundumbewegung.

In der Tat befand sich außer Rapps Charleston nur noch ein hellblauer Renault Kastenwagen im Werkstatthof, Rapp hatte sich schon beim Hereinfahren darüber gewundert, wie leer der Hof war.

»*Merci bien*, Ahmed, dann warte ich so lange im Büro.« Was natürlich der eigentliche Zweck seines Besuchs heute war.

»*Bien sûr*, Monsieur. Sie kennen ja den Weg.« Ahmed, ein ausgesprochen höflicher Mensch, deutete auf die Tür am Kopfende der Werkstatt und ging wieder zurück zu seiner Hebebühne.

Der Zugang zum Büro durch die schmale Glastür, die Werkstatt und Büro verband, war ein Privileg und nur langjährigen Kunden wie Rapp gestattet. Und auch das nur, solange sie keine Zahlungsrückstände hatten. Andernfalls mussten sie den offiziellen Eingang von der Straße her nehmen und brav im Stehen auf dem Flur warten, bis Paulette sie hereinrief.

Sie saß auf ihrem Schreibtischstuhl und band sich gerade das dünne aschblonde Haar im Nacken, als Rapp nach kurzem Klopfen ihr Büro betrat. Zwischen ihren blassen Lippen klemmte ein blaues Gummiband, das sie nun zum Einsatz brachte. Sie konnte einem leidtun, ihre Hände sahen ebenso wundrot und zerkratzt aus wie ihr Gesicht.

Mit ihren großen glupschigen Augen signalisierte sie Rapp, sich auf das zerschlissene schwarze Zweiersofa zu setzen. Nachdem sie das Gummiband um das kurze Pferdeschwänzchen an ihrem Hinterkopf gebunden hatte, kam sie um den Schreibtisch und grüßte ihn wie üblich mit zwei herzlichen Küsschen auf die Wangen.

Sie bot ihm Kaffee an, doch er lehnte dankend ab. Angesichts der Hitze bat er um ein Glas Wasser.

Während sie die Flasche aus dem schmalen Kühlschrank in der Ecke holte, sah sich Rapp kurz um. Der Raum war unverändert kahl und vom jahrzehntelangen Rauchen gezeichnet, seine grauen Wände und der Materialschrank gegenüber waren von einer hellbraunen Patina überzogen – und sie rochen auch nach Rauch. Einzige Neuerung war ein aktueller Katzenkalender, der nun neben dem Citroën-Wandkalender aus den siebziger Jahren hing.

Rapp sprach Paulette darauf an, während sie für sie beide die Wassergläser füllte.

»Ja, weißt du, Jean Paul, ich fand den neuen Kalender eine schöne Idee, weil wir doch neuerdings eine Katze haben.« Sie reichte Rapp sein Glas.

»*Merci*, Paulette.« Er nahm gleich einen Schluck. »Ah, wunderbar.« Das Wasser war köstlich kühl. »Eine Katze, sagst du, habt ihr euch angeschafft?«

»Ja. Besser gesagt, wir haben die Katze adoptiert«, fügte sie nicht ohne Stolz hinzu und setzte sich auf die schmale Holzlehne des Sofas. »So ein *Dàchkàndelhüpser* war das, eine richtige Straßenkatze.« Mitunter fiel Paulette in Elsässer Dialekt. »Die arme Katze streunte schon seit einiger Zeit um die Werkstatt herum und sah ganz abgemagert aus. Da haben wir uns erbarmt und ihr Futter hingestellt. Seitdem ist sie praktisch unser Dauergast.«

Rapp erzählte ihr von der Katze, die er in der Einfahrt beobachtet hatte.

»Das war sie. Wir haben sie anfangs Claude getauft, weil wir sie für einen Kater hielten. Der Tierarzt, der sie geimpft hat, hat uns dann aufgeklärt.« Sie lachte. »Jetzt heißt sie Claudine. Sie ist schon älter, aber bei guter Pflege lebt sie vielleicht noch Jahre.« Mit zwei Fingerknöcheln klopfte sie auf das Holz der Lehne.

»Ich dachte, Güschti steht nicht auf Katzen«, wunderte sich Rapp ein wenig. Auch er selbst war nicht eben ein Katzenfan, einzige Ausnahme war bisher Sylvies Kater Fou Fou. Nachdem er ihn in den letzten Monaten während Sylvies Abwesenheit gefüttert hatte, waren sie sich sogar noch ein wenig nähergekommen, buchstäblich.

»Dass Güschti keine Katzen mag, kann man nicht sagen«, stellte Paulette richtig. »Er fand nur immer, Katzen könnten sich selbst ernähren und durchbringen, sie bräuchten keine Menschen, die sie päppeln. Aber neuerdings hat er wohl das Gefühl, es wäre ganz schön, wenn so eine Katze *ihn* mal ein wenig päppeln würde.«

»Abgesehen von dir, meinst du?«, stichelte Rapp und bekam dafür einen Klaps auf die Schulter.

»Es geht ihm wirklich nicht gut in letzter Zeit, meinem Güschti. Weißt du, Jean Paul, wir hatten gehofft, dass dieser elende Lautermann seine Garage endlich wieder schließen würde. Du weißt selbst, dass dem *Fötzel* die Wirtschaftskripo schon im Nacken saß. Und sie haben ihm auch tatsächlich die Lizenz entzogen. Aber leider nur für die Geschäftsführung, nicht für die Kfz-Meisterei. Also hat Lautermann pro forma seine Frau als Geschäftsführerin eingesetzt, Simone heißt sie, und, *voilà*, der Laden kann weiterlaufen.«

»Simone also.« Rapp fiel das neue Namenskürzel »S.« auf der Firmentafel vor Lautermanns Werkstatt ein.

»Es gibt aber noch einen anderen Grund für Güschtis schlechte Laune«, sagte Paulette und gab ein leises Stöhnen von sich.

»Was für einen?«

»Du weißt doch, dass wir seit einiger Zeit eine Website im Internet haben. Weil man das heute eben so hat.« Sie verdrehte die großen graugrünen Rollaugen. »Und anfangs hat Güschti ja auch super Bewertungen im Netz von der Kundschaft eingeheimst.«

»Ich erinnere mich, ja.« Damals schien Güschti geradezu berauscht von neuen Bewertungen seiner Garage im Netz.

»Aber seit einiger Zeit«, fuhr Paulette fort, »hat sich das ins Gegenteil gekehrt. Güschti bekommt hin und wieder zwar noch gute Kritiken, aber es überwiegen die schlechten Bewertungen. Alle anonym, lauter seltsame Phantasienamen.«

»Das Übliche.«

»Güschti denkt, dass Lautermann dahintersteckt. Und ehrlich gesagt glaube ich das auch. Jetzt, wo der *Bettbrunzer*, der Halunke, noch mal davongekommen ist und seine Garage weiterbetreiben darf, hat er sich Güschti vorgenommen.«

»Eine Kampagne gegen Güschti?«

»Ja, das denke ich. Und das Schlimme ist, sie wirkt. Schau dir unseren Werkstatthof an!« Sie stieß ihren langen, dünnen Arm haarscharf über Rapps Kopf hinweg in Richtung Hof. »Fast leer, tabulahm rasen, oder wie man das nennt. Güschti ist froh, wenn wenigstens die alten Kunden, solche wie du, ihm die Treue halten. – Er zeigt es nur nicht so.« Sie lachte bitter auf.

Rapp trank sein Wasser, solange es noch kühl war, und schaute Paulette besorgt an. »Und du? Wie geht's dir mit alldem?«

»Och, danke der Nachfrage!« Sie machte eine wegwerfende Geste. »Ich sage mir: ›Lass dich nicht unterkriegen, Paulette.

Denk nach, wie du diesen *Bettseicher* Lautermann unterkriegen kannst.‹ Bisher ist mir allerdings noch kein Mittel eingefallen.«

Sie schabte mit dem Fingernagel über die Stirn, es hörte sich an wie das Zusammenkehren von trockenem Laub. Paulette litt seit vielen Jahren unter Neurodermitis.

Jetzt hustete sie auch noch und klopfte sich mit der Faust gegen die knochige Brust. »Wie du hörst, habe ich es immer noch nicht geschafft, das Rauchen aufzugeben. Hab E-Zigaretten ausprobiert, vielleicht erinnerst du dich. Scheußlich, sage ich dir, kratzt im Hals, schmeckt wie Putzeimer.« Sie schüttelte sich angeekelt. »Dann mit Nikotinpflastern. Die wirken bei mir nicht, ich kann mir den Arm von oben bis unten damit zupflastern – rauchen will ich trotzdem noch. Also hab ich's mit Yoga versucht. Hab einen Kurs besucht, drüben in der neu umgebauten Salle polyvalente, alles sehr schön geworden dort.« Ihre Augen leuchteten kurz auf. »Und du, das hat sogar funktioniert! Ich hab mich besser gefühlt und *wollte* plötzlich gar nicht mehr rauchen.«

»*Ah, super!*« Rapp deutete Beifall an.

»*Super*, das dachte ich auch. Bis ich es meiner What-if-Gruppe erzählt habe.«

»Was ist denn eine What-if-Gruppe?«

»So was Ähnliches wie eine Whatsapp-Gruppe, nur anders, positiver, weißt du, weil ›*what if*‹ heißt: ›was wäre, wenn‹. Motto: Erkenne die Möglichkeiten.«

»Und wie hat deine What-if-Truppe auf den Yogakurs reagiert?«

»Mit einem *tempête de merde*.«

»Einem Shitstorm?«

»Jedenfalls hagelte es jede Menge *merde*, von mir aus auch *shit* für mich.«

»Weswegen denn?«

»Die What-if-Gruppe war der Meinung, Yoga würde nicht zum Elsass passen.«

»Nicht zum Elsass?«

»Yoga hätte hier keine Tradition.«

»Was hast du geantwortet?«

»Dass mir das egal ist. Weil Yoga mir nun mal hilft, mit dem Rauchen aufzuhören. Das Einzige, was wirkt, habe ich geschrieben.«

»Und nun, Paulette?«

»Ich muss wohl damit aufhören.«

»Mit dem Yoga?«

»Nein, mit der What-if-Gruppe.« Sie stieß trotzig ihr markantes Kinn vor. »Ich habe inzwischen nämlich mit meinem Arzt darüber gesprochen. Dem, der mir die Nikotinpflaster empfohlen hatte.«

»Die dann nicht gewirkt haben?«

»Genau.«

»Und?«

»Er sagt: ›Wer heilt, hat recht.‹«

»Leuchtet ein«, sagte Rapp und erkannte plötzlich die Gelegenheit, das Thema anzuschneiden, weswegen er eigentlich hergekommen war. »Apropos heilen«, schob er rasch nach, »hast du schon mal von druidischen Heilmethoden gehört, die speziell aus dem Elsass stammen sollen?«

Paulette stutzte und sah ihn dann grinsend an.

»Ich wusste, dass du noch auf diesen Doudet zu sprechen kommen würdest, Jean Paul.« Paulette lachte kurz auf. »Ich lese auch Zeitung, mein Lieber. Drüben in Thann hat's ihn erwischt, oben an der Engelsburgruine, *non*? Ich hatte seinen Namen sogar schon gehört, kannte den Mann aber nicht persönlich.«

»Woher wusstest du denn seinen Namen? Du hast nicht zufällig auch Heilkräuter und Ähnliches aus dem Internet von ihm bezogen?«

»Nein, wo denkst du hin! Von Heilkräutern halte ich nichts. Und für meinen Magen nehme ich nur die Pillen, die mir mein Arzt verschreibt, da weiß ich wenigstens nicht, was drin ist. Hauptsache, das Zeug hilft mir, da bin ich ganz seiner Meinung.«

Verblüffende Logik, dachte Rapp. »Aber wieso kanntest du dann den Namen Doudet?« So bekannt war der »Druidier« aus Schœnwiller nun auch wieder nicht.

Paulette trank ihr Glas aus und bot Rapp ein neues an, der jedoch dankend ablehnte. Er kannte das WC der Garage und wollte nicht in die Verlegenheit kommen, es in diesem Leben noch einmal benutzen zu müssen.

Paulette sagte:»Ich habe eine Freundin, die Lüwiss.« Elsässisch für Louise.»Sie fährt noch ihren alten Citroën DS, cremefarben, ganz wunderbar erhalten. Güschti sagt, er bekommt richtige Gefühle, wenn er Lüwiss mit ihrem DS in den Hof einfahren sieht.«

»Wegen dem DS?«

»Selbstverständlich wegen dem DS!«

»Du wolltest aber von Lüwiss erzählen, Paulette.«

»Richtig. Die Lüwiss hat eine Nachbarin, Tildi«, elsässisch für Mathilde.»Und diese Tildi hat Lüwiss erzählt, dass eine gute Freundin von ihr, also von Tildi, eine gewisse Schülli, den Doudet gut kannte.« Sie verzog das Gesicht.»Leider *zu* gut kannte.«

»Was soll das heißen? War sie Kundin bei Doudet?«

»Kundin?« Paulette rümpfte die Nase.»So würde ich das nicht bezeichnen. Laut Tildi hat die Schülli richtiggehend was mit dem Mann gehabt.«

»Ein Verhältnis? Mit Doudet?«

»Genau. Die Schülli war schon seit mehreren Jahren geschieden und wollte es mal wieder mit einem Mann versuchen.«

»Verständlich.«

»Eben. Wenn ich meinen schneidigen Güschti nicht hätte, Jean Paul, würde ich vielleicht auch hin und wieder mal schwach werden. Aber der Himmel verschone mich vor einem wie Doudet. Die Tildi, sagt Lüwiss, ist der Meinung, dass ihre Freundin Schülli sich von diesem Doudet regelrecht hat auslutschen lassen.«

»Auslutschen?«

»Wie ein Markknochen. Dieser Doudet muss andauernd in Zahlungsschwierigkeiten gesteckt haben. Und weil sie in den Kerl so verliebt war, die Schülli, hat sie ihm Geld geliehen. Anfangs nur kleinere Beträge, etwas verschämt zugesteckt zwischen Tür und Angel. Dann hat sie ihm größere Summen gegeben.

Aber niemals auf ein Konto überwiesen, immer nur bar in die Hand gedrückt! Anders hätte Doudet es nicht gewollt, aus Stolz, wie die Schülli anscheinend geglaubt hat. Was erstaunlich war, weil sie zu dem Zeitpunkt noch als Angestellte bei Crédit Alsacien in Cernay gearbeitet hat. Aber später, nachdem sie ihr bisschen Erspartes aufgebraucht und sogar, stell dir vor, Schulden für Doudet gemacht hatte, wollte sie das Geld von ihm zurück, wenigstens einen Teil.«

Paulette stockte, um den Effekt zu steigern, doch Rapp ahnte bereits, was sie sagen würde.

»Er soll«, fuhr sie empört fort, »darüber nur gelacht haben. Da wusste sie, dass er sie ausgelutscht hatte.«

»Wie einen Markknochen.«

»Ja. Und zwar von Anfang an.«

»Wie endete das Ganze?«

»Damit, dass Doudet Schluss gemacht hat und die Schülli plötzlich vor ihrem Scherbenhaufen stand. Um ihre Schulden zu bezahlen, musste sie sogar ihre kleine Wohnung in Winzenheim verkaufen.«

»*Dieu*. Lebt sie denn noch hier im Ort?«

»Nein. Lüwiss hat von der Tildi erfahren, dass die Schülli am Ende einen Nervenzusammenbruch hatte. Man hat sie in die Psychiatrie eingeliefert.« Sie seufzte mitfühlend. »Wenigstens soll das Krankenhaus gut geführt sein, sagt Lüwiss. Ihr Mann ist Krankenpfleger, der kennt sich aus in dem Feld.«

»Welches Krankenhaus ist es denn?«

»Hôpital Civil, die Uniklinik in …« Sie stutzte. »In Strasbourg … Aber sag mal …« Sie musterte Rapp plötzlich auf eine sehr spezielle Weise, indem sie die großen hellen Augen theatralisch verengte und die schmalen Lippen spitzte. »Mein Lieber, horchst du mich hier gerade aus? Ist das möglich?«

Rapp schenkte ihr ein süffisantes Lächeln. »Die alten Leidenschaften, du kennst das doch, Paulette.«

»Ja, machen alt und schaffen Leiden«, entgegnete sie trocken. »Aber mehr als das, was ich dir vorhin erzählt habe, weiß ich nicht, Jean Paul.«

»Und diese Schülli … wie hieß sie gleich weiter?« Den Nachnamen hatte Paulette ihm bisher nicht genannt.

»Schülli Henry. Von ihr weiß ich aber auch nicht mehr. Ihre furchtbare Erfahrung mit Doudet habe ich erst von Lüwiss erfahren.«

Das Telefon klingelte. Paulette nahm mit ihren wunden, aber immer noch flinken Fingern die beiden Wassergläser in die Hand und fegte um den Schreibtisch herum zum Telefon.

Es war Güschti. Der Wagen sei gecheckt, signalisierte Paulette mit dem Daumen und hörte sich noch ein paar Sätze ihres Göttergatten an, ehe sie auflegte. »Kein Motorengeräusch zu hören, Jean Paul. Dafür jede Menge Schmutz unter der Haube. Güschti hat alles sauber gemacht.«

Das erwartbare Ergebnis.

»Was bin ich schuldig, Paulette?« Er zog ein wenig schuldbewusst seine Geldbörse aus der Hosentasche.

»*Ah, rien*, Jean Paul, nichts. Das ist Service.«

Rapp nahm einen Geldschein in die Hand und drückte ihn in den Schlitz des Sparschweins, das als Kaffeekasse auf dem Schreibtisch stand.

»*Merci*, Jean Paul. Das ist lieb.«

Ein Lautermann, dachte Rapp kurze Zeit später, als er sich bereits wieder auf der Rückfahrt befand, hätte, ohne mit der Wimper zu zucken, eine pralle Summe von mir verlangt. Für ein Geräusch, das nur in Rapps Kopf existiert hatte.

Ein Güschti war eben unbezahlbar.

Dann ging ihm die Frau durch den Kopf, von der Paulette ihm erzählt hatte: Schülli. Das musste sie sein, die Frau aus Winzenheim, von der auch Sylvies Kollegin Constance berichtet hatte. Denn Schülli war der elsässische Name für Julie.

# 17

Zurück in Pfaffenhoffen, absolvierte Rapp mit Honoré eine Runde durch den Ort im Schatten der Häuser. Als er zurückkam, sah er, dass Edgar angerufen und eine Nachricht hinterlassen hatte. Er habe sich bei Gabriel erneut nach seiner Mutter erkundigt, es gehe ihr den Umständen entsprechend gut, sie könne in den nächsten Tagen entlassen werden. »Dann sehen wir weiter, Papa, *salut*!«, hatte Edgar seine Nachricht auf dem Band beendet.

Rapp musste sich erst wieder ins Gedächtnis rufen, dass mit Gabriel Docteur Desponte gemeint war, Isabelles behandelnder Arzt in der Colmarer Klinik, ein Bekannter von Edgar und Julien.

Da er nun schon vor dem Telefon stand, nahm Rapp auch gleich den Hörer ab und rief Aimée Polignac an. Er hatte da eine bestimmte Idee, die ihm vorhin auf der Rückfahrt von Winzenheim gekommen war …

Seit Aimée leitende Redakteurin war, erwischte er sie viel häufiger im Büro als früher, als sie noch als Reporterin die meiste Zeit unterwegs zu Interviews oder auf Recherche gewesen war. So auch diesmal, Aimée nahm sofort ab.

Nachdem Rapp sich noch einmal für ihr Dossier in Sachen synthetische Drogen bedankt und ihr versichert hatte, dass sie persönlich weitere Hintergründe von ihm erfahren würde, sobald er mehr darüber wisse, rückte er mit seiner Idee heraus, die mit dem Mordfall jedoch nichts zu tun hatte.

Sie lachte laut auf, nachdem sie es sich angehört hatte. »Cooler Plan. Wo hast du dir den denn ausgedacht, im Bistro, mit einem Gläschen Pinot vor der Brust?«

»Im Auto. Stocknüchtern.«

»*Alors*, ich kann selbstverständlich veranlassen, dass bestimmte Storys recherchiert und geschrieben werden, da hast du schon recht, das gehört sogar zu meinem Job. Aber das Ergebnis kann und werde ich nicht manipulieren«, fügte sie streng hinzu.

»Ist mir klar, hab ich weder erwartet noch gewollt«, beteuerte Rapp. »Ich bin einfach sicher, dass es klappt.«

»Na schön, Anregungen unserer Leserschaft nehme ich gerne auf.« Sie stockte eine Sekunde. »Du kannst mir im Gegenzug nicht vielleicht einen Profiboxer oder jemanden empfehlen, der meinen Ex für mich vermöbelt?«

»Leider nicht, *ma chère*«, sagte Rapp. »Bist du denn sicher, dass dein Ex es verdient hätte?«

»*Verdient*, mein Lieber, hätte René jemanden, der ihn zwölf Runden lang durch den Ring treibt, um ihn dann mit einem gewaltigen Haken auf die Bretter zu hämmern. Das würde ich mir von der ersten bis zur letzten Runde mit Vergnügen ansehen.« Rapp hörte sie vor Wut schnauben. »Meine Kollegin Merle hat mir erst jetzt gesteckt, dass sie René schon öfter mit dieser anderen in dem Café gesehen hat. Sie habe sich nur nichts dabei gedacht. *Formidable, non?* Mein Freund betrügt mich also schon seit mindestens einem halben Jahr.«

»Bist du dir sicher, Aimée?«

»›Sicher‹ ist gar kein Ausdruck. Ich weiß es. Wie gesagt einen Boxer, falls du einen kennst, Jean Paul.«

»Ich frage mal meine Ex-Frau. Deren Neuer hat Kontakte in die Halbwelt.«

»Klingt gut.«

»Was ist mit deinem früheren Ex?«

»Pierre?«

»Immer noch in Réunion?«

»Nein. Zurück in Colmar.«

»Kommt der nicht mehr in Frage?« Aimée hatte anfangs noch sehr geschwankt zwischen René in Colmar und Pierre, der nach Réunion gegangen war.

»Pierre hat mir neulich eine Nachricht geschickt. Mit einem Bildanhang. Er, seine neue Frau, die er in Réunion kennengelernt hat, und ihr gemeinsames Baby. Alle drei grinsen wie die Honigkuchenpferde. Das Baby ist allerdings süß, muss ich zugeben. Ich würde es sofort nehmen, wenn man es mir anbieten würde. Aber Pierre will ich auf keinen Fall zurück.«

»Dann wäre dieser Punkt geklärt.«

»Dieser schon, ja.«

»*Salut*, Aimée.«

»*Salut*, Jean Paul.«

Etwa eine Stunde später erhielt Rapp einen Anruf von Roschi, dem Fahrradhändler aus Rouffach.

»*Salut*, Roschi, was gibt's?«

»Ein schönes Fahrrad soll es geben. Und zwar bei dir.« Roschi lachte. »Madeleine Haertle, eine neue Kundin von mir, hat mich angerufen. Sie sagt, sie habe sich in dein wunderschönes altes Peugeot-Rad verliebt. Sie hat es kürzlich bei mir gesehen, als ich ihr die Werkstatt gezeigt habe. In der Zeit hattest du es mir zur Reparatur dagelassen.«

»Und? Will sie mein Fahrrad heiraten, nachdem sie sich schon in es verliebt hat?«

»Sie hat mich gebeten, ihr ein typengleiches Rad zu besorgen. Verstehst du, exakt das gleiche, wie du hast.«

»Sie hat doch schon ein neues Rad bei dir gekauft, oder habe ich das falsch verstanden? Ich habe sie nämlich neulich auf dem Markt in Rouffach getroffen.«

»Stimmt, ein prima Tourenrad. Aber für die Großstadt, für Strasbourg, hätte sie gerne so einen schönen alten Lastenesel, wie du ihn hast. Nur leider gibt es diese Ausführung nicht mehr zu kaufen.«

»Das ist dann wohl Pech«, sagte Rapp. »Und ehrlich gesagt weiß ich wirklich nicht, wie ich dir da weiterhelfen soll. *Du* bist der Fahrradhändler.«

»Weißt du, Jean Paul, diese Kundin, Madeleine ist wirklich nett und … so weiter und so fort.« Er druckste ziemlich herum, fand Rapp. »Jedenfalls fällt es mir schwer, sie mit ihrem schönen Wunsch zu enttäuschen. Händlerehre, verstehst du?«

Jetzt begriff Rapp, worauf das Ganze hinauslaufen sollte.

»Und da bist du auf die Idee gekommen, mir meines abzukaufen, Roschi? Für deine Kundin Madeleine?«

»War nur so eine Idee von mir, Jean Paul. Madeleine hat keine

Ahnung davon. Bei Internetbestellungen von Vintagefahrrädern weiß man nie, was man bekommt. Und ich dachte, wenn du dir im Gegenzug dafür ein nagelneues Fahrrad bei mir im Laden aussuchen möchtest – kein Problem! Fünfundzwanzig Prozent Preisnachlass auf jedes Modell, das dir gefällt.«

Rapp stutzte. Das war ohne Zweifel ein attraktives Angebot. Trotzdem, nein, entschied er schon in der nächsten Sekunde: »Tut mir leid, Roschi. Ich liebe mein Rad. Es ist unverkäuflich.«

»Schade, schade. Na, den Versuch war es wert«, sagte Roschi hörbar enttäuscht.

»Es ist so, Roschi: Wenn ich das Rad nicht schon besäße, würde ich es nicht mal an mich selbst verkaufen.«

Roschi lachte. »Das ist mal eine Logik. Lernt man das bei der Polizei?«

»Nein, während man kocht und immer weiterkocht, obwohl man schon riechen kann, dass das Gericht mal wieder misslingt.«

»Apropos misslingen, Jean Paul, kommst du morgen Abend?«

»Zum Kochkurs?«

»Ja.«

Rapp zögerte. Er und Kochen, das wurde doch nie etwas. Dann dachte er wieder an Edgars Rat, nicht zu früh aufzugeben, viele Wege führten zum Römertopf.

»Ja, ich denke, ich werde kommen«, sagte er schließlich.

»Fein, dann sehen wir uns Dienstagabend. Und nichts für ungut, Jean Paul. Wegen des Peugeot-Rads, meine ich. – Du willst es wirklich nicht verkaufen, nein?«

Rapp lachte laut auf. »Bis morgen, Roschi. Ich werde mit dem Auto vorfahren. Sonst bist du am Ende noch fähig, mir mein Rad unter dem Hintern wegzumopsen.«

Sie verabschiedeten sich freundschaftlich und legten auf.

»Bisschen übermotiviert, der Gute«, sagte er laut in Honorés Richtung, weil sein Hund gerade eine Braue hochgezogen hatte. Die er jedoch gleich wieder sinken ließ, sanft und sachte wie einen Seidenvorhang.

Am Abend kam Rapp von einer kleinen Einkaufstour nach Rouffach zurück und stellte seinen Charleston im Carport hinter dem Maison Michelberger neben dem grauen Renault Espace seiner Vermieter ab. Auf dem Weg zu seiner Wohnung auf der Vorderseite des Maisons wollte er bereits das Zwischengebäude, die alte Vorratshalle, durchqueren, als er von dem kleinen Rasenstück neben dem modernen Anbau, in dem die Michelbergers wohnten, seinen Namen rufen hörte.

»Monsieur Rapp, *bonsoir*!«, grüßte Martin Michelberger, und Irène, seine Frau, winkte ihn freundlich zu sich heran.

Rapp hatte in seiner Einkaufstasche lediglich Sachen fürs Bad, denen es nicht schadete, wenn er sie erst später verstaute. So machte er gern kehrt und ging hinüber zu dem runden weißen Gartentisch auf dem Rasen, an dem die beiden Michelbergers saßen, vor sich eine noch halb volle Flasche Pinot gris aus eigener Herstellung.

Martin Michelberger stand auf und rückte einen der eisernen und dennoch filigran aussehenden Gartenstühle für Rapp heran. »Bitte setzen Sie sich, Monsieur, der Abend ist so lau und schön.«

Er hatte recht, es war jetzt erträglich warm, die Sonne war hinter den Weinbergen im Westen versunken, der Himmel leuchtete dunkelblau.

Irène Michelberger deutete auf die schlanke Weinflasche auf dem Tisch. »Möchten Sie nicht ein Glas mit uns trinken, Jean Paul? Es ist unser Pinot gris vom letzten Jahr.«

Ein wunderbarer Tropfen, wie Rapp wusste, er nahm gern an, und Martin Michelberger verschwand sogleich im Haus, um kurz darauf mit einem weiteren Glas herauszukommen.

Rapp stellte seine Tasche ab und machte es sich mit den beiden am Tisch gemütlich. Der Wein war nicht nur köstlich, sondern auch noch wunderbar kühl; als Winzer hatten es die Michelbergers einfach im Blut, ihre Weine stets richtig zu lagern und zum Servieren jede Sorte auf die genau richtige Temperatur zu bringen.

Eine Weile sprachen sie nun über die diesjährige Ernte, die kurz vor dem Abschluss stand.

»Früher haben wir den Gewürztraminer und den Riesling erst Mitte Oktober geerntet«, sagte Martin Michelberger. »Aber dieses Jahr«, er runzelte die Stirn, »die lang anhaltende Hitze zwingt uns mal wieder zur früheren Lese.«

»Die Traminertrauben sind schon reif, honigsüß und gelb wie Weizen«, ergänzte Irène Michelberger und machte selbst ein bittersüßes Gesicht dazu.

»Der neue Wein wird Ihnen dennoch schmecken, Monsieur Rapp«, versicherte Martin Michelberger.

Rapp verstand den Wink und bat darum, wie jedes Jahr eine kleine Lage für ihn zu reservieren.

So kurz vor dem Abschluss der Lese wirkten die Michelbergers bereits deutlich entspannter als zu Anfang. Im Winter, je nach Wetterbedingung im Dezember oder Januar, stand dann nur noch die Eisweinernte an. Martin Michelberger hatte ihn einmal darüber aufgeklärt, dass der Eiswein, dessen gefrorene Trauben beim Keltern ihre Frostsplitter verlieren, ursprünglich eine kanadische Erfindung sei. Rapp war diese Spezialität, die, wie Michelberger ihm versichert hatte, in Frankreich allein im Elsass hergestellt werde, jedoch zu zuckrig. Edgar dagegen, der schon als Kind eine Süßnase gewesen war, empfahl Elsässer Eiswein heute seinen Restaurantgästen gern zu verschiedenen Desserts.

Nachdem sie entspannt geplaudert und eine Weile schweigend dem abendlichen Zirpen der Grillen zugehört hatten, suchte Irène Michelberger Rapps Blick: »Ich habe da neulich im Courant einen Artikel gelesen, Jean Paul«, sagte sie. Im Unterschied zu ihrem Mann sprach sie ihn inzwischen durchgängig mit Vornamen an. »Ich meine den Artikel über den Mann, den man in Thann tot aufgefunden hat. Die Polizei scheint sich nicht ganz sicher zu sein, ob es Mord war, oder?«

Die Michelbergers wussten natürlich um Rapps Vergangenheit als ehemaliger Leiter des Commissariats der Region. Er hatte schon vor seiner Pensionierung im Maison Michelberger gewohnt. Und sie gingen selbstverständlich davon aus, dass er sich mit seinem Nachfolger Rimbout, der ihn gelegentlich besuchte, auch über aktuelle Fälle austauschte.

Rapp setzte eine unbestimmte Miene auf. »Die Polizei arbeitet an dem Fall. So viel kann ich sagen.«

»*Pardon*, ich will gar nicht neugierig sein, Jean Paul«, entschuldigte sich Irène Michelberger. »Es ist nur so, dass mir der Name Doudet nicht ganz unbekannt ist.«

»Ah ja?« Rapp erschrak fast darüber. Doudet gekannt zu haben schien letztendlich niemandem Glück gebracht zu haben.

»Ein bunter Hund sozusagen, dieser Mann«, sagte Martin Michelberger, als müsste er das anstelle seiner Frau erklären.

»Was heißt hier ›bunter Hund‹, Martin?«, wies Irène Michelberger ihren Mann zurecht, sodass seine hagebuttenroten Wangen kurz aufflammten. »Ich kenne Doudets Namen aus einem besonderen Zusammenhang, wie du weißt.«

»Kannten Sie Doudet denn persönlich, Irène?«, fragte Rapp. Und dachte, hoffentlich nicht.

»Nein, das nicht«, erwiderte sie zu Rapps Erleichterung. »Es hängt, wie soll ich sagen, mit meiner Kur im letzten Jahr zusammen. Sie wissen, ich werde wegen meiner Schilddrüse behandelt.«

Rapp nickte. Er erinnerte sich, dass Irène sehr krank gewesen war, mehrfach hatte sie operiert werden müssen. Mehrwöchige Rehakuren, teils in Frankreich, teils auf der anderen Rheinseite in Deutschland, hatten sich angeschlossen.

»Letztes Jahr«, fuhr Irène Michelberger fort, »habe ich im Schwarzwald eine Frau kennengelernt, eine Mitpatientin, ebenfalls Elsässerin, sie lebte mit ihrem Mann in Strasbourg. Sie hatte Schilddrüsenkrebs, nichts schien mehr zu helfen, die Chemotherapie war abgebrochen worden, die Kur im Schwarzwald machte sie bereits auf eigene Kosten. Ohne echte Aussicht auf Erfolg.«

Martin Michelberger hob mit einem fragenden Blick die Weinflasche, doch Rapp lehnte dankend ab. Er wollte sich jetzt ganz auf das konzentrieren, was Irène ihm zu erzählen hatte.

»Diese Frau war sehr verzweifelt. Wàlri hieß sie.« Elsässisch für Valérie. »Typisch, dass ich mich nicht mal mehr an den Nachnamen erinnere«, fiel ihr jetzt auf. »Als Elsässerinnen sprachen wir uns ja von Anfang an mit unseren Vornamen an. Ist jetzt auch nicht wichtig. Die Wàlri hatte jedenfalls furchtbare Angst, dass der Krebs nun ganz schnell weiterwachsen würde. Ursprünglich wollte sie noch eine oder zwei Wochen länger in der Kurklinik bleiben. Doch inzwischen hatte ihr Mann Kontakt zu Monsieur Doudet aufgenommen. Und Wàlri war plötzlich wieder voller Hoffnung, dass Doudet ihr mit seinen Naturheilrezepten vielleicht noch helfen könnte. Hals über Kopf ist sie abgereist, ihr Mann holte sie ab, um mit ihr direkt zu Doudet zu fahren, wie sie mir sagte.«

Rapp war plötzlich sehr hellhörig geworden. »Haben Sie noch Kontakt zu der Frau, Irène? Wissen Sie, wie es ihr geht?«

»Nein, leider nicht. Sie reiste ab, bevor wir unsere Adressen oder Telefonnummern austauschen konnten. Ich weiß auch gar nicht, ob ihr das recht gewesen wäre, sie war ein eher scheuer Mensch, glaube ich. Vielleicht war das aber auch schon das Ergebnis ihrer Erkrankung, der schlimme Gedanke an den drohenden Tod. Ich kenne selbst solche Phasen.«

Sie wechselte einen kurzen, innigen Blick mit ihrem Mann, der ihre tiefe, jahrzehntelange Vertrautheit verriet.

Dann wandte sie sich wieder an Rapp. »Aber als ich in der Zeitung von dem Tod des Naturheilers in Thann gelesen habe, von Doudet, musste ich gleich wieder an Wàlri denken und ob sie überhaupt noch …«

Sie sprach den Satz nicht zu Ende und nippte nachdenklich an ihrem Wein. »Noch während die Ärzte es mit der Chemo bei Wàlri versuchten, sagte sie, hätten sie ihr geraten, sich durch die Umgebung und die gesunde Luft in den Vogesen etwas Erleichterung und Wohlbefinden zu verschaffen. Seitdem, sagte sie, wären sie regelmäßig von Strasbourg aus mit ihrem Wohnwagen nach Thann gefahren. Wir haben nicht darüber gesprochen, aber ich nehme an, dass die Wàlri und ihr Mann damals schon von Doudet gehört hatten, ihn vielleicht sogar flüchtig gekannt hatten. Aber zu dem Zeitpunkt hatte Wàlri ihre Hoffnung sicher noch auf die Chemo gesetzt. Die Naturheilkunde war eben die letzte Hoffnung, als nichts mehr half.«

## 18

*Dienstag, 4. Oktober*

Als Rapp gegen halb acht von seinem Schlafzimmerfenster aus in den Himmel blickte, der von hauchdünnen Schleierwolken bedeckt war, hatte er nicht die geringste Ahnung, wie aufwühlend dieser Tag für ihn noch werden sollte.

Nach dem Gang ins Bad inklusive nicht zu kalter Dusche absolvierte er mit Honoré einen etwas ausführlicheren Rundgang durch den Ort bis hinauf zur Weggabelung unterhalb der Weinberge, die zum Hohenwald und bis zur Klosterruine führte. Honoré verschwand im knisternden knochentrockenen Gestrüpp hinter dem Denkmal von St. Vincent und tauchte nach einer gefühlten Ewigkeit daraus wieder auf.

Auf dem Rückweg kaufte Rapp eine Brioche und den Courant Alsacien in Jeannettes Boulangerie gegenüber der Mairie. Normalerweise hielt Jeannette gern ein Schwätzchen mit ihm, insbesondere wenn etwas so Spektakuläres wie ein Mord in der Region geschehen war. Doch an diesem Dienstagmorgen musste sie Rapp rasch abfertigen, da ein ganzer Trupp Bauarbeiter den Laden enterte, der zum Ausbessern der Brückenunterführung an der Route nationale nach Pfaffenhoffen geschickt worden war. Die Männer schufteten schwer und brachten schon am frühen Morgen einen entsprechenden Appetit mit, wenn sie den Laden betraten.

Später beim Frühstück blätterte Rapp die Zeitung durch und suchte auf der Seite für die Regionalmeldungen ungeduldig nach einem bestimmten Artikel. Nichts. Er war enttäuscht. Doch dann rief er sich in Erinnerung, dass er schließlich keine Ahnung hatte, wie lange es dauern mochte, bis eine geplante Reportage oder ein Bericht endlich in der Zeitung stand.

Also abwarten.

Er trank seinen Café noir, ging ins Bad, füllte anschließend die Schale mit frischem Wasser für den Hund auf, überließ den alten Knochen seinen Träumen und verließ die Wohnung.

Als er eine knappe halbe Stunde später Thann erreichte, hatte der Himmel vollends aufgeklart. Doch anders als tags zuvor ging ein beständiger leichter Ostwind, der nach der Überquerung der Vogesen eine angenehme Frische mit sich führte.

Rapp hatte diesmal die Strecke über Cernay gewählt, um erst kurz vor Vieux-Thann auf die andere Uferseite der Thur zu wechseln und via Rue Lebert die Aire de Camping Car Communale anzusteuern, den kleinen Stellplatz für Wohnmobile schräg unterhalb der Engelsburgruine. Er parkte seinen Wagen gegenüber auf dem großen Parking du Bungert und ging die paar Schritte zurück zum Aire de Camping Car.

Als er die Rue des Pélerins erreichte, die sich unterhalb des Rangen bis nach Vieux-Thann entlang der Thur hinzog, hörte er zuerst nur das Rauschen des Wassers lauter werden, das an dieser Stelle, unmittelbar hinter der Brücke Pont du Rangen, sehr flach war und große Steine überwinden musste.

Doch vor den Flussgeräuschen hoben sich, je näher er kam, immer deutlicher laute Stimmen ab, die keineswegs freundlich klangen.

Er blieb kurz stehen und sah hinüber. Auf dem kleinen Stellplatz machte er etwa ein halbes Dutzend Wohnmobile aus, damit war er bereits voll belegt. Die Nummernschilder verrieten unterschiedliche Nationalitäten, vor allem deutsche und französische.

Unweit davon, auf einer gepflegten Rasenfläche unter schattenspendenden hohen Bäumen, befand sich ein winziges zerschlissenes Zelt, das mit den Jahren die Farbe einer Erdkröte angenommen hatte. Vor dem Zelt erkannte er den alten Scharri, der mit gekreuzten Beinen auf dem Rasen saß. Links von dem Clochard stand hoch aufgerichtet ein Mann in seinen Fünfzigern, mit grau melierten Haaren und einem schlaffen Gesicht. Der Mann trug beige Dreiviertelhosen und ein grünes Polohemd. Ihm gegenüber, unmittelbar rechts von Scharri, schaute eine stämmige blonde Frau mit einem fleischigen Mondgesicht auf den Clochard herab. Sie mochte etwa im selben Alter sein wie der Mann ihr gegenüber. Die Frau gestikulierte heftig mit den Armen, und als sich Rapp der Szene näherte, hörte er, dass sie in hackendem Tonfall auf den alten Mann einredete, der quasi zu ihren Füßen kauerte.

Rapp schaute sich rasch um. Von den anderen Wohnwagenbesitzern war nichts zu sehen. Möglicherweise hatten sie sich bereits zu Einkaufs-, Besichtigungs- oder Wandertouren in die Stadt oder die nähere Umgebung aufgemacht.

Diese zwei Herrschaften allerdings nicht.

Die wasserstoffblonde – vielmehr offensichtlich blondierte – Frau richtete ihren großen Zeigefinger, dick wie ein Zimmermannsbleistift, auf den verängstigt wirkenden Scharri: »Weißt du, wir sagen zwar: ›Unser Land unseren Landsleuten!‹ Aber verdreckte Typen wie dich haben wir damit nicht gemeint!«

Der Mann mit der Dreiviertelhose, in dessen moluskem Gesicht eigentlich nur die wasserblauen Augen optisch hervorstachen, schloss sich der Frau an: »Bei uns ist das nicht anders, Freundchen. ›Deutschland den Deutschen.‹ Aber damit sind anständige Landsleute gemeint. Willst du wissen, wie wir zu Existenzen wie dir sagen? Müll. Für uns seid ihr bloß Müll, den wir eines Tages entsorgen werden.« Der Mann hatte schlechtes Französisch mit unverkennbar deutschem Einschlag gesprochen.

Scharri blickte ängstlich hoch zu den beiden und schlug sich mit den Händen gegen die dürre Brust. »Ich bin … ich bin über siebzig, Monsieur, Madame. Ich … ich habe bis zu meiner Rente im … im Straßenbau gearbeitet. Im ganzen Elsass habe ich … Dann ist meine Frau … meine Cathérine … sie ist gestorben, und seitdem … seitdem kann ich nicht mehr … nicht mehr in einem Haus leben, Madame, Monsieur. Verstehen Sie das nicht?«

Der Mann blickte steinhart auf ihn hinunter.

»Du solltest dich schämen, alter Mann«, blaffte die Frau den Clochard wieder an. »Da kommt Monsieur Pucke extra aus Deutschland hierher zu uns, als Ehrengast unserer Partei, wir empfehlen ihm auch noch diesen schönen Stellplatz hier – und was muss er sich nun ansehen, wenn er morgens aufsteht? Einen Drecksbeutel wie dich! Du bist eine Schande für unser Land,

Clochard. Aber warte nur, bis wir am Tag X das Sagen haben, dann –«

»Ja, was dann, Madame?«, fiel Rapp ihr plötzlich hart und laut ins Wort. »Stellen Sie ihn an die Wand?«

Die Frau und der Mann fuhren überrascht zu Rapp herum. Sie hatten sich beide derart ereifert, dass sie ihn erst bemerkten, als er jetzt direkt hinter ihnen stand.

»Was *wollen* Sie?« Der Mann fixierte Rapp mit seinen stechenden blauen Augen wie ein lästiges Insekt.

»Wir führen eine Auseinandersetzung mit dem da. Das sehen Sie doch, Monsieur!« Die Frau zeigte abfällig mit dem breiten Daumen auf Scharri, der seelisch am Boden schien. Er zitterte am ganzen Körper, richtete nun aber seinen Blick flehentlich auf Rapp.

Der zwängte sich an den beiden Figuren vorbei, grüßte Scharri mit einem Kopfnicken und baute sich demonstrativ neben ihm auf.

Die Frau stemmte ihre massigen Fäuste in die breiten Hüften. »Was bitte soll das werden, wenn es fertig ist, Monsieur?«

»Wonach sieht es denn aus?«, gab Rapp mit einem Lächeln zurück.

»Hören Sie mal!«, kläffte ihn der Mann in der Dreiviertelhose an. »Dieser … dieser Dingsda«, er wedelte angewidert in Richtung Scharri, »erlaubt sich, sein dreckiges Zelt hier aufzubauen. Unmittelbar neben meinem Wohnmobil, dessen Platz mir schon letzte Woche zugewiesen wurde.« Der Deutsche deutete mit dem fliehenden Kinn auf die blonde Frau.

»Mein Zelt stand aber schon da, bevor Sie kamen«, entgegnete Scharri mit der ihm eigenen leisen Stimme.

»Dein Zelt hat hier gar nicht zu stehen!«, fuhr ihn die blonde Frau an.

»Wer behauptet das?«, entgegnete Rapp mit ruhiger Stimme.

»Was?« Die Frau stierte ihn wütend an. »Wer sind Sie überhaupt?«

»Mein Name ist Rapp. Und Ihrer?« Er richtete seinen Blick nacheinander hart und direkt auf beide, die Frau und den Mann.

Scharri wies zaghaft mit dem Finger hoch zu Rapp. »Monsieur ist nämlich von der Polizei.« Er grinste. »Kripo.«

Was natürlich nicht mehr ganz aktuell war, doch Rapp widersprach ihm nicht.

»Polizei?« Der Mann runzelte die Stirn.

»Dann weisen Sie sich mal aus, Monsieur … Polizist!« Die Frau spuckte Rapp das Wort geradezu vor die Füße. Doch auf der Schläfe des Mannes begann plötzlich ein Nerv zu zucken wie ein pulsierender Wurm. Das Stichwort Polizei kostete ihn nun doch einiges von seinem preußischen Schneid. »Ich denke doch«, sagte er, »es gibt so etwas wie ein Gewohnheitsrecht.« Er blickte voller Verachtung auf Scharri hinunter und schien sich wieder zu fangen. »Und es gibt die Pflicht, es gegenüber gewissen renitenten Leuten durchzusetzen.«

»Wenn schon die Polizei sich nicht dafür zuständig fühlt«, giftete die Frau.

»Apropos«, sagte Rapp, langte in die Innentasche seines Jacketts und zog sein Handy heraus. Er schaute auf das Display und suchte unter seinen Kontakten die Nummer von Ives Robert, seinem alten Pétanque-Kollegen bei der Thanner Gendarmerie. »Dieser Stellplatz, Madame und Monsieur, wie auch immer Sie heißen«, sagte er in ruhigem Ton, ohne den Blick vom Handy zu nehmen, »ist kommunal, von der Gemeinde eingerichtet und zur Verfügung gestellt. Das heißt also frei zugänglich wie die Rasenfläche dahinter, wo Monsieur«, er deutete auf Scharri, »zu campieren pflegt.«

»Pflegt? Ich höre wohl nicht recht!«, keifte die Blonde nun wieder in schrillem Ton. »Von Pflege kann bei diesem … diesem verlausten Etwas überhaupt keine Rede sein.«

»Wenn hier etwas lausig ist, Madame«, erwiderte Rapp betont gelassen, »dann Ihre Art, vielmehr Unart, sich auszudrücken.«

»Wa…? Wie bitte?« Der Frau fiel buchstäblich die gepolsterte Kinnlade herunter.

Rapp rief jetzt Ives Roberts Nummer an, während der Mann und die Frau sich mit entschlossenen Blicken darüber verständigten, dass sie das Feld nicht räumen würden.

Nach dreimaligem Klingeln nahm Ives ab.

»*Salut*, Ives. Jean Paul hier.«

»Jean Paul! Schön, dass du anrufst. Was gibt's?«

»Ives, ich befinde mich gerade am Aire de Camping Car Communale.«

»Hier in Thann, Rue des Pélérins?«

»Ja genau.«

Rapp ließ unterdessen die Blonde und ihren deutschen Compagnon, die bereits wieder Scharri fixierten, nicht aus den Augen und wich auch selbst keinen Zentimeter zurück.

»Ich habe hier zwei Personenüberprüfungen für euch.«

»Personen…überprüfungen?«, keifte die Frau und starrte Rapp fassungslos an.

»Ärger mit denen, Jean Paul?«, fragte Ives Robert.

»Nimm am besten einen kräftigen Kollegen mit«, antwortete Rapp. »Ach, und eine Wegfahrsperre wäre eventuell sinnvoll. Für ein Wohnmobil.«

»Was zum Teufel soll das?«, polterte der Mann, der jetzt ebenfalls wieder in Rage geriet.

»Und Ives: Es eilt.«

»Wir sind in fünf Minuten bei dir, Jean Paul.« Er legte auf, und Rapp steckte sein Handy wieder ein.

Der Mann mit dem schlaffen Gesicht ballte inzwischen die Fäuste, trat jedoch einen halben Schritt zurück, als Scharri sich nun ächzend und mit Rapps Hilfe auf die Füße stellte.

»Wenn Sie glauben, Sie können uns hier vertreiben wegen dem da, dann wird Sie das teuer zu stehen kommen, Monsieur!« Die Frau schnitt drohend mit dem Zeigefinger durch die Luft.

»Abwarten«, sagte Rapp.


Ives Robert hielt Wort. Nach wenigen Minuten, in denen die Blonde und ihr deutscher Compagnon ein paar Schritte abseits ihrerseits eifrig telefoniert hatten, fuhr er mit einem Einsatzwagen der Gendarmerie vor und hielt direkt neben den Stellplätzen. Mit ihm zusammen stieg ein jüngerer Kollege aus, der jedoch am Wagen wartete.

»Jean Paul«, grüßte Ives Rapp und nickte dann auch Scharri an dessen Seite zu, ehe er die beiden anderen in den Blick nahm.

»Monsieur le Gendarme«, eiferte sich die Frau, noch ehe Ives sich ausweisen konnte, »dieser Mann«, sie deutete empört auf Rapp, »und die Kanaille neben ihm ...«

Ives Robert hob eine Hand. »*Ça suffit*, Madame. Das reicht.« Er wandte sich an Rapp und fragte ihn, was vorgefallen sei. Rapp schilderte ihm die Sache in gebotener Kürze.

Die Frau trat einen Schritt vor und fuhr ihr wutverzerrtes Gesicht zu Ives Robert herum. »Wir verteidigen hier nur unsere Rechte gegen Abschaum wie den da!« Sie sah Scharri, den sie damit gemeint hatte, nicht mal mehr an.

Ives Roberts Blick versteinerte.

»Hören Sie, Mann«, fuhr nun auch der Deutsche den Gendarmen in seinem beinharten Französisch an. »Wenn Sie nicht umgehend etwas gegen die Belästigung durch diesen ... Müllhaufen dort unternehmen, dann ...«

»Was dann, Monsieur?«

»Dann ... passiert hier gleich was! Darauf können Sie Gift nehmen.«

Ives sah zu seinem jungen Kollegen am Einsatzwagen hinüber und gab ihm einen Wink, worauf dieser rasch zum Kofferraum ging.

»Hey, was machen Sie da?«, rief der Deutsche plötzlich aus und eilte zu seinem Wohnmobil hinüber, an dessen rechtem Vorderreifen Ives' junger Kollege sich soeben anschickte, die Wegfahrsperre anzubringen.

»Nicht Ihr Wohnmobil, Monsieur?« Der junge Gendarm hielt inne.

»Doch, das ist mein Wohnmobil!«

»Na dann.« Ives' junger Kollege fuhr konzentriert fort. »Nur zur Sicherheit, Monsieur, damit es sich nicht selbstständig macht.« Er grinste.

Der Mann kehrte mit empörtem Gesichtsausdruck zu Ives Robert zurück. Doch bevor er sich weiter beschweren konnte, richtete der Gendarm sich nun förmlich an beide: »Madame,

Monsieur. Ich muss Sie bitten, uns auf die Gendarmerie zu begleiten. Für eine erkennungsdienstliche Maßnahme.«

»Wie bitte?« Die Frau versuchte sich an einem höhnischen Lachen. »Auf die Gendarmerie? Bloß weil wir unser Recht wahrnehmen, Gendarm?« Sie sah ihn herausfordernd an.

»Nein, nicht deswegen, Madame«, antwortete Ives Robert ungerührt. »Sie können kein Recht wahrnehmen, das Sie gar nicht haben.«

»Ach nein? Und weswegen dann die erkennungsdienstliche Maßnahme gegen uns statt gegen den da?« Sie wies mit dem ausgestreckten Arm auf Scharri.

»Erkläre ich Ihnen auf der Gendarmerie. Dort lege ich Ihnen gerne den Nutzungsparagrafen der Gemeindeverwaltung für diesen Campingplatz vor.«

»*Non, merci.* Wir verzichten darauf.«

Der Deutsche nickte energisch dazu.

»Aber wir nicht«, fuhr Ives ungerührt fort. »Die Androhung von Gewalt gegenüber Beamten im Dienst, wie Sie sie hier gezeigt haben, ist kein Kavaliersdelikt. Bitte kommen Sie mit.« Ives deutete zum Einsatzwagen hinüber.

»Also, das ist doch …« Vor lauter Wut konnte sie ihren Satz nicht zu Ende bringen.

Das Gesicht des Deutschen zitterte vor Empörung. Er wandte sich ab und marschierte beinahe im Stechschritt auf Ives Roberts jungen Kollegen los. »Sie entfernen umgehend diese … diese Dinger von meinem Wohnmobil!«, brüllte er ihn an. »Sonst lernen Sie mich aber mal kennen, junger Freund!«

»Hände vorstrecken, Monsieur«, sagte der junge Gendarm ohne spürbare Aufregung in der Stimme. Wenige Sekunden später führte er den völlig verblüfften Mann in seinen Dreiviertelhosen in Handschellen zum Einsatzwagen, öffnete die Tür zum Fond und bugsierte ihn auf den Rücksitz.

Ives Robert sah die blonde Frau an, die die Szene sprachlos beobachtet hatte. »Begleiten Sie mich freiwillig, Madame, oder muss ich Ihnen ebenfalls Handschellen anlegen?«

Die Frau starrte ihn kopfschüttelnd an. Es schien, als wollte sie noch etwas sagen, doch außer einer Art Glucksen kam kein Ton mehr aus ihrer Kehle.

»*Merci bien*, Ives«, sagte Rapp.

Ives sah ihn an. »Einen feinen Fang hast du uns da beschert, mein Lieber!« Er verdrehte gekonnt die Augen. »Scharri«, rief er diesem noch zu und tippte sich dabei an die Dienstmütze, ehe er die Frau zum Einsatzwagen führte, wo sie neben ihrem Kollegen Platz zu nehmen hatte. Mit dem »Fang« im Fond des Wagens fuhren die Polizisten davon.

Plötzlich hörte Rapp ein eigenartiges Geräusch neben sich. Er brauchte zwei Sekunden, um zu begreifen, dass es sich um ein Magenknurren handelte, so laut, wie er es noch nie gehört hatte.

Scharri legte seine knochige, mit dicken blauen Adern marmorierte Hand auf den Bauch und lachte.

»Heute schon gefrühstückt, Scharri?«, fragte Rapp. Er wartete die Antwort des Clochards nicht ab, sondern lud ihn auf einen Besuch in einem Bistro oder Café ein.

»Wenn ich wählen darf, würde ich ja die Boucherie neben Saint-Thiébaut bevorzugen«, sagte Scharri. »Deren Baguettes mit Lyonerwurst sind unschlagbar.«

»*Très bien*, dann los.« Rapp kannte die Boucherie, sie lag an der Place Joffre, buchstäblich im Schatten des Münsters.

Scharri holte seine Tasche mit den Habseligkeiten aus dem Zelt, und sie überquerten die Rue des Pélerins und die Place du Bungert und erreichten, an den prachtvollen alten Fachwerkhäusern vorbeigehend, die Place Joffre.

Während sie mit Rücksicht auf Scharris Tempo langsam durch die geschäftigen Gassen spazierten, sprach Rapp ihn noch einmal auf das aggressive Paar an, das Ives Robert ihnen dankenswerterweise vom Hals geschafft hatte.

»Haben die beiden Sie eigentlich früher schon mal belästigt, Scharri?«

»Nein«, antwortete der Clochard, während er kurz seine braune Kappe hob, um seinen Kopf zu lüften. »Am Stellplatz parken ja fast immer mehrere Wohnmobile, zumindest in der

Saison, im Sommer und vor allem im Herbst. Aber heute früh waren plötzlich alle anderen weg. Nur die beiden waren noch da. Sie haben wohl gedacht, jetzt kommt ihnen keiner in die Quere, wenn sie mich vertreiben.«

»Das sähe ihnen ähnlich«, sagte Rapp und lachte, als er an die Szene dachte, wie sie abgeführt wurden.

Rund um das imposante Münster, »einem Kleinod gotischer Kirchenbaukunst im Elsass«, wie von berufener Seite stets betont wurde, war es wie immer belebt. Der große Parkplatz an der Mairie war voll belegt, Touristen und Einheimische überquerten die Place Joffre im Schatten von Saint-Thiébault. Rapp spendierte Scharri zwei großzügig mit Lyonerwurst und dick mit Butter bestrichene Baguettes – man kannte Scharri hier seit Jahren –, und Rapp gönnte sich auch selbst eines.

Neben der Metzgerei stand eine kleine Holzbank, auf die sie sich setzten, um ihre Baguettes in Ruhe zu verzehren.

»Nicht doch noch einen Café, Scharri?«, erkundigte sich Rapp.

Der Clochard lehnte dankend ab und zog aus seiner Tasche eine Literflasche Cola, von der er Rapp anbot. Doch der verzichtete, als Scharri ihm erklärte, er habe sich die Flasche gestern bereits mit zwei oder drei weiteren Leuten geteilt.

Nachdem sie ihre Baguettes schließlich niedergekämpft hatten, knüpfte Rapp noch einmal an das an, was Scharri zuletzt erwähnt hatte: »Scharri, Sie sagten vorhin, in der Saison stünden an dem Stellplatz drüben immer Wohnmobile.«

»Ja.«

»Und Sie campen mit Ihrem Zelt doch auch häufig dort?«

»Ja genau. Der beste Platz weit und breit, zumindest im Sommer und im Herbst. Im Winter wird es so nah am Fluss aber zu feucht und kühl für unsereins. Da gibt es bessere Plätze, oben in Sélestat zum Beispiel.«

»Verstehe. Mich würde interessieren, Scharri, ob Sie sich vielleicht an ein älteres Paar aus Strasbourg erinnern, das in den letzten, sagen wir, zwei, drei Jahren hier in Thann seinen Wohnwagen abgestellt hat. Vor allem wohl in den Sommermonaten. Es hat private Gründe, warum ich nach dem Paar frage.« Er dachte an Isabelle. »Ich weiß leider nicht viel über dieses Paar, außer dass es aus Strasbourg kommt, wie schon gesagt, und dass die Frau Wàlri heißt.«

Scharri warf einen nachdenklichen Blick auf das mit christlichen (und vielleicht auch einigen eher unchristlichen) Figuren übersäte Westportal des Münsters. »Wàlri und Alain«, sagte er schließlich.

»Wàlri und Alain, Scharri?« Rapp sah ihn gespannt an.

Scharri nickte. »Ja, wenn Sie die beiden meinen, Monsieur Rapp, heißen sie so. Ich würde sagen, die beiden waren gut fünfzehn Jahre jünger als ich. Sehr nette Leute. Hin und wieder haben wir uns unterhalten. Hundefreunde. Hatten so einen kleinen Fiffi, Mischlingsweibchen, ganz süß.« Er lächelte verhalten.

»Waren die zwei in diesem Jahr schon da, hier in Thann, meine ich?«

»Ja und nein.« Scharri nahm einen großen Schluck aus seiner Colaflasche.

»Was heißt ›ja und nein‹, Scharri?«

Scharri setzte die Flasche ab. »Er ja, sie nein.«

»Das heißt, der Mann, Alain, war in diesem Jahr schon in Thann mit dem Wohnmobil, aber ohne Wàlri?«

»Nein, nicht mit dem Wohnmobil. Und auch nur für einen Tag oder so. Ich habe ihn auch nur zufällig getroffen. Oben an der Engelsburg, wo ich manchmal auf der Bank sitze, wie Sie ja wissen. Alain hatte zuvor mit dem Hündchen eine Tour durch die Weinberge gemacht, und von dort oben wollte er noch einen Blick auf den Campingplatz werfen, wo sie sonst immer ihren Wohnwagen abgestellt hatten.«

»Was war mit seiner Frau, Wàlri?«

Scharri holte tief Luft. »Wàlri, eine sehr nette Frau, wirklich, war wohl schon lange ziemlich krank. Ich wusste nichts davon, sie hat das vorher nie erwähnt, Alain auch nicht. Sie sagten nur, sie kämen wegen der gesunden Luft in den Vogesen, das machen ja viele. Deshalb habe ich mir nichts weiter dabei gedacht. Aber als Alain mir auf einmal gegenüberstand, allein, ohne die Wàlri, oben an meiner Sitzbank unterhalb vom Hexenauge … da wurde mir schon ganz mulmig. Ich ahnte es, bevor er es gesagt hat.«

»Dass Wàlri gestorben war, meinen Sie?«

»Ja, sie war ihm vor einigen Monaten erst gestorben. Alain hat sich zu mir auf die Bank gesetzt und geheult wie ein Schlosshund.«

»Wann genau war das, Scharri?«

»Mal überlegen.« Er sah wieder zum Kirchenportal hinüber. »Vor gut zwei Wochen ungefähr.«

»Vor zwei Wochen erst? Ganz sicher?«

»Vielleicht auch drei. Alain war in dem gleichen Zustand wie ich damals, als ich Cathérine verloren habe. Am Boden zerstört. Untröstlich. Und … so voller Wut.«

»Wut? Wieso das?«

»Weil … *alors*, weil man eben erst allmählich begreift, dass sie nie wieder zurückkehren wird. Und dass man nichts dagegen tun kann, gegen diese Leere in einem, verstehen Sie?«

Rapp deutete ein Nicken an. Er verstand sehr wohl, wie sehr Scharri auch aus eigener Erfahrung sprach.

»Scharri, wissen Sie vielleicht, wie Alain mit Nachnamen heißt?«

Scharri zuckte mit den Schultern. »Keine Ahnung. Wir kannten uns nur mit Vornamen.« Er runzelte die Stirn. »Alain wird doch keinen Ärger bekommen, oder?«

»Ich würde nur gern mit ihm sprechen«, sagte Rapp. Doch ohne Nachnamen dürfte es schwer sein, den Mann überhaupt zu finden.

Als hätte Scharri seinen Gedanken gelesen, fiel ihm plötzlich ein: »Er ist fürs Erste nach Colmar gezogen, hat Alain gesagt. Um nicht so viel allein zu sein, jetzt, wo Wàlri tot ist. Seine Schwester wohnt auch dort.«

»Verstehe«, sagte Rapp und dachte darüber nach. Dieser Alain konnte ein Zeuge in dem Fall sein, unbedeutend oder aber mit wichtigen Hintergrundinformationen über Doudet. Aber ebenso ein Tatverdächtiger. Dessen letzte Hoffnungen auf ein Weiterleben seiner Frau von Doudet enttäuscht worden waren.

Eine Weile blieb er noch sitzen und betrachtete das rege Treiben auf dem Platz rund um das Münster. Dann stand er auf und verabschiedete sich von Scharri.

Der Clochard lüpfte seine Kappe. Dann legte er sich auf die Bank und streckte die stabdünnen Beine darauf aus. »Muss mich von dem Schreck vorhin erst mal erholen.«

»*Bien sûr*, Scharri, natürlich.«

»*À bientôt*, Monsieur Rapp.«

# 19

Zurück in seiner Wohnung, warf Rapp nur einen kurzen Blick auf die unzähligen Treffer, die die Suchbegriffe »Alain« und »Strasbourg« erzeugt hatten. Dann fügte er noch »Wàlri« hinzu, und ganz oben in der Liste erschien eine Todesanzeige von Alain Meistermann, Rue Bastian, Strasbourg, der um seine geliebte Frau Wàlri trauerte, die vor etwa drei Monaten gestorben war.

Rapp musste einen Moment innehalten. Dann suchte er im Online-Telefonverzeichnis auf gut Glück den vielleicht noch eingetragenen gemeinsamen Festnetzanschluss für Alain und Wàlri Meistermann in der Rue Bastian. Der Anschluss existierte tatsächlich noch. Doch nach dem vierten Klingeln gab eine weibliche Automatenstimme Auskunft, dass der Anschluss derzeit nicht erreichbar sei.

Kaum hatte er aufgelegt, als das Telefon klingelte. Doch es war nicht Alain Meistermann, der etwa aufgrund einer Rufumleitung zurückrief, sondern Rimbout.

»*Salut*, François, was macht der Fall Doudet? Dein Tatverdächtiger Fontaine?«, fiel Rapp gleich mit der Tür ins Haus.

»Darüber wollte ich mit dir sprechen, Jean Paul«, kam auch Rimbout gleich zur Sache. »Wir beobachten Fontaine, klären seine Kontakte und Hintergründe, wie geplant.«

»Und?«

»Es scheint, dass deine These, was Doudets Handel mit synthetischen Drogen angeht, zutreffen könnte. Gut möglich, dass Doudet aus diesem Grund Kontakt zu Fontaine hatte. Laut Drogenfahndung sieht es aktuell so aus, als wäre Fontaine eine Art Schaltstelle im illegalen Vertrieb von künstlichen Opiaten. Von Masevaux aus spinnt er seine Fäden, spricht potenzielle Interessenten an, unter anderem auch direkt vor Ort.«

»Die Jugendlichen im Bistro de la Doller zum Beispiel, meinst du?«

»Ja. Nicht gerade schlau von ihm.«

»Nein, aber er scheint mir auch nicht eben helle zu sein«, warf Rapp ein.

»Was die Drogenfahndung aber nach wie vor nicht weiß«, räumte Rimbout ein, »ist, mit wem Fontaine zusammenarbeitet, Lieferanten, Zwischenhändler und so weiter.«

Der illegale Drogenmarkt, dachte Rapp, schien vom Prinzip her den legalen Märkten gar nicht unähnlich zu sein.

»Daran arbeiten die überregionalen Kollegen von der Drogeneinheit momentan«, fuhr Rimbout fort. »Entweder ist das synthetische Zeug Originalware, meinen sie. Oder es sind ursprünglich legale Opioide, die über verschiedene Kanäle quasi gekapert werden, um sie dann auf dem illegalen Markt zu verhökern. Auch im Elsass.«

»Durch Leute wie Fontaine.«

»Er ist ziemlich sicher einer von ihnen«, sagte Rimbout. »Meine Frage an dich, Jean Paul: Hat Fontaine dir gegenüber am vergangenen Sonntag in dem Bistro vielleicht irgendwelche Andeutungen gemacht, die du jetzt, wo du davon weißt, in der Richtung interpretieren würdest?«

Rapp dachte kurz nach, ließ sich das Gespräch mit Fontaine im Bistro de la Doller noch einmal durch den Kopf gehen. »Nein, tut mir leid, François, mir fällt nichts Derartiges ein.« Auch wenn Fontaine das Rad sicher nicht erfunden hatte, wäre er kaum so unvorsichtig gewesen, einem Fremden gegenüber aus dem Nähkästchen zu plaudern. Andererseits war Rimbouts Frage nicht unberechtigt, Verbrecher, deren Geschäft eine Weile florierte, wurden häufig unvorsichtig.

»Schade, den Versuch war es wert. Weißt du, diese Drogensache steht momentan ganz im Vordergrund für uns.«

»Wirklich?« Rapp stutzte. »Was ist mit Fontaine als möglichem Täter? Als Mörder von Doudet?« Der Mann war schließlich sein Hauptverdächtiger in dem Fall.

»Sobald die Kollegen Fontaines Hintermänner identifiziert haben, können wir ihn auch wegen der Mordsache in die Enge treiben.«

»Sei mir nicht böse, François, das klingt aber ein wenig so, als hätte die Drogenfahndung ein Vorgriffsrecht erhalten.«

»Von mir nicht.«

Nein, solche Entscheidungen wurden in höheren Etagen beschlossen.

»Wie wollt ihr ihn denn am Ende überführen? Es gab keine Tatzeugen, und Fontaines Kneipenschlägerei mit Doudet ist bestenfalls ein Indiz, kein Beweis.«

»*Alors*, wir arbeiten eben modern, mit einer Kette von Indizien«, erwiderte Rimbout genervt, er hörte sich an wie ein Lehrer, der einem begriffsstutzigen Schüler zum x-ten Mal etwas erklären musste. »Fontaine«, erläuterte er, »handelt mit Drogen, mit künstlichen Opiaten, das versuchen wir ihm jetzt hieb- und stichfest nachzuweisen, damit das später vor Gericht Bestand hat. Und Doudet seinerseits zählte vermutlich zu Fontaines Kundenkreis. – Du selbst, Jean Paul, hast mich darauf gestoßen. Die Kriminaltechnik untersucht inzwischen auch schon Proben aus Doudets Bestand, den wir in seinem Laden in Schœnwiller gesichert haben. Die KT will sich zu dem Zweck übrigens auch mit der Chemikerin in Strasbourg in Verbindung setzen. *Voilà*, das müsste doch auch in deinem Sinne sein, Jean Paul.«

»Ist es auch, François«, bestätigte Rapp. »Trotzdem bleibt die Frage, warum Fontaine ausgerechnet einen seiner Kunden hätte umbringen sollen, falls Doudet wirklich einer von ihnen war.« Ihn ärgerte einmal mehr Rimbouts unselige Tendenz, eine gefundene Spur vorschnell und über lange Zeit hinweg für die einzig mögliche zu halten.

»Es gab Streit deswegen zwischen ihnen«, argumentierte Rimbout nun noch gereizter. »Die Schlägerei in der Brasserie in Masevaux hast du vorhin selbst noch mal erwähnt. Außerdem …« Doch er stockte plötzlich, als wäre ihm etwas eingefallen. »Sag mal, Jean Paul, hältst du uns eigentlich für Amateure?«, fuhr er Rapp in harschem Ton an.

»François, ich stelle nur die Fragen, die dir auch die Staatsanwaltschaft stellen wird«, versuchte Rapp ihn zu beschwichtigen.

»Wir werden Fontaine überführen. Auf unsere moderne Art. Verlass dich drauf«, rief er ärgerlich aus.

*Oh, là, là,* da war sie wieder, Rimbouts ungewöhnliche Gereiztheit. »Sag mal, was ist eigentlich mit dir los, François? Warum bist du so schrecklich empfindlich?«

Sekundenlang war nichts zu hören, und Rapp fürchtete schon, Rimbout würde auflegen. Doch dann schickte er einen langen, tiefen Atmer durch die Telefonleitung. »Es ist … vielleicht«, er dämpfte die Stimme, »na ja, wegen Bernadette«, gestand er ein. »Und den Zwillingen. Sie bringen mich noch um den Verstand.«

Das war nun allerdings nichts Neues.

Der aktuelle Anlass dazu, erfuhr Rapp, war ein Videoclip, den Rimbouts Schwägerin Bernadette höchstselbst bei verschiedenen Internetportalen eingestellt hatte und dessen Klickzahlen seitdem durch die Decke schossen. Es handelte sich, wie Rapp wenig überrascht erfuhr, um das leidige Thema Repair-Café.

»Bernadette«, erläuterte Rimbout, »hat das Video an dem Sonntag bei sich zu Hause aufgenommen, als Marianne und die Zwillinge bei ihr zu Besuch waren.« Schlimmer noch, seine Frau habe sogar die Videokamera bedient und ihre Schwester zusammen mit den Zwillingen gefilmt.

»Ehrlich, François, ich verstehe nicht, warum du dich darüber so aufregst«, erwiderte Rapp. Sie hatten darüber ja schon gesprochen. »Deine Zwillinge engagieren sich für eine nützliche Sache, finde ich. Deine Frau und sogar deine Schwägerin unterstützen das. Bernadette nutzt dafür eben ihre lokale Popularität im Internet. Wo liegt das Problem?«

»Darin, *wie* sie es tut, Herrgott! Ich bin durchaus tolerant«, attestierte sich Rimbout, »jeder kann seine Wohnung, sein Haus gestalten, wie … Moment mal, Jean Paul. – Was ist denn, George?« Im Hintergrund vernahm Rapp Sulzers schleppende Stimme. »Entschuldige, Jean Paul, ein Gespräch auf der anderen Leitung, ich muss da rangehen. Schau dir das Video an, läuft ja auf allen Kanälen im Internet, oder vielleicht lässt du es auch besser bleiben, es ist einfach … Ja, ich komme, George, Herrgott noch mal!«, dröhnte es in Rapps Ohr. »*Alors*, Jean Paul, du hörst ja, was hier los ist.«

»Allerdings.« Rapp wünschte ihm noch starke Nerven, doch Rimbout hatte bereits aufgelegt.

Nach diesem nicht ganz stolperfreien *rencontre* mit Rimbout setzte Rapp sich als Nächstes mit seinem Laptop auf das Sofa. Es stand seit Kurzem unter dem Treppenaufgang zur oberen Etage seiner Maisonnette, weil er einmal etwas Neues in seiner Wohnung ausprobieren wollte. Auf YouTube gab er die Stichworte »Repair-Café« und »Bernadette« ein. Er wollte noch »Jeanne« und »Richard« hinzufügen, doch das war gar nicht nötig, denn das Video wurde bereits angezeigt. Es hatte in der kurzen Zeit seiner Veröffentlichung bereits einundzwanzigtausend Klicks gesammelt.

Das Filmchen war nicht einmal drei Minuten lang, aber die hatten es in sich. Zuerst verstand Rapp mal wieder nicht, warum Rimbout sich vorhin so aufgeregt hatte. Die etwas fahrige Kamera – als wäre sie eine Anspielung auf das französische Kino der sechziger Jahre à la Godard – zeigte die große knochige Bernadette mit ihren aschgrauen Haaren im Rastalook und in einem schillernden seegrünen Chiffonkleid, wie sie lachend ihre langen Zähne vor die Linse schob.

Dann kamen die Zwillinge ins Bild. Rapp war überrascht, wie groß die beiden geworden waren. Rank und schlank, mit knallrot gefärbten Haaren, waren ihre breit lächelnden blassen Gesichter eine gerechte Mischung aus Rimbouts und Mariannes Genen.

Man befand sich in der Küche, und die erste Überraschung bestand sicherlich darin, dass auf der weißen Tapetenwand neben dem Küchenschrank ein lebensechter männlicher Akt zu sehen war. Er war vermutlich einer antiken griechischen Satyrfigur nachempfunden, der steil aufgerichtete, pralle Phallus musste jeden Mann mit ähnlichen Ambitionen vor Neid erblassen lassen. »Wenn das kein Hingucker ist, Mesdames!«, war Bernadettes stolzer Kommentar dazu, während sich die Zwillinge geradezu wegwarfen vor Lachen.

*Alors*, sie waren sechzehn und hatten sicher schon ganz andere Sachen gesehen, dachte Rapp, der sich auch selbst ein breites Grinsen nicht verkneifen konnte.

Auf der gegenüberliegenden Küchenwand, direkt unter einer Schwarzwälder Kuckucksuhr, hatte Bernadette eine erotische Szene malerisch nachempfunden, wie man sie bei Ausgrabungen bestimmter Etablissements des antiken Pompeji gefunden hatte. Die Position der dargestellten Figuren wurde von Bernadette sachkundig kommentiert: »Schwierig, aber machbar, *mes amies*.«

Die Kamera (hinter der man sich, wie Rapp jetzt wusste, Marianne vorstellen musste) hatte diese Wandkunst anscheinend im Vorbeigehen ebenso naiv aufgenommen, wie sie vermutlich gemalt worden war: ruckend, zuckelnd, mal mehr, mal weniger scharf.

Im Wohnzimmer, in dem früher vielleicht einmal Wohnen möglich gewesen war, schien jetzt kein freier Platz mehr vorhanden zu sein. Die drei Stühle, der Sessel und auch das kleine knatschgelbe Sofa waren durch alle möglichen Dinge mehrschichtig überlagert: Bücher und Tücher, Kleider und Kladden und was sonst nicht noch alles.

»Wie ihr seht, ist hier kein Platz mehr zum Reparieren«, riefen die Zwillinge von zwei Seiten gleichzeitig in die Kamera.

Genau genommen war in dem Zimmer für gar nichts mehr Platz, dachte Rapp.

In der Zwischenzeit hatte Bernadette bereits die Tür zu ihrem Schlafzimmer geöffnet, einem winzigen Raum mit einem schmalen Bett, neben dem auf dem nackten Holzfußboden eine schöne große Wasserpfeife mit einem endlos langen Schlauch stand. An der Kopfwand hing über dem Bett ein Poster von Bob Marley. »Hier will ich mit ihm alleine sein«, kommentierte Bernadette süffisant. Dann öffnete sie mit diebischem Gesichtsausdruck eine schmale Tür auf der gegenüberliegenden Seite, auf die Bob Marleys seliger Blick gerichtet schien. »Und hier wächst meine Bewusstseinserweiterung!«, erläuterte sie stolz.

Doch auf einmal weigerte sich die Kamera, das hieß also Marianne, einen Blick in die Raucherkammer zu werfen. So griff Bernadettes langgliedrige, mit Totenkopfringen übersäte Hand danach und richtete die Linse auf eine terrassenförmige Konstruktion, die den geringen Platz optimal ausnutzte, um Hanfpflanzen zu züchten.

Plötzlich ein harter Schnitt. Die Zwillinge auf einmal draußen vor Bernadettes winzigem Hexenhanf-Häuschen. Mit direktem Blick in das Kameraobjektiv sprachen sie teils gemeinsam, teils abwechselnd den folgenden Text: »Nirgends Platz für ein Repair-Café. Aber wenn ihr – du oder du oder du oder du – wisst, wo es einen hübschen kleinen Laden gibt, in dem ihr eure geliebten alten, aber kaputten Sachen zum Reparieren abgeben könntet – dann sagt es uns bitte. Bevorzugt wird das Bermudadreieck Thann – Mulhouse – Colmar.«

Zum Abschluss hielt auch Bernadette noch grinsend ihre Biberzähne ins Bild: »Wer uns mit Tipps versorgt, wird von mir eigenhändig gemalt und landet auf meiner Küchenwand!«

Das Versprechen konnte man allerdings auch als Drohung verstehen, dachte Rapp. Er klappte amüsiert den Laptop zu, bevor er Rimbout noch in den Rücken fiel und das Video mit einem Like-Häkchen versah. Was gar nicht nötig gewesen wäre, es hatte eh schon Tausende.

Er verstand jetzt immerhin, dass dieses erotische Hanfvideo, oder wie sollte man es nennen, Rimbouts Reputation als Vater seiner Zwillinge, vor allem aber als Leiter des Kriminaldistrikts Colmar-Rouffach nicht wirklich hob.

Dennoch fand Rapp, je länger er darüber nachdachte, die Besorgnis seines alten Freundes etwas pharisäerhaft. Die Aktion diente doch einem guten Zweck.

Er klappte den Laptopdeckel wieder hoch und setzte nun doch sein Like-Häkchen unter den Clip.

Nachdem er eine Kleinigkeit gegessen hatte – Fleischschnacka aus der Boucherie am Ort –, versuchte er es erneut mit der heute erst recherchierten Telefonnummer von Alain Meistermann.

Wieder klingelte es viermal, dann folgte eine kleine Pause, und plötzlich – wurde abgehoben.

»Meistermann.« Die etwas zischelnde Stimme eines älteren Mannes.

»*Bonjour*, Monsieur. Mein Name ist Rapp. Spreche ich mit Monsieur Alain Meistermann?«

»Am Apparat«, in dem typischen, etwas steifen Jargon der älteren Generationen.

»*Excusez-moi*, Monsieur, wenn ich störe«, sagte Rapp. »Ich habe Ihre Telefonnummer von einer Mitpatientin Ihrer verstorbenen Frau bekommen. Irène Michelberger heißt sie, wir kennen uns privat.«

»Irène, so, hm«, sagte Meistermann unbestimmt.

Rapps Methode bestand in solchen Situationen meist darin, möglichst dicht bei der Wahrheit zu bleiben, um nicht in Widersprüche zu geraten. »Ich rufe Sie an, Monsieur, weil ich Sie um einen Rat bitten möchte, der mit einem Mittel zu tun hat, das meine … meine Frau Isabelle seit kurzer Zeit einnimmt. Eine Heilkräutermischung des leider vor ein paar Tagen verstorbenen Monsieur Doudet. Unter anscheinend noch ungeklärten Umständen, Sie haben vielleicht davon gehört?«

Meistermann ging nicht darauf ein. »Sie rufen also im Namen Ihrer Frau an, Monsieur … wie war gleich Ihr Name?«

»Rapp. Jean Paul Rapp.«

Rapp war sich nicht sicher, ob er Meistermanns Interesse oder sein Misstrauen geweckt hatte. Sein eigenes Unbehagen rührte daher, dass er sich gezwungen sah, Isabelle als seine Frau statt als seine »Ex« auszugeben.

Doch hier ging es um Wichtigeres, da durfte er nicht kleinlich sein. »Wissen Sie, da Isabelle, meine E… meine Frau, noch immer sehr krank ist, suche ich für sie nach Monsieur Doudets Tod nach einem anderen Anbieter für das Mittel, um die Kur zu Ende zu führen.«

»Und da dachten Sie, ich würde so jemanden kennen?« Meistermann klang nicht nur misstrauisch, sondern geradezu spöttisch.

»Nun, meine Bekannte, Madame Michelberger, die Ihre Frau in der Kurklinik im Schwarzwald kennengelernt hat, sagte, Sie, Monsieur Meistermann, hätten sich damals sehr darum bemüht, wegen der Erkrankung Ihrer Frau mit Monsieur Doudet Kontakt aufzunehmen. Möglicherweise, dachte ich, hatte er ja Geschäftspartner, die sein Erbe nun gewissermaßen weiterführen.«

»So, dachten Sie das?«

»Ja, für meine Frau hoffte ich das. Isabelle sagt, sie braucht dieses Mittel. Nur gibt es einen ganz eigenen Markt für solche Naturprodukte, scheint mir.«

»Das kann man wohl sagen«, gab Meistermann in sarkastischem Ton zurück. »Hören Sie, Monsieur Rapp«, setzte er hinzu, »wenn Ihnen das Leben Ihrer Frau lieb ist, dann sorgen Sie dafür, dass sie Doudets Zeug nicht mehr einnimmt. Beschaffen Sie es ihr auch von keinem anderen. Falls es so jemanden geben sollte.«

»Wie meinen Sie das, Monsieur Meistermann?«, fragte Rapp so arglos wie möglich.

Zwei, drei Sekunden lang herrschte knisternde Stille in der Leitung. Dann sagte Meistermann in deutlich ruhigerem Ton: »Wissen Sie was, wenn Sie Zeit haben, erzähle ich Ihnen ein paar Dinge über diesen Doudet und sein … Wundermittel.« Meistermann spuckte das Wort geradezu in den Hörer. »Aber nicht am Telefon. Kommen Sie in Gottes Namen her, wenn Sie mögen. Ich wohne momentan in Colmar.«

»Das ist sehr liebenswürdig, Monsieur Meistermann.« Sogar unerwartet entgegenkommend. »Wann wäre es Ihnen denn recht?«

»Nur heute. Morgen fahre ich für zwei Wochen in die Schweizer Berge zum Wandern. Kennen Sie die Terrasse der Brasserie Hansi am Quai de la Sinn in Colmar?«

Rapp dachte kurz nach. »Gegenüber dem Musée Unterlinden?«

»*Exactement.* In einer Stunde. Schaffen Sie das, Monsieur?«

»*Bien sûr*, sicher. Wie erkenne ich Sie, Monsieur Meistermann?«

»Ich habe einen kleinen Hund dabei, einen Chihuahua.«

»Schön«, sagte Rapp. »Dann bringe ich meinen Hund ebenfalls mit, wenn Sie gestatten, er ist schon alt und friedlich.«

»Selbstverständlich. *À bientôt*, Monsieur Rapp.«

Sie legten auf, und Rapp rief seinem Hund zu: »Aufwachen, Faulpelz, die Arbeit ruft!«

## 20

Alain Meistermann war ein schlanker Mann mit hoher Stirn über einer goldfarbenen Brille. Er saß mit seinem Winzling, einem weiß-braunen Chihuahua, an einem der kleinen quadratischen Holztische auf der voll besetzten Terrasse der Brasserie Hansi. Die Szenerie war wie immer sehr belebt vor dem Musée Unterlinden, das in dem ehemaligen Kloster der Dominikanerinnen unter anderem auch Grünewalds weltberühmten Isenheimer Altar beherbergte. Zahlreiche Touristen fotografierten und ließen sich von ihren Smartphones leiten, Einheimische eilten an ihnen vorbei, den Blick auf die umliegenden Kaufhäuser und unzähligen kleinen und größeren Läden gerichtet.

Rapp dagegen bahnte sich geduldig seinen Weg durch die lebhafte Menge und steuerte langsam mit Honoré auf die Brasserie am Quai de la Sinn zu. Nachdem er sich Meistermann vorgestellt hatte, wurde er von diesem ebenso formvollendet begrüßt.

Meistermanns Chihuahuadame wich dagegen so weit vor Rapps Hund zurück, wie es die Leine zuließ. Dieser Hauch von einer Hündin sollte sich erst im Laufe des Gesprächs der beiden Männer zentimeterweise dem alten Terrierrüden nähern. Ein Schauspiel, das Honoré zu Rapps Füßen mit halb geschlossenen Augen gelassen beobachtete.

Alain Meistermann war ein Mann, dem Rapp den kürzlichen Verlust seiner Frau im wahrsten Sinn des Wortes von der Stirn ablesen konnte. Nicht eine Sekunde lang glätteten sich während des Gesprächs, das sich nun entspann, seine Trauerfalten. Ihr einziger Zweck schien es zu sein, den Tränenstrom zurückzuhalten, der sonst aus ihm herausgebrochen wäre, dachte Rapp, als er später darüber nachdachte.

Doch er war sich nicht sicher, ob das auch für die Wut galt, die ebenso in jedem Satz des Witwers zum Vorschein kommen sollte und die Meistermann offenbar kaum bändigen konnte. Diese Wut, daraus machte Meistermann keinen Hehl, richtete sich ganz und gar gegen Doudet, auch über dessen grausamen Tod hinaus.

Kaum hatte sich Alain Meistermann ein großes Bier bestellt und Rapp einen Grand Café, ließ der Witwer seinen bitteren Gefühlen freien Lauf:»Wissen Sie, Monsieur Rapp«, begann er bereits mit erboster Miene,»es ist gut, dass Sie mir nun direkt gegenübersitzen. Denn am Telefon hätte ich es Ihnen kaum verständlich machen können, oder Sie hätten mir nicht geglaubt, was ich Ihnen jetzt sage: Dieser sogenannte ›Engelsfarn‹, den Doudet anscheinend auch Ihrer Frau verhökert hat, ist ein wahres Teufelszeug. Meiner Meinung nach hat derjenige, der diesen Doudet umgebracht hat, der Menschheit einen großen Dienst erwiesen.«

»Nun, das meinen Sie sicher nicht wörtlich, Monsieur Meistermann«, erwiderte Rapp in sachlichem Ton, um an seiner Rolle des arglosen Ehemanns festzuhalten, die er schon am Telefon eingenommen hatte.

»*Mais oui*, und ob ich das wörtlich meine!«, bekräftigte Meistermann vehement. Er beugte sich vor und sah Rapp direkt in die Augen.»Monsieur, ich rate Ihnen: Bringen Sie Ihre Frau unter allen Umständen dazu, Doudets Gebräu nicht mehr einzunehmen. Und wie ich schon am Telefon sagte: Suchen Sie um Himmels willen nicht nach Ersatz bei anderen Schurken. Denn nichts anderes als ein Schurke war Doudet, ein Betrüger sondergleichen.«

»Aber …«

Meistermann unterbrach ihn mit erhobener Hand.»Woran ich das festmache?« Er nahm einen Riesenschluck von seinem Bier und fuhr sichtlich aufgewühlt fort.»Am Schicksal meiner Frau. Ihre Bekannte, Madame Michelberger, ich erinnere mich vage, dass Walri den Namen Irène erwähnte, sie hat recht: Ich war es, der damals den Kontakt zu Doudet wiederhergestellt hat. Ich kann mir das bis heute nicht verzeihen. Wir kannten ihn bis dahin nur flüchtig von der einen oder anderen Begegnung in Thann. Dort war er ja sehr aktiv. Damals galt meine Frau aber noch nicht als ›austherapiert‹ seitens der Ärzteschaft.«

»Ein grausames Wort«, bemerkte Rapp.

»Ein anderes Wort für ›hoffnungslos‹. In so einer Situation klammert man sich an jeden Strohhalm, der einem vielleicht noch Rettung verspricht.« Er sah Rapp an. »Ich nehme an, Ihrer Frau ging es ähnlich, als sie sich an Doudet wandte?«

»Nicht sie selbst, sondern ein ... Bekannter meiner Frau fand Doudets Namen im Internet.« Die wahre Rolle von Isabelles Franck tat jetzt nichts zur Sache.

»Ja, Doudet war auf seine Art sehr geschäftstüchtig – leider«, fügte Meistermann mit gequälter Miene hinzu. »Und was mich anging, ich wollte nicht aufgeben. Wollte nicht, dass Wàlri sich aufgab!«

»Und sie, Ihre Frau?«

»Nun, Doudet versprach Heilung! Sogar explizit. Wàlri schöpfte wieder Hoffnung, als ich ihr davon erzählte, dass ich direkten Kontakt zu ihm aufgenommen hätte. Das Leuchten war in ihre Augen zurückgekehrt, Sie hätten sie sehen sollen, als ich sie damals im Schwarzwald aus der Kurklinik abholte!« Er presste die Lippen zusammen, weil sie anfingen zu zittern. Nach einem weiteren hastigen Schluck Bier fuhr er fort: »Wir besuchten Doudet in seinem Laden in Schœnwiller. Sie kennen ihn vielleicht auch?«

»Neben der Boulangerie«, bestätigte Rapp.

»Richtig. Ein wenig heruntergekommen wirkte der Laden zwar schon auf mich. Das hätte mich misstrauisch machen sollen. Aber Doudet selbst erschien mir und Wàlri durchaus seriös. Er war ein Meister darin, sich zu verstellen. – Und, Monsieur Rapp«, er hob die Brauen so hoch, dass sie seine Trauerfalten auf der Stirn noch vertieften, »wenn die einzige Alternative der sichere Tod ist, dann *wollen* Sie an die Rettung glauben!«

Rapp stimmte betroffen zu.

»Aber was dann geschah, war schlimmer, als ich es mir in meinen höllischsten Alpträumen hätte vorstellen können. Etwa drei, vier Monate nachdem Wàlri mit der ›Engelsfarn-Kur‹, wie dieser Zyniker Doudet es bezeichnete, begonnen hatte, zeigten sich bei ihr Symptome, als hätte sie Parkinson. Anfangs nur ein leichtes Zittern, das dann aber wieder aufhörte, deshalb schöpfte ich noch keinen Verdacht gegen das Mittel. Doch einige Wochen später kehrte das seltsame Zittern zurück, und zwar schlimmer als zuvor. Erst da hatte ich den Verdacht, es könnte mit Doudets Engelsfarn zusammenhängen, und wollte Wàlri dazu bringen, es versuchsweise abzusetzen. Doch sie weigerte sich vehement. Sie wurde wütend und sogar ausfällig mir gegenüber, als ich sie bat, wenigstens die Dosis zu reduzieren. Ein so aggressives Verhalten kannte ich überhaupt nicht von ihr, weder mir noch anderen gegenüber.«

»Eine schlimme Erfahrung, sicherlich.«

»Für uns beide, Monsieur, für Wàlri und mich. Es entzweite uns! Ausgerechnet auf dem letzten Weg, den wir zusammen hatten gehen wollen.« Er griff hart zu seinem Bierglas und trank es mit einem letzten langen Zug aus. »Dann«, fuhr er fort, nachdem er das leere Glas wütend auf die Tischplatte geknallt hatte, »kam ich dahinter, dass meine Frau sich von Doudet inzwischen heimlich die doppelte und schließlich sogar die dreifache Dosis hatte geben lassen. Und die Symptome, die ich Ihnen schilderte, das Zittern, ihre Aggressivität und so weiter, wurden immer schlimmer. Mir war längst klar geworden, dass es sich nicht um Parkinson oder Ähnliches handelte, sondern um eine Sucht. Wissen Sie, meine Mutter war über viele Jahre schwer tablettenabhängig und verhielt sich ganz ähnlich wie Wàlri in ihren letzten Lebensmonaten.« Er atmete tief durch. »Das Schlimme war, dass Wàlri mich immer mehr wie einen Feind betrachtete, der ihr das Wundermittel, diesen verfluchten Teufelsfarn, wegnehmen wollte. Was sogar stimmte, ich wollte unterbinden, dass sie es weiterhin nahm. Aber Doudet war für sie längst der Engel geworden, der ihr einzig und allein Linderung verschaffen konnte. Jedenfalls vertraute sie ihm statt mir.« Die Bitternis der Erinnerung daran stand Meistermann ins Gesicht geschrieben.

Rapp kam das bekannt vor, wenn auch nicht in dieser schrecklichen Dimension. Er dachte an Isabelle.

Doudet ballte die Fäuste. »Dieser verfluchte Doudet hat Wàlri und mir die letzte überhaupt mögliche gemeinsame Zeit im Leben gestohlen. Sie war in ihren letzten Lebensmonaten nicht mehr sie selbst. Und ich versichere Ihnen, Monsieur Rapp, das lag nicht am Fortschreiten ihrer Krankheit. Es lag, auch wenn ich es nicht beweisen kann, an dem Mittel, dem Teufelszeug, das Doudet für sie zusammengebraut hat. Der Engelsfarn war es, der sie so verändert hat. Er hat sie, wie soll ich sagen, innerlich ausgehöhlt. Und daran ist allein Doudet schuld.«

»Haben Sie Doudet einmal mit Ihren Vorwürfen konfrontiert?«

»Selbstverständlich habe ich das. Ich bin nach Schœnwiller und hab ihm alles an den Kopf geworfen. Aber er war wie Teflon, alles glitt an ihm und seiner ständig grinsenden Fassade ab.«

»Haben Sie ihn denn nach dem Tod Ihrer Frau noch einmal getroffen, Monsieur?«

Meistermann stierte ihn plötzlich mit einem wilden Blick an, durchbohrte ihn geradezu.

Doch er sagte keinen Ton.

Rapp trank, um dem harten Blick des Witwers auszuweichen, von seinem Grand Café und überlegte, ob er ihm von Docteur Sommeliers chemischer Voranalyse erzählen sollte, die Meistermanns Verdacht noch plausibler machte. Aber er entschied sich dagegen. Der Hinweis wäre deutlich über seine momentane Rolle als argloser Ehemann eines weiteren möglichen Opfers von Doudet hinausgegangen. Es war wohl am besten, die endgültigen Ergebnisse der chemischen Analyse abzuwarten und Meistermann erst dann darüber zu informieren. Zusammen mit dem, was die Kriminaltechnik bis dahin herausgefunden hatte.

Alain Meistermann schien seine Wut inzwischen wieder unter Kontrolle zu haben und wollte aufbrechen. Noch einmal mahnte er Rapp eindringlich, keinesfalls zuzuschauen, wie seine »Frau« Isabelle sich mit dem Mittel zugrunde richte. »Denn das würde es tun, Monsieur Rapp, denken Sie an meine Worte!«

Rapp dankte ihm sehr für seine Zeit und verabschiedete sich mit dem Gedanken, dass Monsieur Alain Meistermann aus Strasbourg als Täter im Mordfall Doudet durchaus in Frage kam. Das Motiv: Rache aus Trauer und Verbitterung.

Dennoch hätte Rapp kaum die Bereitschaft in sich verspürt, dazu beizutragen, diesen traurig-trotzigen Witwer zu überführen, wenn es nicht zuletzt auch darum gegangen wäre, Isabelle den Fall Doudet endgültig vom Hals zu schaffen. Schon ihre Rolle als mögliche Zeugin hatte sich als das pure Gift für ihre labile Verfassung erwiesen.

Diese offensichtliche Tatsache führte Rapp wieder einmal vor Augen, dass auch emotional durchaus nachvollziehbare Gewalttaten gegenüber »Schurken« wie Doudet schlimme Auswirkungen auf vollkommen unschuldige Personen haben konnten. Auf Menschen, die Rapp »die stillen Opfer« nannte. Etwas, das weder Mörder noch Selbstmörder bedachten.

## 21

Zu den kleinen, wie Rapp selbst mitunter sagte, »dummen Freuden« bei seinen Colmar-Besuchen gehörte es, dass er seinen Wagen gern in dem Parkhaus an der Place Rapp abstellte, nordöstlich des Marsfelds an der Avenue de la République. Als er sich nach dem Gespräch mit Meistermann auf dem Rückweg zum Auto bereits in der Rue Kléber befand und im Gehen sein Handy aktivierte, entdeckte er eine Textnachricht von Edgar: »*Salut*, Papa, nur kurz, da ich gerade sehr beschäftigt bin: Maman wurde aus dem Krankenhaus entlassen. Besuchst du sie bitte? *Merci*, Edgar.«

Eine gute Nachricht. Rapp blieb erleichtert stehen.

Und da er ohnehin in Colmar war, bedeutete es auch keinen großen Aufwand, Isabelle einen kurzen Besuch abzustatten. So zuckelte er denn mit seinem Hund, der ihm genügsam, beinahe in Zeitlupe, folgte, durch die Altstadt. Vorbei an den pittoresken jahrhundertealten Fachwerkhäusern, für die Colmar so berühmt war, und an Saint-Martin, dem Münster, erreichte er so erst nach gut einer halben Stunde die Rue des Écoles.

Als er von der Rue Saint-Jean in die Straße einbog und sich dem Haus näherte, in dem Isabelle wohnte, bemerkte er auf der gegenüberliegenden Straßenseite ein hellgraues Peugeot Coupé, einen Oldtimer, dessen schlampige Reparatur eines Blechschadens auf der Fahrerseite ihm irgendwie bekannt vorkam. Er hätte den Wagen vermutlich nicht registriert, wenn nicht in diesem Moment ein anderes Auto aus der Parklücke dahinter herausgefahren wäre.

Doch so erinnerte er sich plötzlich.

Ein böses Déjà-vu.

Es überlief ihn eiskalt.

Wut stieg in ihm auf, vielleicht ähnlich wie bei Meistermann, nur aus anderen Gründen. Er beschloss, den Stier bei den Hörnern zu packen, und wechselte die Straßenseite.

Auf dem Trottoir aus historisch geschützten Granitsteinen befanden sich im Augenblick kaum Menschen. Rapp näherte sich dem Peugeot daher sehr langsam von hinten; Honoré gab zusätzliche Tarnung. In dem Wagen saß nur der Fahrer – ein einzelner Mann, das war gut. Es bedeutete, dass die Typen, denen Isabelles Franck vermutlich immer noch Geld schuldete, derzeit nur sporadisch, nicht systematisch mit einem Schlägerduo ihre Wohnung beobachteten, wo sie Franck sicher wieder vermuteten. Rapp zog sein Handy aus der Tasche und fotografierte das Nummernschild. Dann klopfte er gegen die Scheibe der Beifahrertür, um dem Mann zu verstehen zu geben, dass er enttarnt sei und er die Polizei verständigen werde, wenn er nicht verschwand.

Der Fahrer, ein bulliger Mann in seinen Fünfzigern mit breitem Gesicht und einer Halbglatze, wandte sich überrascht zu ihm um. Ein öder Ausdruck in einer leeren Visage. »Was?«, fauchte die Type Rapp aus dem Wagen heraus an, und seine Orang-Utan-Arme unterstützten noch seinen Ausdruck »guter« Laune.

Rapp hielt sein Handy vor die Seitenscheibe und zeigte ihm das Foto des Nummernschilds. Ein kolossaler Fehler, wie sich nun zeigen sollte. Schon im nächsten Moment stieß der Mann die Fahrertür auf und sprang, erstaunlich behände für einen so großen, massigen Typen, aus dem Wagen.

Rapp war so perplex, dass er zunächst nicht begriff, was in den nächsten Sekunden geschah. Der Gangster eilte mit steakrotem Gesicht vorn um den Peugeot herum, seine geballten Fäuste bereits im Anschlag. Er schoss auf Rapp zu – doch im nächsten Moment fiel er wie ein vom Blitz gefällter Baumstamm um und krachte, das breite primitive Gesicht voran, frontal aufs historische Granitpflaster.

Der Koloss war, wie Rapp erst jetzt begriff, über die Hundeleine gestolpert. Denn während Rapp gegen die Fensterscheibe geklopft hatte, war Honoré anscheinend der Rest eines Baguettes aufgefallen, dessen Salamischeibe ihn besonders interessierte – sie verschwand soeben in seinem Maul wie eine tote, längst vertrocknete Maus im Rachen eines halb verhungerten Katers. Der Baguetterest hatte neben dem rechten Vorderreifen des Peugeot gelegen, und der arme alte Hund hatte sich vermutlich ziemlich strecken müssen, um an ihn ranzukommen und das gammlige Stück mit spitzen Zähnen herauszuzerren, während sein Chef Rapp den bulligen Typen um das Auto herumstürmen sah.

Nun lag der massige Mann bäuchlings mit reichlich zerschundenem Gesicht auf dem harten Pflaster und stöhnte. Rapp trat ihm das rechte Bein zur Seite, mit dem er über Honorés Leine gestolpert war, und befreite sie so. Dann setzte er den Fuß auf die linke Hand des Mannes, der aufjaulend, wenn auch noch sichtlich benommen, auf dem Trottoir liegen blieb.

»*Salaud!*« Mistkerl, herrschte Rapp ihn an. »Schau mich an.« Der Mann hob fluchend seinen Kopf ein wenig an. Rapp hielt ihm sein Handy vor das Gesicht und fotografierte es mitsamt der enorm angeschwollenen blauroten Nase. Wahrscheinlich war sie gebrochen, wenngleich sicher nicht zum ersten Mal.

»Ich habe dein Nummernschild fotografiert«, ließ Rapp ihn wissen. »Und jetzt auch deine Visage. Beides geht auf direktem Weg an die Polizei, *minable*, du Niete. Sag deinem *con*, deinem Arsch von Chef, dass dieser Platz hier ab sofort polizeilich überwacht wird. Und dass ihr alle in den Bau wandert, wenn sich auch nur einer von euch *engeances*, euch Kotzbrocken, noch mal hier blicken lässt. Du zuerst, *abruti*, Trottel, ist das klar?«

»*Oui … clair, Monsi–*«, gab er keuchend von sich.

»Ich gehe jetzt drüben ins Haus. Wenn ich oben durchs Fenster runter auf die Straße schaue, will ich dich und deine Schrottkarre nicht mehr sehen. Verstanden, *faible d'esprit*, Schwachkopf?«

»*Oui … oui*«, stöhnte der Mann.

Rapp war zufrieden und nahm seinen Schuh vom Handgelenk des Typen. Er bemerkte erst jetzt, dass eine alte Frau mit schreckstarrem Blick ein paar Meter entfernt von der Szene stehen geblieben war.

»Nur Übungen für Filmaufnahmen, Madame!«, rief er ihr zur Beruhigung zu und ließ seine Knöchel knacken. »Nicht wahr, Pierre?«

»*Oui, oui!*«, keuchte »Pierre« heiser und so laut es ihm eben möglich war.

»*Oui*, Madame, heißt es, Pierre!« Rapp machte Anstalten, erneut das Handgelenk zu traktieren.

»Ou… Oui, Ma…dame«, schob der Mann keuchend nach.

Die alte Frau ging kopfschüttelnd weiter und deutete dabei mit ihrem Stock auf Honoré. Als Rapp nun ebenfalls hinsah, bemerkte er, dass es seinem Hund nicht gut ging. Er würgte die Salamischeibe wieder aus, die er vorhin verschlungen hatte, und erbrach auch gleich den Rest seines Mageninhalts auf die Jacke des am Boden liegenden Gangsters.

Rapp hatte das schon befürchtet, er wartete noch die paar Sekunden, bis Honoré sich vollends ausgekotzt hatte, und zog ihn dann zur Seite.

Zum Abschied rief er dem Koloss, der sich nur äußerst schwerfällig aufrichtete, noch »*Allez hopp*, verschwinde!« zu und überquerte mit Honoré die Straße.

Vom Fenster in Isabelles Schlafzimmer aus beobachtete Rapp wenig später die Straße. Während die alte Frau, die ihn zuvor angesprochen hatte, langsam übers Trottoir schlich, mit ihrem Stock in der einen Hand und dem Einkaufsnetz in der anderen, wahrscheinlich auf dem Weg zur Markthalle am Ende der Rue des Écoles, war von dem grauen Peugeot nirgendwo mehr was zu sehen.

Der stille Held der Szene, Monsieur Terriermix Honoré de Balzac mit vollständigem Namen, schlürfte in der Küche gerade frisches Wasser aus einer Schale, die Isabelle ihm hingestellt hatte. Danach hatte sie sich zurück ins Bett gelegt.

Rapp zog die gelben Vorhänge vor und wandte sich zu ihr um. Ihr Gesicht sah bleich und abgemagert aus, ihre Augen glänzten schwach, als sie seinen Blick erwiderte.

»Wie lange ist das jetzt alles her, *chéri*, das mit uns?«, sagte sie leise, und es drehte ihm beinahe den Magen um, wie immer, wenn sie ihn »chéri« nannte.

»Eine Ewigkeit, Isa«, sagte er frustriert.

Sie wusste so gut wie er, dass es keine gute Zeit gewesen war, nicht für sie, nicht für ihn, nicht für Edgar. Genauso wenig wie jetzt.

»Wie geht es dir? Was sagen die Ärzte in der Klinik?« Wie ist ihre Prognose, wollte er eigentlich wissen.

»Docteur Desponte ist so ein reizender Arzt«, schwärmte Isabelle, wenn auch mit matter Stimme. »Wusstest du, dass Edgar und Julien ihn von früher her kennen? Sie nennen sich beim Vornamen. Er heißt Gabriel, Docteur Desponte.«

»Hab davon gehört. Aber was hat dir der Doktor nun verordnet?«

»Ruhe. Eine Diät. Und eine neue Therapie.«

»Gute Idee.« Zumal man bei Doudet weiß Gott nicht von einem Therapeuten hatte reden können, das stand mal fest.

»Edgar will sich darum kümmern«, sagte sie und richtete sich mit einem leichten Stöhnen ein wenig auf.

»Und wie?«, wunderte sich Rapp. »Unser Sohn lebt in Paris.«

»So wie ich bald.«

»*Pardon?*« Hatte er sich verhört?

»Edgar sagt, wenn ich Lust hätte, mich tagsüber um Maëlle zu kümmern, könnte ich gerne auch bei ihnen in Paris wohnen.«

Rapp fiel aus allen Wolken. Musste aber zugeben, dass die Idee etwas für sich hatte.

Im Prinzip.

»Was ist mit Franck? Ich hoffe, er zieht dann nicht auch nach Paris.« Rapp hatte ihr vorhin erst erklärt, dass die Geldmafia Franck offenbar immer noch auf den Fersen sei und ihre Wohnung anscheinend stichprobenartig beobachte, in der Hoffnung, ihn vor dem Haus abzufangen. »Nicht auszudenken, wenn die Typen dann wegen Franck auch in Paris auftauchen würden«, stellte er ihr vor Augen. »Die schrecken vor nichts zurück, das weißt du.«

»Ich habe mich von Franck getrennt«, antwortete sie tonlos.

»Du hast dich … Im Ernst, Isa?« Das war nun schon die zweite Überraschung innerhalb weniger Minuten für ihn. Falls es stimmte. »Wann hast du dich denn von ihm getrennt?« Angeblich.

»Vom Krankenhaus aus. Ich habe Telefon aufs Zimmer bekommen, da ich kein Handy hatte. Hab ihn angerufen. Er war noch unterwegs, wo, das wollte er mir nicht verraten. Hab ihm gesagt, er soll aus meinem Leben verschwinden.«

»Und?« Rapp blieb skeptisch. »Was hat er geantwortet?«

»D'accord.«

»Nur das: einverstanden?«

»Genau das.«

»Glaubst du wirklich, dass es das nun war?« Das Ende ihrer Beziehung zu diesem Schmarotzer? »Wird er es akzeptieren?«

»Was bleibt ihm übrig? Ich hab's ihm gesagt, oder?«

Rapp nickte und zuckte zugleich mit den Schultern.

»Wie geht es weiter, Isabelle? Du bist vor ein paar Tagen erst zusammengebrochen. Und Paris? Es kann noch dauern, ehe du in der Lage sein wirst umzuziehen, meinst du nicht?«

»Du weißt, dass ich in der Klinik entgiftet wurde, Jean Paul? Docteur Desponte sagt, ich bekomme im Anschluss eine Haushaltshilfe, so lange, bis ich mich wieder um mich selbst kümmern kann. Sie kommt heute noch vorbei, etwas später am Nachmittag, und bespricht mit mir, was nötig ist.«

»Très bien.« Rapp fühlte spontane Erleichterung. Doch er blieb skeptisch, was die Trennung von Franck betraf.

Von der Küche her und durch den Flur hörte er jetzt Honorés Tatzen näher kommen. Gleich darauf stand sein Hund in der offenen Tür zum Schlafzimmer und verharrte dort mit herausforderndem Blick.

Isabelle lachte, als sie ihn sah. »Der alte Kämpfer hat dich noch immer im Griff, mein Lieber. – Na, geh schon mit ihm, chéri«, fügte sie mit matter Stimme hinzu, »er hat viel Wasser getrunken, das er loswerden muss. Sonst pinkelt er mir noch in den Flur.«

Außerdem, das war zu sehen, fühlte sie sich schwach und brauchte Schlaf.

Rapp ging zum Bett, küsste sie auf die Stirn und zog sachte die Tür hinter sich zu, als er das Schlafzimmer verließ. Im Flur angelte er die Leine von der Garderobe und verließ mit seinem Hund die Wohnung.

.

## 22

Die Enttäuschung des Abends bestand für Rapp darin, dass Wätti, die Leiterin des Kochkurses in Rouffach, der Meinung war, sie habe ihren Eleven an den vergangenen Terminen bereits alle wichtigen Hauptgerichte beigebracht. Sie könnten daher getrost zur »Lerneinheit Desserts« übergehen. Wie immer wollte sie mit einem denkbar einfachen Rezept beginnen: Galette de Quetsche, Zwetschgenkuchen.

Mit dieser Ankündigung war klar, dass die Zubereitung von Galettes de Pommes de Terre, Kartoffelpuffern, gestorben war. Im Stillen hatte Rapp noch immer darauf gehofft.

Die freudige Überraschung war jedoch – Sylvie. Wie aus dem Nichts tauchte sie plötzlich in der Lernküche des Alten Rathauses auf und begrüßte Rapp, der sich gerade in einem Gespräch mit Roschi befand, sehr herzlich mit Wangenküsschen.

Rapp konnte weder seine Freude noch seine Verblüffung über ihr unverhofftes Erscheinen verbergen.

Sie lachte. »Das Gespräch über euren Kochkurs neulich auf dem Marktplatz hat mich neugierig gemacht. Als gebürtige Deutsche hat mich die französische Küche immer schon fasziniert.« Sie errötete leicht. »Na ja, zumindest die Speisekarten in den französischen Restaurants.« Sie winkte ab. »Jedenfalls habe ich mir Wättis Nummer herausgesucht und gefragt, was sie an den restlichen Terminen noch so vorhat und ob ich daran teilnehmen kann.« Sie breitete amüsiert die Arme aus. »*Et voilà*, hier bin ich.«

»Dann wussten Sie also schon, Madame, dass wir heute Galette de Quetsche machen sollen?«, sagte Roschi, nachdem Rapp die beiden einander vorgestellt hatte.

»Wätti hat es mir netterweise verraten«, antwortete Sylvie. »Hat mich sofort interessiert, weil sie es à la Tatin zubereiten will.«

»À la Tatin? Gehört habe ich davon, aber …« Rapp schwante nichts Gutes.

»Sturzkuchen, wie ihn die Schwestern Tatin vor hundert Jahren oder so erfunden haben sollen«, antwortete Sylvie. »Belag unten, Teig oben bei der Zubereitung, am Ende stürzen. Hab ich noch nie ausprobiert.«

»Eine meiner leichtesten Übung…«, sagte Roschi scherzhaft, doch er brachte den faden Witz nicht zu Ende, denn in diesem Moment betrat Madeleine Haertle die Bühne. Die Küche war gewissermaßen der Blinddarm der Salle Notre-Dame, eines der wunderschönen großen Renaissance-Säle des Alten Rathauses.

Eben hatte Rapp sich noch mit Roschi über Madeleine unterhalten. Vielmehr hatte vor allem Roschi von ihr gesprochen. Es ging ihm angeblich sehr gegen seine Mechanikerehre, dass er noch immer keinen passenden Drahtesel für ihre Stadttouren in Strasbourg hatte auftreiben können. Doch als Rapp nun sah, wie Roschi Madeleine anfunkelte, kaum dass sie den Raum betreten hatte, bestätigte sich sein Verdacht, dass der umtriebige Zweiradmechaniker noch ganz andere Absichten hatte.

Im Laufe des Abends sollte sich diese Vermutung noch erhärten. Schon als Wätti dazu aufforderte, Zweierteams zu bilden, die gemeinsam versuchen sollten, in einer kleinen Metallform einen Pflaumenkuchen zu backen, stand Roschi so selbstverständlich neben Madeleine, dass die sich spaßeshalber hilfesuchend nach Rapp umsah.

Doch der machte keine Anstalten, Roschis Stelle einzunehmen. Im Gegenteil, er fühlte sich recht wohl an Sylvies Seite, auch wenn kulinarisch am Ende einiges gegen sie sprechen sollte. Von allen Kochpaaren brachten Rapp und Sylvie die bei Weitem unansehnlichste Galette de Quetsche zustande, krumm und schief von der Form her, nass und glitschig, was die Konsistenz betraf, nur der Geschmack ließ ahnen, was aus dem Gebilde hätte werden können, wenn es denn ein richtiger Zwetschgenkuchen geworden wäre.

Rapp war von dem Ergebnis jedoch keineswegs enttäuscht. Es erleichterte ihn sogar zu sehen, dass Sylvie ähnlich unbegabt im Backen war wie er. Oder nein, sie erschien ihm sogar noch unbegabter als er.

Die Galette sollte auf Wättis Vorschlag hin mit Zimteis und Karamellsoße serviert werden, die sie bereits vorbereitet hatte. Rapp und Sylvie drehten in Anbetracht ihrer Missgeburt von Küchlein die Mengenverhältnisse kurzerhand um und garnierten das Eis mit einem hyperschmalen Streifen Galette und toppten das Gekröse mit einer großzügigen Menge Karamellsoße. Wieder einmal bewähre sich die alte Erfahrung, dass doch nichts über Selbstvermurkstes gehe, kalauerte Sylvie lachend. »Vielleicht gewinnen wir einen Architekturpreis für das Gebilde«, fügte Rapp trocken hinzu.

Am Ende des langen Tisches aßen Roschi und Madeleine nach dem Abkühlen – des Kuchens – sichtlich stolz ihre wohlgeformte Galette. Rapp hoffte für Roschi, dass er es tatsächlich schaffte, seine Backpartnerin mit seinen ofenheißen Blicken zum Schmelzen zu bringen.

Rapp und Sylvie genossen ihr Zimteis mit Galetteschnitzelchen unterdessen genauso wie die anderen Kochduos, unter denen sich ebenso viele Frauen wie Männer befanden. Was Rapps Laune noch beträchtlich erhöhte, war die simple Tatsache, dass für Sylvie der Name Ramón an diesem Abend kaum eine Rolle spielte. Sie erwähnte ihn nur einmal kurz, als sie beiläufig davon sprach, dass ihre Kollegin Constance voraussichtlich eine Wohnung gefunden habe, die den Bedürfnissen des Wissenschaftlers »und seiner Entourage« aus Mexiko hoffentlich entspreche. Rapp fragte lieber nicht nach, was das genau heißen sollte.

Umgekehrt interessierte sich Sylvie sehr für Rapps »Privatrecherchen im Fall Doudet«.

»Apropos Constance, hast du eigentlich herausgefunden, was es mit dieser Julie aus Kirchheim auf sich hat?«, fragte sie, während sie beide ihr Eis sorgsam um die schmale Galettescheibe herum weglöffelten. »Du weißt schon, die Frau, die von Doudet offenbar ebenso betrogen und ausgenommen wurde wie Constance.«

Rapp schilderte ihr mit einem süffisanten Lächeln, was er via Paulette, die Frau seines Automechanikers, erfahren hatte. Sylvie musste lachen und verschluckte sich beinahe an ihrem

Zimteis. Sie wusste durch Rapp, dass es in Winzenheim nichts geben konnte, von dem Paulette nicht auf die eine oder andere Weise Wind bekam.

»Paulette hat, sagen wir, um zwei Ecken herum von einer gewissen Schülli erfahren, die mit Doudet ein Verhältnis gehabt haben soll. Leider in jeder Hinsicht ruinös für die Frau. Doudet hat Schülli, sprich: Julie Henry, so heißt sie mit vollem Namen, anscheinend mit ähnlichen Tricks wie Constance um ihr Geld gebracht. Und zwar so sehr, dass die Ärmste ihre Wohnung verkaufen musste, um ihre Schulden begleichen zu können.«

»Ach herrje, das klingt schlimm. Dann hatte sie ja nicht mal mehr ein Dach über dem Kopf.«

»Zumindest kein eigenes. Das hat sie nervlich offenbar nicht verkraftet. Schülli alias Julie Henry befindet sich seitdem im Hôpital Civil in Strasbourg.«

»In der Psychiatrie?«

»Laut Paulette, ja. Ich war eigentlich schon drauf und dran, die Frau dort zu besuchen. Vorausgesetzt, sie wäre dazu überhaupt bereit und in der Lage gewesen.«

»Aber?«

»Es kamen andere Sachen dazwischen.«

Rapp berichtete ihr von dem Hinweis auf Alain Meistermann, den er seiner Vermieterin Irène Michelberger zu verdanken hatte. »Ein Witwer aus Strasbourg, der derzeit in Colmar wohnt. Er denkt, was auch zu den Thesen von Docteur Sommelier passt, dass Doudets Engelsfarnrezeptur seine Frau süchtig gemacht hat. Dadurch habe ihm Doudet die letzte gemeinsame Zeit mit seiner Frau vor ihrem Tod gestohlen.«

»Ein Motiv, Doudet zu ermorden, denkst du?«

»Wütend genug ist Meistermann noch immer.« Rapp blickte nachdenklich auf seinen Teller, auf dem nur noch das gräuliche Galetteschnitzel lag. »Aber Meistermann macht so gar keinen Hehl aus seiner Mordswut und demonstriert sie auch noch vertrauensselig einem Wildfremden wie mir. Nicht besonders klug, sollte er tatsächlich der Mörder sein. Dabei ist Meistermann alles andere als ein dummer Mann, scheint mir.«

»Hast du Rimbout schon von Meistermann erzählt?«

»Nein. Ich will Rimbout nicht auf eine Spur setzen, die mir selbst noch sehr vage erscheint.«

»Hat Meistermann denn ein Alibi?«

»Ich fürchte nein. Er hat mich schon mit Blicken erdolcht, als ich ihn gefragt habe, ob er nach dem Tod seiner Frau noch einmal Kontakt zu Doudet hatte.«

»Dann käme er – Sympathie hin oder her – als Täter durchaus in Frage, oder?«

»Scheint so, ja. Aber das dürfte Rimbout momentan sowieso kaum interessieren. Er folgt mit Vollkraft einer anderen Spur.«

Rapp schilderte ihr kurz das Neueste, was Rimbout und die Drogenfahndung über Fontaine, den Tatverdächtigen aus Masevaux, herausgefunden hatten. »Fontaine scheint eine Art Relaisstation, ein Verbindungsmann, in dem weitverzweigten Geschäft mit synthetischen Drogen zu sein. Das stellt natürlich die mögliche Verbindung zu Doudet her. Rimbout schließt einen wie auch immer bedingten Streit ums Drogengeschäft zwischen Fontaine und Doudet nicht aus, der dann eskalierte und für Doudet tödlich endete.«

»Du klingst allerdings nicht allzu überzeugt, Jean Paul, oder täusche ich mich?«

»Ich weiß nicht recht, was ich davon halten soll, obwohl ich den Stein selbst ins Rollen gebracht habe«, gestand Rapp. »Fontaine ist zweifellos eine zwielichtige Figur. Aber wenn er mit Drogen handelt, warum sollte er einen Geschäftspartner töten? Sollte Doudet tatsächlich einer seiner Abnehmer gewesen sein, wofür inzwischen immer mehr spricht, wäre er geschäftlich gesehen ein verlässlicher illegaler Kunde von Fontaine gewesen. Ihn zu töten wäre ganz sicher auch nicht im Sinne der Hintermänner des Drogengeschäfts gewesen. Die mussten ja nicht fürchten, dass Doudet sie auffliegen lässt, da er sich selbst mitbelastet hätte. Die Mafia mag keine Leute, die ihnen das Geschäft verhageln, und das wäre in diesem Fall nicht Doudet, sondern Fontaine gewesen. Schon deshalb hätte Fontaine gezögert, Doudet zu ermorden.«

»Vielleicht hatte Fontaine aber ein anderes Motiv? Persönliche Gründe?«

Rapp zuckte die Achseln. »Um das herauszufinden, sollen jetzt vorrangig Fontaines Kontakte zum Drogenhändlermilieu überprüft werden. Was vorrangig die Interessen der Drogenfahnder bedient, scheint mir. Rimbout hat allerdings ziemlich dünnhäutig reagiert, als ich ihn darauf angesprochen habe.«

»Euer früheres Dienstverhältnis steht ihm da vielleicht im Weg, um das zu würdigen.«

»Könnte aber auch an den Turbulenzen liegen, die er momentan zu Hause in der Familie hat.«

Rapp erzählte ihr von den jüngsten Aktivitäten von Rimbouts Schwägerin Bernadette, die diesen schier zur Weißglut treibe.

Sylvie hörte leicht amüsiert zu und löffelte währenddessen ihr Zimteis. Nachdem Rapp ihr eine Weile dabei zugesehen hatte, kam ihm plötzlich ein neuer Gedanke.

»Sag mal, Sylvie, warum hast du mich eigentlich nicht angerufen wegen heute? Wir hätten von Pfaffenheim zusammen zum Kochkurs fahren können.«

»Ja, das wäre nett gewesen«, sagte sie und schleckte so genüsslich ihren Löffel ab, dass ihm ganz anders wurde. »Aber ich wusste einfach nicht, ob ich es zeitlich schaffen würde. Tatsächlich wurde es heute auf der Arbeit dann so spät, dass ich direkt vom Éco Musée hierherfahren musste, um noch pünktlich zu sein.«

Rapp winkte ab. »*Pardon*, dumme Frage.«

»Nein, gar nicht, Jean Paul. Ich wäre sehr gerne mit dir zusammen …«

Sylvie kam nicht mehr dazu, den Satz zu Ende zu sprechen, der so verheißungsvoll begonnen hatte. Denn in diesem Augenblick kamen Roschi und Madeleine Haertle zu ihnen herüber und zogen zwei freie Stühle heran, um einen neckischen Streit fortzusetzen, den sie begonnen hatten.

Es ging um die Legendenbildung zur Entstehung des Sturzkuchens à la Tatin. Madeleine kannte eine Version, derzufolge eine der Schwestern Tatin schon so dement gewesen sei, dass sie den Kuchenboden schlicht vergessen habe. Daraufhin habe die andere Schwester den Teig dem Belag einfach nachträglich übergestülpt. Roschi bestand darauf, dass – seiner längst verstorbenen Mutter zufolge – der Name »Sturzkuchen« wörtlich zu verstehen sei, der Kuchen sei den Schwestern Tatin damals buchstäblich aus der Form herausgefallen: »Klatsch, da lag er im vorgewärmten Ofen, mit der Arschseite nach oben.«

Sylvie beugte sich zu Rapp hinüber und flüsterte ihm lachend mit heißem Atem ins Ohr: »Frisch Verliebte sind immer so albern, findest du nicht?«

## 23

*Mittwoch, 5. Oktober*

Als Rapp am nächsten Morgen vom offenen Schlafzimmerfenster seiner Maisonnettewohnung aus über die roten Ziegeldächer des Maison Michelberger hinwegschaute, leuchtete der nahezu wolkenlose Himmel blassblau wie eine Gasflamme. Der dunkle Waldrücken erstreckte sich darunter wie ein buckliges laubgrünes Fabeltier, das man besser schlafen ließ.

Auch an diesem Morgen schienen sich die Menschen in den Weinbergen wie winzige Tiere zwischen den Rebreihen zu bewegen. Rufe schallten aus der Entfernung herüber, die zugleich nah und unendlich fern klangen.

Die Welt kam ihm magisch schön und rätselhaft vor an diesem Morgen.

Während des Frühstücks, das wegen der späten Eis-und-Kuchen-Mahlzeit gestern Abend nur aus einer halben Brioche und einem Café noir bestand, ging ihm die unverhoffte Begegnung mit Sylvie im Alten Rathaus nicht aus dem Kopf. Da sie zuletzt mehrfach betont hatte, wie müde sie nach dem langen Tag sei – sie sah auch entsprechend blass aus –, hatte er darauf verzichtet, sie noch zu einem Gläschen bei sich einzuladen, und so waren sie getrennt nach Hause gefahren, wie sie gekommen waren.

Roschi dagegen hatte sich mit Madeleine Haertle noch »auf einen Absacker« in irgendeine Bar in Rouffach aufgemacht. Keiner der beiden legte offensichtlich Wert darauf, dass irgendjemand – zum Beispiel Rapp – sie begleitete.

Mit einem Kopfschütteln über seine Verblendung und Eitelkeit wurde ihm nun klar, dass es Madeleine Haertle keineswegs, wie er geglaubt hatte, auf ihn, Rapp, abgesehen hatte, sondern auf den kernigen, tatkräftigen, freundlichen Zweiradmechaniker aus Rouffach! Roschis wegen hatte sie die langen Radtouren von Strasbourg nach Rouffach und zurück auf sich genommen und ihn mit immer komplizierteren Suchen nach bestimmten Fahrrädern beauftragt. Roschis Eifer, ihr quasi jeden Wunsch von den Reifen abzulesen – Rapps Peugeot-Rad zum Beispiel –, war natürlich das Pendant dazu gewesen. Jedenfalls hatte Roschi binnen kurzer Zeit geschafft, was Rapp mit Sylvie einfach nie zu gelingen versprach.

Er unterdrückte einen Fluch, der ihm auf der Zunge lag, und versuchte stattdessen, sich den intensiven Austausch mit ihr in Erinnerung zu rufen, den er gestern Abend – immerhin – über den Fall Doudet gehabt hatte.

Vor allem der Name Julie »Schülli« Henry spukte ihm noch immer durch den Kopf. Von den ihm bekannten Opfern, die durch Doudet direkt und persönlich Schaden genommen hatten, hatte es Schülli Henry aus Kirchheim-Winzenheim wohl am schlimmsten getroffen. Die Begegnung mit Doudet muss für die Witwe geradezu schicksalhaft fatal gewesen sein. Seit ihrem persönlichen und finanziellen Ruin war sie, wenn man Paulette glaubte, Psychiatriepatientin und kam schon deshalb als Täterin vermutlich nicht in Frage.

Doch Rapp liebte keine losen Fäden. Es erschien ihm absurd, ausgerechnet mit dieser Frau nicht wenigstens einmal über Doudet gesprochen zu haben. Womöglich hatte sie wichtige Hinweise in dem Fall, ohne es auch nur zu ahnen – etwas, das in seiner Arbeit früher gar nicht selten vorgekommen war.

Das eben war für ihn immer das Faszinierende an seinem Beruf als Commissaire gewesen: Man wusste nie, auf welche Pfade einen die Ermittlungen führten, welche Netze an Beziehungen und Verflechtungen sich von einem Moment auf den anderen ergeben konnten. Mit zunehmendem Abstand zu seiner Dienstzeit fand er es sogar immer weniger übertrieben, wenn in Kriminalromanen, die er heute im Gegensatz zu früher ganz gern las, vom »Jagdfieber« der Ermittler die Rede war.

Er beendete sein Frühstück mit einem Magenknurren, das es auszuhalten galt, wenn er sein Gewicht halten wollte, räumte das Geschirr ab und ging ins Bad. Anschließend suchte er im

Internet die Telefonnummer des Hôpital Civil in Strasbourg und fand auch schnell die Durchwahl zur psychiatrischen Abteilung.

»*Bonjour*, mein Name ist Rapp. Ich würde gerne mit Ihrer Patientin Madame Henry sprechen – Julie Henry«, präzisierte er gegenüber der jungen Frauenstimme am Telefon.

»*Désolée*, Monsieur, es tut mir leid, aber Madame Henry befindet sich nicht auf unserer Station«, erfuhr er zu seiner Überraschung.

»Verstehe. Ich frage mich jetzt nur, wie und wo ich Julie Henry antreffen könnte, wenn sie nicht mehr bei Ihnen ist.«

»Tja«, war alles, was die junge Frau am Telefon ihm dazu zu sagen hatte.

Rapp beschloss, das Glas halb voll, nicht halb leer zu sehen. Immerhin wusste er jetzt, dass Schülli Henry nicht mehr in der Psychiatrie behandelt wurde. Offensichtlich war nicht einmal Paulettes dicht geflochtenes Gerüchtenetz mehr auf dem aktuellsten Stand, zumindest was Schülli Henry betraf.

Wenn die Frau aber wieder gesund war, überlegte er, bestand die Möglichkeit, dass sie inzwischen wieder in ihren alten Beruf zurückgekehrt war. Und in dieser Hinsicht hatte ihm Paulette eher beiläufig einen Hinweis gegeben, wie er sich jetzt erinnerte, auf den hoffentlich Verlass war.

In Sekundenschnelle hatte er im Netz die Telefonnummer der Bankfiliale von Crédit Alsacien in Cernay recherchiert. Gleich darauf hatte er eine Madame Fillol am Apparat, der Stimme nach eine Frau in ihren Fünfzigern, die er bat, ihn mit der Kollegin Schülli Henry zu verbinden.

Rapp hatte ganz bewusst den Elsässer Vornamen gewählt, nicht Julie, den offiziellen französischen. Und das wurde prompt honoriert: »Sind Sie ein Bekannter oder Verwandter von Schülli, Monsieur Rapp?«, erkundigte sich die Bankangestellte durchaus freundlich.

Er bejahte die Frage – und verließ sich im Folgenden auf seine Intuition: »Ich bin ... *alors* ... ein alter ... Schulkamerad von Schülli, wissen Sie? Wir haben uns aber lange nicht gesehen. Ich lade gegenwärtig alle früheren Schulkameraden und -kameradieschen, hehe, zu einem Klassentreffen ein. Die Schülli«, setzte er rasch hinzu, ehe Madame Fillol nach Namen und Ort der Schule fragen konnte, »sie wohnte ja früher mit ihrem Mann in Kirchheim. Kürzlich war sie wohl eine Zeit lang im Krankenhaus, meinte eine andere Klassenkameradin. Aber dort ist die Schülli nicht mehr.«

»Nein, zum Glück hat sie das überstanden«, entgegnete Madame Fillol mit hörbarer Anteilnahme in der Stimme und bestätigte damit ganz nebenbei den Sachverhalt. »Hier bei uns ist sie aber nicht. Noch nicht«, fügte sie mit gedämpfter Stimme hinzu. »Dauert wohl noch eine Weile, bis sie wieder für uns arbeiten kann.«

»Zu Hause erreiche ich sie derzeit leider auch nicht«, sagte Rapp und stöhnte deutlich hörbar.

»Vielleicht ist sie nur kurz ausgegangen. Sie wohnt ja jetzt gegenüber der alten Synagoge in Thann, hat sie uns mitgeteilt. Aber das wissen Sie natürlich.«

»Natürlich.« Jetzt schon.

»Grüßen Sie sie bitte von mir, wenn Sie sie dort erreichen, ja?«

»Das mache ich gern, Madame Fillol«, versprach Rapp und verabschiedete sich von ihr beinahe wie von einer guten alten Bekannten.

Ein Lob auf die wohlige Intimität des Telefons, dachte er, nachdem er aufgelegt hatte. Seiner Erfahrung nach das meistunterschätzte Kommunikationsmittel bei Kriminalermittlungen.

Doch eine Telefonnummer von Schülli Henry in Thann fand er nicht im Internetverzeichnis. Aber mit dem Hinweis, der Madame Fillol am Telefon entschlüpft war, wusste er nun, wo er Julie Henry zu suchen hatte.

## 24

Die Thanner Synagoge befand sich in der Rue de l'Étang, nur wenige hundert Meter südwestlich vom Münster entfernt. Im Ersten Weltkrieg war sie von den Deutschen teilweise zerbombt, danach wiederaufgebaut, in der Nazizeit geplündert und nach dem Zweiten Weltkrieg restauriert worden. Vor einigen Jahren hatte man auch die Mikwe, das Tauchbad für die rituelle jüdische Reinigung, auf dem Platz vor der Synagoge wieder ausgegraben. Rapp hatte davon im Courant Alsacien gelesen. Vom Trottoir aus warf er einen nachdenklichen Blick auf das Gebäude, dann wandte er sich dem Haus gegenüber zu. Ein schmuckloses vierstöckiges Wohnhaus mit der Nummer 35. Er wechselte die Straßenseite, sah auf das Klingelboard und drückte auf das unscheinbare Schild mit dem Namen Julie Henry.

Eine dunkle weibliche Stimme meldete sich.

»*Bonjour*, Madame, mein Name ist Rapp. Spreche ich mit Madame Henry? Julie Henry?«

Rapp hatte sich entschlossen, Schülli Henry reinen Wein einzuschenken, was seine Person betraf, sich ihr wahrheitsgemäß als den Angehörigen eines weiteren Opfers von Monsieur »Druidier« Doudet vorzustellen. Doch völlig überraschend sagte die Frau durch die Gegensprechanlage: »Ich habe Sie erwartet, Monsieur le Commissaire«, und schon summte der Türöffner.

Verblüfft betrat Rapp den Flur, dessen kühle Temperatur eine angenehme Erholung gegenüber dem drückend schwülen Wetter draußen darstellte.

Schülli Henrys Wohnung lag im Parterre. Eine dunkelhaarige, etwas gedrungen wirkende Frau Ende vierzig in einem schwarzen Jogginganzug erwartete ihn im Türrahmen. Sie schaute ihm ernst ins Gesicht, als sie ihn begrüßte, und er fragte sich, wo er diese Frau schon einmal gesehen hatte; sie kam ihm irgendwie bekannt vor.

Sie bat ihn herein, und auf den ersten Blick sah es so aus, als ob sie erst vor Kurzem eingezogen wäre. Im kleinen Flur und im winzigen Wohnzimmer, dessen Tür offen stand, stapelten sich noch die Umzugskisten.

Sie erklärte ihm, sie sei erst vor drei Monaten umgezogen, daher müsse er mit einem Platz in der Küche vorliebnehmen. Dort hing ein Kalender aus dem Vorjahr mit Motiven von Hansi an der Wand. Auf der Kredenz das gerahmte Porträt eines schnauzbärtigen, grimmig aussehenden Mannes, gleich daneben das Foto eines freundlich hechelnden schwarzen Königspudels. Erinnerungen an vergangene Zeiten vermutlich.

Jetzt aber lebte Schülli Henry allein in dieser noch kaum eingerichteten Ein-Zimmer-Wohnung, und Rapp fragte sich, warum sie ihn für einen Commissaire hielt und warum sie ihm auf diffuse Weise bekannt vorkam. Waren sie sich früher, zu seiner aktiven Zeit, schon einmal begegnet?

Auf dem Tisch stand eine Kanne Tee, und sie beeilte sich, ihm davon anzubieten, nachdem er Platz genommen hatte.

»*Merci*, Madame, sehr gerne.«

Schülli Henrys Bewegungen wirkten eckig und ungelenk, als sie die Teetasse für ihn aus dem Oberschrank der Kredenz holte und auch eine kleine Schale mit Gebäck dazustellte. Ihr war anzumerken, dass sie eine längere Zeit keine Alltagsdinge mehr verrichtet hatte. Verständlich, denn in der Klinik in Strasbourg war sie rundum versorgt worden. Jetzt musste sie das Leben unter gänzlich anderen Umständen als früher wieder neu erlernen.

Rapp wartete geduldig, bis sie sich gesetzt hatte, nahm einen Schluck Tee und bemerkte, da sie ihn nun auffordernd ansah: »Sie sagten, Madame Henry, Sie hätten mich bereits erwartet?«

Sie nickte, schwieg dann aber, betrachtete nur die Teetasse, die sie mit zitternder Hand umfasste.

»Wegen … Doudier?«, setzte er vorsichtig hinzu.

Sie hob den Kopf und richtete die etwas schief gewachsene Nase auf ihn. »Wissen Sie, Monsieur le Commissaire, Didier, Monsieur Doudet, meine ich, er hat es wirklich verdient.« Sie hatte mit bebender Stimme zu sprechen begonnen. »Ich habe lange, viel zu lange, gebraucht, um zu begreifen, dass er mich nach Strich und Faden betrogen hat. – Dass er es mit anderen Frauen hatte, nun ja, das ahnte ich irgendwann, um ehrlich zu sein.« Sie zuckte nur kurz mit den Augenbrauen. »Aber dass ich – ausgerechnet ich, eine Frau, die in der Bank täglich mit Geld zu tun hatte – mich von dem Mann finanziell habe ruinieren lassen«, sie schüttelte heftig den Kopf, »das, Commissaire, kann ich mir bis heute am wenigsten verzeihen. Ich weiß nicht, ob Sie das verstehen, aber es erfüllt mich mit solcher Scham, dass ich noch immer nicht an meinen Arbeitsplatz zurückkehren kann. Ich bin weiter in Behandlung, in einer ambulanten Therapie. Aber ich weiß nicht, wie lange ich noch brauchen werde, bis ich wieder hinter dem Kassenschalter von Crédit Alsacien stehen kann. Aufrecht und mit geradem Blick, meine ich.«

»Ich verstehe Sie«, versicherte ihr Rapp, »und ich soll Ihnen übrigens Grüße ausrichten von Madame Fillol, Ihrer Kollegin in Cernay.«

»Ah ja?« Sie sah ihn überrascht an. »*Merci* – Sie haben also auch mit ihr gesprochen. Nun, ich verstehe, die Polizei interessiert sich für die Hintergründe in … so einem Fall.«

»Einem Mordfall, wollten Sie sagen.«

»*Mais non*, Commissaire! Es war kein Mord, es war … ein Unfall! Didier sollte bloß zur Rechenschaft gezogen werden für das, was er mir angetan hat. Aber er sollte nicht getötet werden. Dafür lege ich meine Hand ins Feuer.«

Rapp stutzte. Etwas an der Art, wie sie über das Geschehen sprach, irritierte ihn. »Es geschah aber doch oben an der Engelsburgruine, nicht wahr?« Er fragte das nur, um ihre Faktentreue zu testen.

»Ja, an der Ruine, wo er auch gefunden wurde. Es war ein Ort, den er kannte, wo er sich sicher fühlte, egal, zu welcher Tages- oder Nachtzeit. Deshalb ließ er sich leicht dorthin locken. Und dann, Monsieur le Commissaire«, sie sah ihn eindringlich an, »müssen Sie sich vorstellen, wie es abgelaufen ist: Ein Wort gab das andere, Didier in seiner überheblichen Art, seine höhnischen

Worte, sein provozierendes Lachen. Er zeigte keinerlei Reue, wischte großmäulig alles zur Seite, was sie ihm vorhielt ...«

»Moment, was *wer* ihm vorhielt?«

Sie starrte ihn an, als wäre er ein Idiot. »Na, meine Schwester! Über sie reden wir doch. Sonst wären Sie ja nicht zu mir gekommen, nicht wahr?«

Rapp setzte eine unbestimmte Miene auf.

Schülli Henry senkte beschämt den Kopf und hob ihn dann wieder, um fortzufahren. »Ich habe ihr gesagt, gestern erst habe ich meiner Schwester gesagt, dass ich mit dem Schweigen darüber nicht länger leben kann. ›Ich muss darüber sprechen, was passiert ist, sonst werde ich verrückt.‹ Das habe ich ihr klargemacht. Es wenigstens versucht. Ich habe sie gleichzeitig dafür um Verzeihung gebeten, dass ich nicht weiter schweigen kann. Auch Monsieur Claudel, mein jetziger Therapeut, wissen Sie, er sagte zuletzt: ›Wenn Sie mit dem, worüber Sie noch immer schweigen, fortfahren, Madame Henry, werden Sie niemals ganz gesund werden.‹ Und er hat recht. Didier hat mich meine Nerven gekostet und mich in die Psychiatrie gebracht. Aber das Schweigen über den ... Vorfall oben am Hexenauge, Monsieur le Commissaire, es raubt mir den Verstand. Die Vorstellung, dass meine Schwester aus Rache für mich Didier ... Aber ausgerechnet mit *ihr* kann ich darüber nicht sprechen!«

»Wie meinen Sie das genau, Schülli?«

»*Sie* sagte, sie will nicht mehr darüber sprechen. Nie wieder. Sie könne es nicht. Sie will das alles in sich begraben. Wir haben deswegen erbittert gestritten. Sie sagte, sie habe mir doch nach der Tat erklärt, was dort oben an der Ruine geschehen sei, unmittelbar nachdem sie es getan hatte. Warum mir das nicht reichen würde? *Ich* sagte, dass ich es in der Therapie, gegenüber Monsieur Claudel oder in der Klinik, jedenfalls eines Tages, erzählen muss! Dass es aus mir herausbrechen wird, ob ich will oder nicht. – Nicht wahr, das kann man doch verstehen?«, rief sie verzweifelt aus.

»Ich verstehe das«, versicherte Rapp ihr. »Aber Ihre Schwester anscheinend nicht.«

»Sie sagte, ihr bleibe in dem Fall nun nichts anderes mehr übrig, als sich der Polizei zu stellen. Ich habe sie angefleht, das nicht zu tun. Denn, verstehen Sie meine Situation, Monsieur le Commissaire: Meine Schwester tötet – meinetwegen! – Didier Doudet. Und geht – meinetwegen! – dafür ins Gefängnis. Weil ich nicht davon schweigen und sie nicht mit mir darüber reden kann.«

»Eine fatale Lage«, musste Rapp zugeben. »Nur, was macht Sie so sicher, dass Ihre Schwester sich wirklich stellen will?«

Sie blickte ihn erstaunt an. »Aber sie hat sich doch längst gestellt? – *Non?*«

Rapp erwiderte ihren Blick und sagte: »Madame Henry, hier liegt ein Missverständnis vor. Ich habe zwar bis vor einigen Jahren bei der Kriminalpolizei gearbeitet. Aber in diesem Fall bin ich hier und heute als ebenfalls Betroffener zu Ihnen gekommen. Als Angehöriger einer Frau, die …«

»Was denn?«, unterbrach sie ihn verstört. »Sie sind nicht von der Polizei? Dann hat Sandrine sich also gar nicht gestellt?«

»Hätte sie es getan, Madame Henry, hätte sich die Polizei bestimmt schon bei Ihnen gemeldet, da haben Sie recht. Aber ich …«

»Moment!«, unterbrach sie ihn erneut, sprang von ihrem Stuhl auf und lief in den Flur.

Rapp folgte ihr besorgt und sah, wie sie ein Handy aus der Tasche eines hellblauen Mantels zerrte, den sie achtlos auf einen Umzugskarton geworfen hatte.

Hektisch rief sie eine Nummer auf und presste das Telefon an ihr Ohr. »Sandrine?«, rief sie als Nächstes aus. »*Mon Dieu*, Sandrine, wo steckst du? Hier ist ein Monsieur Rapp von der … oder eben nicht von der Polizei. Ich … ich dachte, du hättest dich gestellt. Aber … Wie bitte? Was soll das heißen, Sandrine?«

Eine Weile, vielleicht zwanzig, dreißig Sekunden lang, hörte sie mit aufgerissenen Augen und bebenden Lippen zu. Dann rief sie plötzlich: »Nein, Sandrine, das wirst du nicht tun! Das darfst du nicht. – Sandrine? Sandrine!«, brüllte sie in ihr Telefon und wedelte heftig damit wie ein kleines Kind, das denkt, es könnte auf diese Weise die Stimme herausschütteln. Dann, von einem Moment auf den nächsten, hörte sie damit auf und starrte Rapp mit allen Anzeichen der Panik an. »Sie will sich umbringen. Oben am Berg … Sie sagt, sie will in das Hexenauge blicken, wenn sie es schluckt.«

Rapps Herz begann zu rasen. »Wenn sie was schluckt, Schülli?«

»Na, ein Mittel, ein … ein Gift. Als Chemikerin kennt sie sich ja damit aus.«

Rapp erstarrte. Bis zu diesem Moment hatte er es für möglich gehalten, dass Sandrine, der Name der Schwester, den Schülli Henry erwähnt hatte, ein Zufall sein könnte.

Jetzt nicht mehr.

»Ihre Schwester, Schülli, ist Docteur Sandrine Sommelier aus Strasbourg, richtig?«

»Ja, das ist sie.« Sie schlug die freie Hand vor das Gesicht und begann zu schluchzen. Im nächsten Moment riss sie sie wieder herunter und stierte Rapp an. »Sie müssen sie retten, Monsieur! Bitte, Sie darf sich nichts antun!«

In der nächsten Sekunde hatte Rapp sein Telefon hervorgeholt und rief Ives Robert in der Thanner Dienststelle an.

»Jean Paul, *ça va?*«, meldete sich Ives mit gewohnt munterer Stimme. »Was gibt es?«

»Ives, entschuldige, es geht um einen Notfall. Eine Frau, mittleres Alter, befindet sich laut ihrer Schwester, die mir gerade gegenübersteht, oben an der Engelsburgruine und will sich nach eigener Aussage vergiften. Ich halte das für realistisch. Die Frau heißt Sandrine Sommelier, Chemikerin aus Strasbourg, sie ist offensichtlich in den Mordfall Doudet verwickelt.«

»Verstehe.« Rapp erkannte an Ives' Grabesstimme, dass der erfahrene Gendarm den Ernst der Lage sofort erfasst hatte. »Ich leite alles in die Wege. Bist du weiterhin unter der Nummer erreichbar, die ich auf meinem Display sehe, Jean Paul?«

»Unter der aktuellen Nummer, ja.«

»*Bon.* Ich kümmere mich darum und rufe dich dann zurück.«

»*Merci*, Ives.«

Rapp klickte ihn weg und rief Rimbouts Dienstnummer auf. Es klingelte viermal, und Rapp wollte bereits auflegen, um Rimbout auf seinem Handy zu erreichen, als doch noch abgenommen wurde.

»Commissariat Colmar-Rouffach, stellvertretender Commissaire Sulzer«, meldete sich Rimbouts Assistent.

Rapp hörte ein penetrantes Schmatzen in seinem Ohr. Sulzer hatte die Angewohnheit, immer eine Kleinigkeit zum Essen in seiner Schreibtischschublade zu verstauen. Manchmal vergaß er die Sachen darin, was man durch das Telefon zum Glück nicht roch.

»Sulzer, Rapp hier. Wo ist Rimbout?«

»Zur Toilette, Monsieur le Comm… ich meine, Rapp. Deswegen bin ich ja … ach, da kommt er schon. – Monsieur Rapp, Chef, *voilà*«, hörte Rapp ihn den Hörer weiterreichen.

»Jean Paul«, knurrte Rimbout alles andere als gut gelaunt in den Hörer, das glatte Gegenteil von Ives' Begrüßung am Telefon vorhin. »Ich bin im Moment sehr beschäftigt, wir telefonieren ein anderes …«

»Nein, hör zu, François: Es gibt einen Notfall«, unterbrach ihn Rapp. »Ich habe keine Zeit für Erklärungen, nur so viel: Suizidgefahr einer Frau, die ich im Mordfall Doudet für dringend tatverdächtig halte!«

»Eine Tatverdächtige – im Fall Doudet?« Rimbout war so laut geworden, als müsste er Rapp von einem Gipfel der Vogesen zum anderen etwas zurufen. »Jean Paul, hast du ein Glas zu viel getrunken? Wir haben bereits einen dringend Tatverdächtigen: Monsieur Fontaine aus Masevaux. Du erinnerst dich dunkel? Wir zerren gerade alle seine Hinter- und Dunkelmänner ans Licht. Das weißt du doch!«

»Aber du weißt nicht, was ich inzwischen noch alles erfahren habe, François. Wie gesagt, keine Zeit für Erklärungen. Die Tatverdächtige befindet sich offenbar in diesem Moment hier in Thann.«

»In Thann?«

»Richtig, und zwar oben an der Engelsburgruine. Oder sie ist auf dem Weg dorthin, sagt ihre Schwester, die neben mir steht und eben mit ihr telefoniert hat.«

»Was du nicht sagst, Jean Paul. Und um wen soll es sich bei diesem Kaninchen aus deinem Zylinder, deiner neuen Tatverdächtigen, genau handeln, wenn ich fragen darf?«

»Um Docteur Sandrine Sommelier.«

»Was denn, die Wissenschaftlerin, diese Chemikerin aus Strasbourg?«

»Genau.«

»Du sagtest doch, sie sei dabei, Doudets Rezeptur chemisch zu analysieren. Die KT bemüht sich gerade um Kontakt zu ihr. Und jetzt soll sie Doudet auf einmal umgebracht haben?«

»Komm nach Thann, François, hoch zur Ruine, so schnell wie möglich. Dann finden wir es heraus. – Falls sie dann noch lebt«, setzte er flüsternd hinzu, sodass Schülli Henry es nicht hören konnte. »Ives Robert von der Gendarmerie hat die Feuerwehr, ein Notarztteam und die Kollegen vor Ort schon alarmiert. Ich werde ebenfalls dort sein.«

Er hörte Rimbout laut und beinahe wütend aufstöhnen. »Wenn das ein Reinfall wird, Jean Paul, dann weiß es schon heute Abend ganz Frankreich, und meine Karriere ist im Eimer. Aber dann bist *du* schuld daran.«

»Deine Karriere, François«, konterte Rapp, »ist im Eimer, wenn du deinen Arsch nicht sofort nach Thann bewegst und mithilfst, das Schlimmste zu verhindern! Nebenbei kannst du deinen Mordfall aufklären.«

Er presste wütend seinen Daumen auf den alarmroten Button des Displays und richtete seinen Blick wieder auf Schülli, die am ganzen Leib schlotternd neben ihm stand.

Eigentlich hatte er sie fragen wollen, ob sie ihn zur Ruine hinauf begleiten wolle. Doch stattdessen führte er sie jetzt lieber zurück in die Küche, damit sie sich dort setzte, und speicherte die Nummer ihres Prepaidhandys für alle Fälle in seinem Telefon.

Dann rief er die lokale ärztliche Bereitschaftsnummer der Gemeinde an. Kaum zehn Minuten später klingelte der Bereitschaftsarzt an der Tür. Rapp wechselte ein paar erklärende Worte mit ihm und machte sich auf den Weg.

Er eilte zu seinem Wagen auf dem Parkplatz vor der Mairie und kurvte quer durch die Innenstadt, vom Stadtmuseum in der ehemaligen Kornhalle über die Brücke der Rue Saint-Thiébault hinweg auf die nördliche Seite der Thur. Von dort quälte sich seine alte Ente den Berg hinauf.

## 25

Auf dem Plateau unterhalb der Engelsburgruine standen bereits die Einsatzwagen von Gendarmerie, Feuerwehr und Notarztteam. Als er ausstieg und an den erstaunten Beamten und Einsatzkräften vorbei zum Hexenauge hinaufeilte, kam ihm Ives Robert keuchend und mit verstörter Miene entgegen.

»Ist sie … hat sie es schon getan?«, rief ihm Rapp aufgeregt und mit donnerndem Herzschlag zu, noch ehe er Ives erreicht hatte.

Der Gendarm starrte ihn unwirsch an. »Diese Frau … sie ist nicht da! Hier oben sind nur ein paar harmlose Touristen und eine Schulklasse, Jean Paul. Von denen will sich zum Glück keiner umbringen.«

Rapp war fassungslos. Er brauchte ein paar Sekunden, um sich zu fangen. Dann zerrte er sein Handy aus der Jacketttasche, trat einen Schritt zur Seite und rief Schülli Henry an. Sie ließ es viermal klingeln, dann nahm sie endlich ab. Der Arzt hatte ihr, kurz bevor Rapp gegangen war, nur eine Beruhigungsspritze, kein stärkeres Mittel zum Einschlafen gegeben, weil er nicht wusste, wie gut ihr Kreislauf das verkraften würde. Rapps Hinweis zuvor, Schüllis Präsenz könne eventuell wichtig sein, um das Leben ihrer Schwester zu retten, hatte den Arzt in seiner Entscheidung vielleicht noch bestärkt. Zumindest bewährte sie sich jetzt.

»Schülli! Rapp hier. Ihre Schwester ist nicht an der Engelsburgruine. Was genau hat sie vorhin zu Ihnen gesagt?«

Sie brauchte ein paar Sekunden, um zu antworten. »Sie hat gesagt … Moment …« Ihre Stimme klang schleppend, als wäre sie betrunken. »Sie hat gesagt, sie will sterben. Sich …« Sie fing wieder an zu schluchzen, wenn auch nicht so heftig wie zuvor.

»Schülli, bitte sagen Sie mir, wo genau Ihre Schwester war, als sie das zu Ihnen gesagt hat. Schülli, es ist wichtig!«

»Sie hat gesagt, sie ist an der Ruine. Nein! Sie hat … sie will die Ruine sehen.«

»Sehen? Was heißt das? Was hat sie damit gemeint?«

»Sie hat gesagt, sie will … Wenn sie stirbt, hat sie …«

»Ja? Schülli?«

»Dann will sie … will der Hexe … ins Auge blicken.« »Sie will der Hexe ins Auge blicken? Das hat sie gesagt?«

»So ungefähr.«

»Bitte bleiben Sie noch dran, Schülli.«

Die Hand auf dem Display seines Telefons, warf Rapp einen Blick auf das Hexenauge, das riesige Trumm des alten Bergfrieds. Um durch seine Öffnung, sein »Auge«, zu schauen – er hatte sich das noch nie klargemacht –, musste man sich entweder östlich oder westlich von der Ruine befinden. Im Westen begannen die bewaldeten Hügel der Vogesen. Im Osten lag der Rangen, der Weinberg mit dem vulkanischen Gestein, das Jahr für Jahr einige der besten Tropfen Frankreichs hervorbrachte. Und entlang des Rangen führte ein Weg zur Chapelle Saint-Urbain. Von dort aus, wusste er von so manchen Spaziergängen in der Vergangenheit, hatte man einen wunderbaren, pfeilgeraden Blick auf die Ruine der Engelsburg. Schaute mitten hinein in das Auge der Hexe, den Hohlraum des ehemaligen Bergfrieds.

Rapp überlegte, ob er Schülli bitten sollte, noch einmal Kontakt mit ihrer Schwester aufzunehmen, um sicherzugehen, dass diese sich tatsächlich drüben an der Kapelle befand.

Sofern sie überhaupt noch lebte.

Doch er entschied sich dagegen. Zu riskant. Es war nicht kontrollierbar, was Schülli in ihrem labilen und geistig aufgewühlten Zustand sagen würde, sobald sie erneut mit ihrer Schwester sprach. Es konnte fatale Folgen haben.

Er legte sein Handy wieder ans Ohr. »Schülli, Rapp noch mal. Wir kümmern uns um Ihre Schwester. Ich melde mich in Kürze wieder bei Ihnen.«

Er drückte sie weg und wandte sich an Ives, der immer ungeduldiger neben ihm wartete. »Die Frau ist drüben an der Chapelle, Ives.«

Der Gendarm schaute ihn skeptisch an.

»Ganz sicher, Ives«, bekräftigte Rapp.

Ives Robert sog für den Moment, den er brauchte, um eine Entscheidung zu treffen, die Luft tief ein. Dann wandte er sich energisch um und rief seinen Leuten und den anderen Einsatzkräften zu: »Neuer Zielort: Chapelle Saint-Urbain! Über den Wanderweg bis auf hundert Meter heranfahren, nicht weiter. *Allons-y ensemble!*«

Die Chapelle Saint-Urbain war eine winzige, strahlend weiß gestrichene Pilgerkapelle mit spitzem rotem Ziegeldach. Ihre kleine Turmspitze glich einem aufgesteckten Kerzenstummel, der schwer an einem Eisenkreuz zu tragen hatte. Momentan geschlossen, garantierte die Kapelle seit Jahrhunderten den göttlichen Beistand für die jährliche Weinernte. Man musste nur fest genug daran glauben und hart genug dafür arbeiten, dann gelangen Riesling, Gewürztraminer und Pinot gris, die Weine an den vulkanischen Hängen des Rangen.

Ives Robert hatte routiniert und in kürzester Zeit dafür gesorgt, dass sich die Wanderer, die sich noch in der Nähe der Chapelle befunden hatten, entfernten, und danach den Wanderweg von beiden Seiten absperren lassen.

Sandrine Sommelier musste vom Wanderweg aus über das niedrige weiß gestrichene Eisengitter der Kapelle geklettert sein und hockte nun vor dem verschlossenen Eingang, als wüsste sie nicht mehr weiter.

Der letzte Eindruck war sicher richtig: Sie wusste nicht mehr weiter.

Sie war nicht wiederzuerkennen, seitdem Rapp die Chemikerin zuletzt in Strasbourg gesehen hatte, zu dem Zeitpunkt noch selbstsicher und souverän in ihrem weißen Kittel und dem nüchternen Umfeld der chemischen Apparaturen ihres Labors.

Jetzt wirkte sie auf den ersten Blick wie eine vollkommen erschöpfte und verwirrte Touristin in Jeans und dunkler Bluse mit eingerissenem Ärmel. Eine Faust geschlossen, stierte sie über den kleinen Vorgarten der Kapelle hinweg nach Westen.

Rapp hatte sich der Chapelle zusammen mit einer Notärztin

und zwei Sanitätern auf dem Wanderweg genähert. Doch kaum standen sie vor dem weißen Zaun, fuhr Sandrine Sommeliers Kopf zu ihnen herum, und sie schrie sie an: »Stopp! Keinen Schritt weiter. Sonst schlucke ich, was ich hier in der Faust habe!« Sie hielt ihre rechte Hand hoch, die sie krampfhaft geschlossen hatte. Sie deutete auf das ärztliche Notfallteam. »Die drei sollen verschwinden. Los, abhauen, sonst …!« Sie hielt wieder drohend ihre Faust hoch. Die Ärztin verständigte sich durch einen Blick mit Rapp, der anscheinend vorerst bleiben durfte, und zog sich mit den beiden Sanitätern etwa zehn Meter zurück.

»Weiter!«, brüllte ihnen Sandrine Sommelier nach, und die drei entfernten sich weitere zehn bis zwölf Schritte.

Jetzt schien sie mit der Distanz zufrieden und wandte ihren Kopf wieder nach vorn, die geschlossene Faust in ihrem Schoß.

Rapp folgte Sandrine Sommeliers starrem Blick und schaute nun genauso wie sie mitten hinein in das imposante Hexenauge der Engelsburgruine, Luftlinie nur wenige hundert Meter entfernt.

Im Unterschied zu dem ihr unbekannten Notfallteam hatte sie ihm erlaubt zu bleiben. Doch jetzt schwieg sie apathisch und tat, als wäre er nicht mehr vorhanden. Kein gutes Zeichen, wie Rapp aus seiner langjährigen Erfahrung mit Menschen wusste, die kurz davor standen, sich umzubringen: mit einer Waffe in der Hand oder den Kopf schon in der Schlinge, am Rand eines Felsvorsprungs oder – was vermutlich auf Sandrine Sommelier zutraf – mit einer tödlichen Giftdosis in der Faust, die es nur noch zu zerbeißen oder hinunterzuwürgen galt. Vor einem Zeugen.

Doch zu versuchen, sie zu überwältigen, wäre keine gute Idee. Als Reaktion darauf konnte sie in Sekundenschnelle die tödliche Dosis schlucken, noch ehe er sie erreicht hätte.

Rapp legte seine Hände auf den niedrigen, eher nur symbolischen Eisenzaun, dessen Verzierungen ihn ein wenig an keltische Formen erinnerten. Er wollte Sandrine Sommelier eben ansprechen, als sie, ohne den Blick vom hypnotisierenden Hexenauge zu nehmen, sagte: »Sie haben mit meiner Schwester gesprochen, richtig? Mit Schülli, wie auch immer Sie sie gefunden haben.« Ihre Stimme klang mechanisch, aber deutlich und fest. Ihr Ton drückte Entschlossenheit aus, auch das kein gutes Zeichen.

»Das stimmt, ich habe vorhin mit Ihrer Schwester gesprochen«, erwiderte Rapp. »Ein Zufall.«

Sie wandte sich ihm zu: »Lassen Sie sich ja nicht einfallen, über den Zaun zu klettern!«, warnte sie ihn unmissverständlich und hob, um das zu unterstreichen, erneut die geschlossene Faust. »Eine Substanz übrigens, die teilweise auch als Sterbehilfe verwendet wird. Nur falls es Sie interessiert. Hoch konzentriert, wirkt in wenigen Sekunden.« Sie ließ die Faust wieder sinken.

»Warum wollen Sie sterben, Docteur Sommelier – Sandrine? Es ist so sinnlos.«

»Sinnlos?«, blaffte sie ihn an. »Sie haben doch mit Schülli gesprochen, oder nicht?«

»Habe ich.«

»Dann wissen Sie, dass sie es nicht aushält, von dem zu schweigen, was passiert ist. *Mir* passiert ist.« Sie hob den Kopf und deutete mit dem schmalen Kinn zur Engelsburgruine hinüber. »Drüben am Hexenauge, das uns jetzt anstarrt, habe ich ihn umgebracht.«

»*Sie* starren es an, Sandrine«, widersprach Rapp in ruhigem Tonfall. »Sie sind doch Wissenschaftlerin, das Hexenauge ist nichts weiter als der Rest einer uralten Ruine. Es lebt nicht, es bedroht Sie nicht und will nichts von Ihnen.«

Rapp ließ sich, wie stets in solchen Situationen, ganz intuitiv auf die andere Person ein. Und im Augenblick spürte er instinktiv, dass er Sandrine Sommeliers unheimliche Fixierung auf das Hexenauge lösen musste, um sie zu erreichen. Damit sie von ihrer selbstmörderischen Absicht abließ.

Wenigstens schaute sie ihn jetzt wieder an. »Ich bin Wissenschaftlerin, da haben Sie recht. Ich glaube den Tatsachen. Und Tatsache ist, dass ich Doudet umgebracht habe.« Sie stockte kurz. »Wenn auch nicht absichtlich.«

»Erzählen Sie, Sandrine. Ich höre Ihnen zu. Niemand wird uns stören.«

Sie sah ihn einige Sekunden lang schweigend an. Dann atmete sie tief durch und schien sich einen Ruck zu geben. »Die Ergebnisse der chemischen Analyse von Doudets angeblichem Wundermittel …«

»Ja?«

»Ich hatte sie längst vorliegen.« Sie deutete ein bizarres Lachen an, das in ihrem Gesicht gefror. »Und Schülli, davon war ich überzeugt, war sicher nicht Doudets einziges Opfer. Ich hatte schon so lange mit ihr gelitten. Ich wollte es ihm endlich heimzahlen. Er hatte Schülli in jeder Hinsicht zugrunde gerichtet. Mittlerweile war sie zwar wieder aus der Psychiatrie entlassen worden. Aber sie war nur noch ein Schatten ihrer selbst.« Sie hob den Kopf und sah Rapp eindringlich an. »Schülli ist älter als ich, aber leider auch die Naivere von uns beiden. Und allzu vertrauensselig. Sie war immer viel fröhlicher, optimistischer, emotionaler als ich. Für das Rationale war ich zuständig.« Sie sog die drückend warme Luft scharf durch die Nase ein, die, wie Rapp jetzt auffiel, ähnlich schief stand wie bei ihrer Schwester Schülli. »Ich habe Schülli früher schon einmal vor einem Mann gewarnt«, fuhr sie fort. »Sie hat ihn trotzdem, in blinder Liebe, wie man so sagt, geheiratet. Adolphe Henry war ein Schuft, ein Weiberheld, der versucht hat, selbst mir, seiner Schwägerin, an die Wäsche zu gehen. Im Suff hat er Schülli geschlagen, doch sie hat ihm wieder und wieder verziehen. Wenn sie gerade nicht da war, hat er nach Pierre, dem Hund, getreten, der danach tagelang lahmte.«

Rapp fielen die zwei gerahmten Fotografien in Schülli Henrys Wohnung ein, der finster dreinschauende Mann mit Schnauzbart und der freundlich hechelnde Königspudel, gleichberechtigt nebeneinander auf der Kredenz.

»Hat der Hund den Mann überlebt?«, fragte Rapp und bewirkte dadurch ein winziges Zucken um die Mundwinkel in Sandrine Sommeliers schmalem, von Verzweiflung gezeichnetem Gesicht.

»Der gute, treue Pierre hat Alphonse überlebt, ja. Und lange Zeit wollte Schülli keinen Mann mehr. Aber dann, eines Tages, tauchte Doudet auf.« Sie erbrach den Namen geradezu. »Dieser unsägliche ›Druidier‹ mit seinem Getue als Heiler und Kräuterkundiger. Der sie in kürzester Zeit um riesige Geldbeträge betrog. Aber nach Schüllis Entlassung aus dem Krankenhaus durfte das nicht wieder anfangen. Auf keinen Fall. Im Gegenteil.«

»Doudet sollte bezahlen?«

»Ja. In jeder Hinsicht.« Sie ballte nun auch die andere Faust. »Doudet war gerissen genug gewesen, schriftlich keinerlei Schulden gegenüber Schülli anzuerkennen. Mit einfachen Rückforderungen war ihm deshalb nicht beizukommen. Also dachte ich nach: ›Wozu bist du Chemikerin? Schau dir einfach mal das Zeug an, das der Halunke deiner Schwester verabreicht und auf das sie immer so scharf ist! Das Mittel ist nicht etwa wirkungslos, wie du anfangs dachtest, sondern offensichtlich schädlich, und das nicht nur wegen seines Alkoholgehalts.‹ Davon war ich mittlerweile überzeugt. Ein Betrüger wie Doudet, ein *scélérat*, ein Halunke durch und durch, betrügt in allem, was er tut, ausnahmslos. Und siehe da, als ich die Substanz untersuchte, stellte ich fest, dass er tatsächlich gepanscht hatte. Aber womit, das hat mich dann doch überrascht. Ich fand nicht nur die Stoffe, von denen ich Ihnen in meinem Labor in Strasbourg erzählt habe, gewissermaßen Vorsubstanzen synthetischer Drogen, die für sich genommen nicht einmal strafbar sind. Sondern kaum nachweisbare, aber vorhandene Beimischungen von Fentanyl.«

»Fentanyl? Was ist das?«

»Ein künstliches Opiat, hundertmal so stark wie Morphium. Hochgefährlich, eine winzige Überdosis kann zum Tod führen. Um es zu bekommen, braucht man Kontakte zu weltweit vernetzten Drogenkartellen. Ich nehme an, Doudet hat es über Mittelsmänner bezogen und dann eigenhändig kleinste Mengen beigemischt.«

Ihre Annahmen stimmten im Kern mit dem überein, was auch die Drogenfahndung inzwischen herausgefunden hatte.

Rapp war jedoch vor allem froh darüber, dass sie jetzt mit ihm redete. »Was ist dann passiert, Sandrine?«, fragte er sie.

»Mein erster Impuls war: ›Jetzt habe ich dich, Doudet!‹«, antwortete sie und ließ in ihrer Stimme den Triumph erkennen, der sie damals überkommen haben musste. »Aber als ich drauf und dran war, mit meinen Analysen zur Polizei zu gehen …«

»Da wurden Ihnen auf einmal die Schwierigkeiten bewusst, richtig?«

Sie nickte, ihre Haltung verkrampfte erneut. »Ich war in diesem Fall ja keine unabhängige Wissenschaftlerin mehr, wurde mir klar. Ich war es in der Sache zu keinem Zeitpunkt gewesen, auch wenn ich in der Fachwelt teilweise schon verkündet hatte, dass ich mich für die Wirkung des Tüpfelfarns in Kombination mit anderen natürlichen Substanzen in Doudets Mittel interessieren würde.«

»Sie hatten es gegenüber Constance Desmoulins vom Éco Musée angedeutet.«

»Ja, ganz informell. Ich sah mich wie bisher nur als Wissenschaftlerin, die mit einer interessierten Praktikerin aus meinem Arbeitsfeld spricht. Aber für die Polizei und für die Justiz, das wurde mir erst bewusst, als meine erste Euphorie nachgelassen hatte, wäre ich in erster Linie die Angehörige eines Opfers von Doudet, das heißt hochgradig befangen. Damit hatte ich den ersten, vielleicht sogar entscheidenden Fehler bereits gemacht.« Sie sah ihn unverwandt an. »Mein zweiter Fehler war: Ich wusste zwar, dass Doudet das Mittel, das ich untersucht hatte, meiner Schwester verabreicht hatte. – Aber ich hatte dafür keine Beweise! Doudet hatte Schülli ja keine Quittung oder so etwas ausgestellt, das tat er wahrscheinlich nie. Und zu anderen Opfern hatte ich keinen Kontakt.« Sie stockte.

»Sie haben gewissermaßen nicht kriminalistisch genug gedacht. Aber das können Sie sich nicht zum Vorwurf machen. Wie Sie schon sagten, Sie sind Chemikerin, keine professionelle Ermittlerin.«

»Ebendeshalb hätte ich mir die Rolle nicht anmaßen dürfen.« Sie schüttelte heftig den Kopf.

»Wie kam es dann zu der tödlichen Begegnung zwischen Ihnen und Doudet, Sandrine?«

»Als mir klar wurde, dass ich mit meiner vorschnellen chemischen Analyse einen Fehler gemacht hatte, packte mich eine solche Wut! Auf mich selbst, aber vor allem auf Doudet. Ich wollte ihn nun wenigstens persönlich stellen, ihm drohen, dass er Schülli endlich und endgültig in Ruhe lassen sollte, andernfalls würde ich ihn auffliegen lassen. Verstehen Sie?«

»Sie sahen keine andere Möglichkeit mehr als diese«, sagte Rapp. In Wahrheit staunte er jedoch auch über das Ausmaß an Kopflosigkeit, das sie ihm offenbarte. »Was geschah dort oben genau?«, fragte er und deutete kurz mit dem Kinn zur Ruine hinüber.

Ein Glitzern trat in ihre Augen. »Ich hatte Doudet unter falschem Namen kontaktiert und als potenzielle Kundin zur Engelsburgruine gelockt. Ich wusste von Schülli, dass er solche absonderlichen Treffpunkte liebte, dieser Idiot. Ich wollte ihn Auge in Auge damit konfrontieren, dass ich über seine Beimischungen im Bilde war. Dass ich damit zur Polizei gehen wollte und dass die ihm dann das Handwerk legen würde. Aus mit seinem Geschäft. – Aber wissen Sie was?« Sie warf Rapp einen bitteren Blick zu. »Doudet durchschaute mich sofort. Er lachte nur höhnisch über mich und sagte, mir sei offensichtlich nicht klar, dass ich als Wissenschaftlerin befangen sei. Ich würde mich als Schüllis Schwester mit meinen ›albernen Analysen‹ nur selbst kompromittieren. Er hielt mir genau die Fehler vor Augen, die ich ja schon erkannt hatte, nur eben zu spät. Und dann sagte er, das war wirklich das Schlimmste für mich, er sagte: ›Aber *merci beaucoup, chérie*, dass du mich hier und heute gewarnt hast. Ich wusste wirklich nicht, wie wirksam dieses neue Zeug ist, Fentadingsbums, richtig gefährlich, *oh, là, là*.‹ Zum Glück, behauptete er dann, habe er die ›Spezialmischung‹, wie er sie nannte, nur ein paar ›ausgewählten Glückspilzen‹ angeboten, ›ohne Beleg, versteht sich‹. Wortwörtlich sagte er: ›Aber nachdem du mich freundlicherweise aufgeklärt hast, werde ich das Kräutergeschäft jetzt aufgeben. Kann es mir im Grunde auch leisten, seitdem dein dralles Schwesterchen mir mein Konto so hübsch gepolstert hat.‹ Er fing derbe an zu lachen, wieherte wie ein Gaul. Da … sind mir die Nerven durchgegangen. So wie früher, bei anderen Gelegenheiten.«

»Wie meinen Sie das?«, fragte Rapp ganz unwillkürlich.

Sie verzog das Gesicht. »Ich habe früher jahrelang Kampfsport praktiziert. Musste aber damit aufhören, weil mir leider immer wieder, sagen wir, Unsportlichkeiten passierten. Unterdrückte Emotionen sagten die einen, inakzeptable Disziplinlosigkeiten andere. Das Entscheidende war wohl, dass niemand das von mir erwartet hatte, nicht in dem Ausmaß jedenfalls, weil ich ja sonst als total rational und beherrscht galt. Schließlich musste ich gehen, den Kampfsportverein verlassen. Aber die Griffe und Tritte sitzen bis heute, ich habe privat weitertrainiert und beherrsche sie alle noch aus dem Effeff.«

»Was Doudet dann zu spüren bekam?«

»Als er mir an dem Abend dort drüben am Hexenauge gegenüberstand, so widerlich wiehernd, im feuchten Nebel, kein Mensch weit und breit, machte es plötzlich klick in meinem Kopf. Irgendetwas rastete aus. Oder rastete ein. Ich machte zwei schnelle Schritte auf Doudet zu und verpasste ihm einen Fußtritt gegen die Schläfe. Ich …« Sie stockte und schluckte schwer. »Ich wollte ihn nicht töten. Aber ich wollte ihm Schmerz zufügen. Körperlichen Schmerz, denn seelisch spürte der nichts. Ich wollte Doudet eine Lektion erteilen, die er so schnell nicht vergessen sollte.«

»Sie trafen ihn also an der Schläfe. Und was geschah daraufhin?«

»Er schleuderte herum und ging in die Knie. Ich dachte schon, er habe genug. Aber dann fing er auf einmal wieder an zu lachen, so widerlich und ordinär wie vorher.« Sie hob den Blick und sah wie durch Rapp hindurch. »Irgendjemand hat mal von weißer Wut gesprochen«, sagte sie und verharrte einen Augenblick. Ehe sie weitersprach. »Bei mir war das anders. Ich sah schwarz. Mein zweiter Tritt gegen seinen Kopf hatte eine solche Wucht, dass es ihn mit dem gesamten Körper zur Seite riss und er mit der

anderen Schädelhälfte gegen die Kante des Hexenauges schlug.«
Sie schwieg drei, vier Sekunden lang. »Er war sofort tot.«

Sie sah Rapp nun beinahe flehentlich an. »Wirklich, Monsieur Rapp, ich wollte Doudet nicht töten. Nur meine Schwester rächen. Sie vor Doudet schützen, ohne dass sie etwas davon erfuhr.«

»Was geschah dann, Sandrine?«

Sie hob die Schultern und ließ sie kraftlos wieder sinken. »Ich … konnte es nicht fassen, dass ich Doudet umgebracht hatte. Ich hockte mich vor seine Leiche, sah zwar, dass er tot war, begriff es aber nicht … Ich weiß nicht, wie lange ich so vor ihm kniete, völlig leer innerlich, ich hatte einen Menschen getötet, diese schreckliche Gewissheit war einfach entsetzlich … Irgendwann schaffte ich es, aufzustehen und davonzugehen. Wie in Trance bin ich vom Berg herunter zu Schüllis Wohnung gefahren. Dort habe ich ihr dann alles erzählt. Doch seitdem …«

»Kommt sie nicht darüber hinweg.«

»Sie sagt, sie muss darüber reden. Sie versteht es nicht. Sie versteht mich nicht. Wie ich zu der Tat fähig sein konnte. Ich fürchte sogar, auf eine verrückte Art hing sie immer noch an Doudet. Bis zuletzt, trotz allem, was er ihr angetan hatte. Es war absurd.«

»Sie hat ihn gehasst *und* geliebt.« Ähnliches hatte Sylvie auch über Constance gesagt.

»Ja. So schwer das für mich zu verstehen ist.«

»Docteur Sommelier – Sandrine«, sagte er, »ich verspreche Ihnen, dass ich unser Gespräch Wort für Wort bezeugen und vor Gericht beeiden werde. Ich bin mir sicher, dass man Ihnen eine Tat im Affekt, in einem Zustand außerordentlicher emotionaler Erregung, zugestehen wird. Sie werden mildernde Umstände bekommen, drei, vier Jahre Haft. Und danach wird es für Sie weitergehen.« Er hob beide Hände ein wenig in ihre Richtung. »Ich bitte Sie, Sandrine, stellen Sie sich dem Leben. Nicht dem Tod.«

»Warum nicht dem Tod?« Sie hob die bis jetzt noch geschlossene Faust und öffnete sie. Auf der Handfläche lag eine weiße Tablette, deutlich zu erkennen. »Was, glauben Sie, ist darin?«, fragte sie ihn mit einem abgründigen Lächeln. »Lassen Sie sich nicht täuschen, Monsieur Rapp, beinahe neunzig Prozent dieser Tablette bestehen aus harmlosen Zuckerverbindungen. Das Fentanyl darin ist beinahe nichts. Aber es reicht für einen schnellen Tod. Atemstillstand, aber das sagte ich wohl schon.«

Rapp fing ihren wirren Blick auf. »Sandrine!«, rief er ihr zu und hob unwillkürlich beide Hände. »Sie haben mich gefragt, warum Sie es nicht tun sollten: sich umbringen!«

»Ja. Und?« Sie riss die Augen auf.

Er versuchte, ihren Blick, mochte er auch noch so irre sein, festzuhalten und sagte: »Wegen Schülli: Wegen Ihrer Schwester sollten sie es nicht tun, Sandrine.«

»Wegen Schülli?« Ihr groteskes maskenhaftes Gesicht veränderte sich mit einem Mal zu einem Ausdruck tiefsten Schmerzes. »Für Schülli will ich es doch gerade tun! Ich will sie nicht mehr belasten mit – mit mir. Sie soll über das alles reden können. Wenn ich nicht mehr …« Sie streckte ihren Oberkörper und den Kopf, als würde eine fremde Macht von hoch oben an ihrem Scheitel ziehen. »Wenn ich tot bin, kann Schülli darüber reden, so viel sie will, muss keine Rücksicht mehr auf mich nehmen.«

»Wenn Sie tot sind, Sandrine, wird sich Schülli die Schuld daran geben. Für den Rest ihres Lebens. Sie wird daran zerbrechen.« Er ließ die Sätze auf sie wirken. »Wenn Sie sich aber der Polizei stellen, wenn Sie den Mut beweisen weiterzuleben, Sandrine, können Sie und Schülli wieder zueinanderfinden.« Und daran glaubte er wirklich, wenigstens in diesem Moment.

Sandrine starrte ihn eine Weile wortlos an, schien wirklich über das nachzudenken, was er gesagt hatte. Dann senkte sie ihren Blick auf das längliche weiße Körnchen, das auf ihrer Handfläche lag. Langsam führte sie die Hand zu ihrem Mund, öffnete die Lippen und – hfff – blies die Tablette plötzlich fort.

Die Handfläche war leer.

Rapp stieg so schnell, wie es ihm möglich war (nicht mehr allzu schnell), über den Zaun und eilte zu ihr hin. Er schlang beide Arme um ihre Schultern und spürte, wie heftig sie zuckten, als sie anfing zu weinen.

»Es ist vorbei«, sagte er sanft, »es ist gut.« Was stimmte, wenn auch nur für diesen Augenblick.

Er sank neben ihr auf die flache Stufe der Chapelle und hielt die Frau, die jetzt keinerlei Widerstand mehr bot, nur noch schlaff wie ein nasses Laken in seinen Armen.

Wenige Sekunden später war auch das Notfallteam zur Stelle.

## 26

*Pfaffenhoffen, Samstag, 29. Oktober*

Der kühlen Nacht und den trockenen Morgenstunden nach zu
urteilen, könnte es ein milder, durchsonnter Altweibersommer-
tag werden, hoffte Rapp. Nach dem ersten Spaziergang des Tages
mit Honoré und dem anschließenden Frühstück setzte er sich
mit der Zeitung auf das Sofa, um die zwei Artikel zu lesen, auf
die er schon so lange gewartet hatte. Heute waren sie endlich im
Courant Alsacien erschienen, wie er beim ersten Durchblättern
gesehen hatte.

Er schlug die Seiten um, was Honoré leicht murrend dazu
veranlasste, seine Terrierschnauze von Rapps Schoß zu nehmen,
die er in vertrauter Weise dort abgelegt hatte, und sich an das
andere Sofaende zu verziehen. Aus irgendeinem Grund konnte
der Hund das Geräusch umgeblätterter Seiten oder raschelnden
Papiers nicht ausstehen.

Aimées ganzseitiger Hintergrundartikel zum Mordfall Doudet stand auf Seite drei. Das Kribbeln in seinen Fingerspitzen, das
er dabei empfand, erinnerte ihn an frühere Zeiten, als sie noch
Reporterin war und regelmäßig ganzseitige Artikel schrieb.

Bereits unmittelbar nach der spektakulären Festnahme von
Sandrine Sommelier an der Chapelle Saint-Urbain oberhalb von
Thann hatte Rapp Aimée über das Geschehen informiert – aller-
dings mit der Bitte, den Namen der Chemikerin nicht zu nennen.
Sie hatte ihm den Gefallen getan – Kommentar:»Gar nicht nö-
tig!«– und vorerst nur über den Kern der Geschichte berichtet:
»Mordfall Doudet aufgeklärt – Ermittlungsdrama am Thanner
Rangen«. Auf Rapps Wunsch hin hatte sie auch seine Rolle dabei
nicht erwähnt und stattdessen geschildert, wann, wo und unter
welchen Umständen die Täterin,»eine sechsundvierzigjährige
Chemikerin aus Strasbourg«, von der Polizei habe festgenom-
men werden können. Am Ende des»Dramas«habe»durch ein-

fühlsame Gesprächsführung seitens der Ermittler ein Suizid der Täterin verhindert werden können, die unter Reue zugab, den Elsässer Geschäftsmann Didier Doudet aus Schœnwiller getötet zu haben.«

Was Rapp Aimée nicht eigens mitgeteilt hatte, war die für die Kriminalpolizei von außen betrachtet wenig rühmlich klingende Tatsache, dass der leitende Commissaire, sprich Rimbout, erst erschienen war, als die Gefahr bereits beseitigt und Sandrine Sommelier sich in Gewahrsam der Gendarmerie, also von Ives Robert und seinen Leuten, befunden hatte.

Rimbout trug an seinem verspäteten Eintreffen jedoch keine Schuld. Nachdem Rapp ihn in der Rouffacher Dienststelle angerufen hatte, war Rimbout weisungsgemäß mit Sulzer und zwei Kolleginnen nach Thann geeilt, um an der Engelsburgruine das Schlimmste zu verhindern. Doch zu dem Zeitpunkt war außer ein paar Touristen und einer lärmenden Schulklasse niemand mehr dort oben anzutreffen gewesen. Rimbout hatte daraufhin versucht, Rapp zu erreichen. Der hatte jedoch sein Telefon bereits ausgeschaltet, um in dem brenzligen Gespräch mit Sandrine Sommelier nicht gestört zu werden. Also hatte Rimbout Ives Robert angerufen, der ihn darüber informiert hatte, wo sich das Drama inzwischen abspielte, nämlich an der Chapelle Saint-Urbain. Ives hatte den Commissaire zudem darüber in Kenntnis gesetzt, dass nur Rapp – und mit Einschränkung auch das ärztliche Notfallteam an seiner Seite – von der Tatverdächtigen halbwegs in ihrer Nähe geduldet werde. Rimbout und sein Team müssten sich daher wie alle anderen Einsatzkräfte an die getroffenen Maßnahmen zur Einhaltung des Sicherheitsabstands halten.

Rimbout hatte sofort eingesehen, dass es das Beste war, sich dem zu fügen.

Rapp strich die Zeitungsseite glatt und las den langen Text nun aufmerksam durch.

Aimée zeichnete zunächst das widersprüchliche Bild einer empfindsamen und andererseits zu teils extremen Kontrollverlusten neigenden Frau: »Die Chemikerin Sandrine S. trieb so das

Schicksal ihrer Schwester zu einem Racheakt, dessen Ausmaß an Planung und Vorsatz nun gerichtlich bewertet werden muss. Doudet«, schrieb Aimée, »hatte sein von verschiedenen Seiten bezeugtes Charisma – als neu-keltischer ›Heiler‹, als vermeintlicher ›Kräuterweiser‹ und, ja, als Mann – dazu missbraucht, Julie H., die verwitwete ältere Schwester der Chemikerin, persönlich und finanziell auszubeuten. Da Julie H. sich emotional bis zuletzt nicht vollends von Doudet hatte befreien können, versuchte die Chemikerin, der ruinösen Beziehung ihrer Schwester zu dem Mann einen gewaltsamen Riegel vorzuschieben.«

Die Verteidigung argumentiere nun, »dass Sandrine S. den Geschäftsmann lediglich zur Rechenschaft ziehen, ihn aber nicht habe töten wollen, der Streit sei eskaliert. Ein ehemaliger Kriminalbeamter der Region (sein Name ist der Redaktion bekannt), der auf verschiedene Weise, auch persönlich, mit dem Fall vertraut ist, unterstützt die Version der Verteidigung. Letztlich aber muss und wird nun das Gericht entscheiden. Strafrechtsexperten gehen jedoch davon aus, dass Sandrine S. mit mildernden Umständen rechnen kann, insbesondere deswegen, weil Doudets Verhalten gegenüber der Schwester der Angeklagten eindeutig als seelische Grausamkeit eingestuft werden könne.« An dieser Stelle zitierte Aimée eine ehemalige Strafrichterin aus Colmar und einen Strafrechtsprofessor aus Strasbourg, deren Stellungnahmen Rapp nur überflog.

Im zweiten Teil ihres Artikels befasste sie sich mit dem Mordopfer. Didier Doudet sei offenbar ein äußerst umtriebiger Geschäftsmann gewesen, der es geschafft habe, keltische Mythen und dubiose Heilsversprechen für sich arbeiten zu lassen, um Menschen mit seelischen oder körperlichen Erkrankungen seine Produkte zu verkaufen. »Doch welche Kräuter und Substanzen genau sich beispielsweise in seinem als ›Elfenfarn‹ bezeichneten Mittel befanden, kann im Nachhinein nicht mehr exakt bestimmt werden, da Doudet seine ›Zutaten‹ variierte und angeblich individuell anpasste. Er nannte das ›natürlich anreichern‹. Andere würden es wohl eher ›kontaminieren‹ nennen, denn in Doudets vermeintlichem Naturprodukt, das er Julie H. verabreichte, fand ihre Schwester, ebenjene Chemikerin Sandrine S. aus Strasbourg, die nun auf ihren Prozess wartet, Spuren von synthetischen Substanzen, unter anderem auch künstliche, extrem süchtig machende, unter Umständen akut lebensgefährliche Opiate. Man mag der Angeklagten zugutehalten oder auch nicht«, erwog Aimée, »dass ihre vorläufigen Ergebnisse später sogar von der Drogenfahndung aufgegriffen wurden und mithalfen, ein Netz an Händlern illegaler Designerdrogen zu enttarnen. Hier konnte im Übrigen die Kriminalpolizei Colmar-Rouffach einen entscheidenden Beitrag zur Aufklärung der Hintergründe und zur Ergreifung der Täter leisten«, würdigte Aimée an dieser Stelle auch Rimbouts Ermittlungserfolg.

In ihrem Fazit weitete sie den Blick noch einmal erheblich und verwies auf ein Phänomen, das im Grunde jeden und jede betreffen könnte, der oder die mit x-beliebigen Schmerzen eine Hausarztpraxis oder eine Klinik aufsuche: »Über alldem wird nämlich allzu schnell vergessen«, urteilte sie, »dass künstliche Opiate auch von der Ärzteschaft hierzulande inzwischen ganz selbstverständlich verschrieben werden: millionenfach und oft schon bei kleinen Wehwehchen. Mit verheerenden Folgen in Form von Opiatsucht und Abhängigkeit, wie sie in den Vereinigten Staaten schon lange bekannt sind. Auch das ist eine Geschichte, um die sich unsere Zeitung in Zukunft verstärkt kümmern wird.

Das Urteil über Sandrine S. ist noch nicht gesprochen. Wir werden berichten. A. P.«

Dem war nichts hinzuzufügen, fand Rapp. Polizei und Gesundheitsbehörden allerdings dürften sich über die Seitenhiebe, die Aimée gegen sie austeilte, weniger freuen, schätzte er.

Der zweite Artikel, nach dem er suchte, stand weiter hinten im Courant, auf einer Regionalseite, die Neues – und, seitdem Redakteur Docteur Lacombe dafür zuständig war, leider auch Altbekanntes – aus den Ortschaften rund um Rouffach brachte. Darunter auch aus Winzenheim.

Rapp hätte nicht gedacht, dass er einen Artikel von einem

Karrieristen wie Lacombe, der Aimée das Leben so schwer machte, einmal mit solchem Vergnügen und mit vollster Zustimmung lesen würde.

»Der Meister und sein Werk« hatte der Journalist seinen Artikel überschrieben, eine wahre Lobeshymne auf Güschtis Garage. Lacombe spreizte sich darin zunächst recht gockelhaft als Besitzer einer »außergewöhnlichen Citroën-DS-Limousine« aus den fünfziger Jahren, für deren eigenwillige Formen er, angeblich »ein Liebhaber der Individualität«, seit jeher geschwärmt habe. Leider hätten ihn die zahlreichen altersbedingten Macken »meiner Diva« jedoch regelmäßig um den Verstand gebracht. (Sofern vorhanden, dachte Rapp.) Damit sollte nun Schluss sein!

Mit seinem himmelblauen Oldtimer habe er »ganz spontan« (haha) Güschtis Garage in Winzenheim aufgesucht. Doch zu seiner Überraschung habe der Meister schon nach kurzem Check herausgefunden, dass sein Auto in Wahrheit kaum Macken habe!

Das eigentliche Problem, so der Journalist weiter, sei laut Güschti eine »forcierte Fahrweise« des Wagens: »Die DS-Limousine wolle nicht einfach nur gefahren, sondern geliebt werden, hat Güschti mich aufgeklärt. Weil es keine Kupplung und zwischen den oberen Gängen auch keinen Leerlauf gebe, müsse man lernen, der Situation angemessen Gas zu geben oder wegzunehmen: ›gefühlvoll wie ein guter Liebhaber‹, so der Meister. Das Lenkrad zum Beispiel, belehrte mich Güschti, müsse gestreichelt, nicht nur gesteuert werden, sämtliche Bewegungen des Fahrers sollten ›butterweich‹ ausgeführt werden: ›wie in Trance‹.«

Güschti hatte Lacombe also eine Lehrstunde im Fahren seiner »Diva« erteilt. Rapp stellte sich dabei das stets mürrische Gesicht des »genialischen alten Garagisten« vor. In dem Artikel war davon zum Glück nichts zu lesen, im Gegenteil, wusste Lacombe sich gar nicht zu lassen vor Begeisterung über »Meister Güschti und seine Zauberwerkstatt«.

Die Begeisterung des Journalisten wurde jedoch nicht unerheblich dadurch gesteigert, dass er kaum etwas zahlen musste.

»Denn mein Schmuckstück hatte ja keinen nennenswerten Schaden. Und für Unterricht im Oldtimerfahren lasse er sich nicht bezahlen, so der Maître de véhicule.«

Die eigentliche Bewährungsprobe stand dem Journalisten nun noch bevor, dachte Rapp: üben, üben, üben.

Er wollte die Zeitung bereits zuklappen, als ihm unten auf der Seite eine winzige Anzeige auffiel. Keine gewöhnliche Werbung für irgendein Produkt, sondern die euphorische Ankündigung von »*Transforme! – Repair-Café et plus*«. Dazu der Text in winzig kleinen Lettern: »Endlich: Euer lang ersehntes, vielfach gefordertes, ultradringend gebrauchtes Repair-Café eröffnet in Kürze. Wo? In Schœnwiller, Rue de l'Église No. 5. Wann? Dienstag, 1. November, 10 Uhr. Und schon vorher, Sonntag, 30. Oktober, 20 Uhr, merkt euch dies: Partytime im Repair-Café. Kommt zahlreich. Bringt Kaputtes, wir ›transformieren‹ es. Garantiert!«

Rapp lehnte sich zufrieden zurück. Seine Idee war also gar nicht so dumm gewesen, wie Rimbout, dem er davon erzählt hatte, zuerst geglaubt hatte. Es hatte sich nämlich herausgestellt, dass das mit Bernadette gedrehte Video zur Suche nach einem geeigneten Ort für ein Repair-Café in der Sache erfolglos geblieben war. Die eingehenden Tipps waren zwar zahlreich gewesen, hatten jedoch Läden oder sogar ganze Häuser betroffen, die entweder zu teuer oder zu groß oder abrissreife Bruchbuden gewesen waren. Der gemeinnützige Trägerverein des Repair-Cafés, in dem auch Rimbouts Zwillinge seit ihrem Engagement für Thanns Obdachlose aktiv waren, konnte hohe Summen für Miete oder Renovierungen auch durch Spendengelder nicht aufbringen.

Rimbout hatte inzwischen seinen Widerstand gegen das Projekt aufgegeben, weil er einsah, dass es sich dabei vor allem um seine Aversion gegen seine Schwägerin gehandelt hatte. Bernadettes PR-Methoden für das Projekt waren nun mal alles andere als nach Rimbouts Geschmack gewesen. Das Werbevideo hatte Bernadettes zweifelhafte Berühmtheit im Netz zwar noch einmal deutlich gesteigert, doch im Endeffekt nicht das erwünschte

Ergebnis geliefert: kein adäquates Angebot für die benötigten Räume des Repair-Cafés.

Als Rapp davon erfahren hatte, hatte er Rimbout gefragt, ob sich die Zwillinge schon einmal Doudets frühere Ladenwohnung angesehen hätten. »Die ist klein, wie du dich vielleicht erinnerst, aus allen Richtungen gut erreichbar und vielleicht gar nicht teuer, da Altbau.«

Eine spontane Idee, die Rimbout zum Glück aufgegriffen und an seine Zwillinge weitergegeben hatte!

»*Transforme!*«, ein guter Name für ein Repair-Café, schien Rapp. So kam auch der alte, etwas heruntergewirtschaftete Verkaufsraum des selbst ernannten »Druidiers von Schœnwiller« zu neuen Ehren.

Rapp legte die Zeitung weg, stand auf und stieg beschwingt die Treppe hinauf, um sich zu überlegen, welche Sachen er für den besonderen Anlass heute Abend aus dem Schrank holen sollte.

# Fin

*Mulhouse, Samstag, 29. Oktober, früher Abend*

Das Haus, das Sylvies Kollegin Constance für Docteur Ramón Ramirez Obrador »und seine Entourage« gefunden hatte, befand sich in der Rue du Jardin Zoologique. Wie der Name schon andeutete, in unmittelbarer Nähe des Zoos im Süden von Mulhouse und damit keine dreißig Kilometer von der Schweizer Grenze entfernt. Rapp wusste, dass Sylvie schon seit dem frühen Nachmittag dort war. Sylvie ebenso wie Constance und anscheinend noch weitere Kolleginnen und Kollegen des Éco Musée halfen dabei, das Essen für den heutigen Abend zuzubereiten. Das geplante Menü klang in jedem Fall verlockend: als Vorspeise Assiette de Crudités, ein Rohkostteller, danach als Hauptgericht Bœuf bourguignon à l'Alsacienne, Burgunderfleisch Elsässer Art, und zum Dessert Figues au Citron, Feigen mit Zitronensorbet.

Rapp parkte ganz in der Nähe und ging mit einer feinen Flasche Pinot noir in der einen und dem angeleinten Honoré in der anderen Hand auf das ehrwürdige alte Fachwerkhaus zu, das nach langer Restaurierung, wie er von Sylvie erfahren hatte, erst vor Kurzem fertiggestellt worden war.

Schon an der Haustür hörte er drinnen lautes Lachen und die fröhlichen Stimmen vieler Menschen. Kaum hatte er geklingelt, öffnete ihm ein kleiner Junge, vielleicht acht oder neun Jahre alt. Er lachte, als er den Hund sah, und bat Rapp als Erstes mit entsprechenden Gesten, Honoré von der Leine zu nehmen, damit er ihm drinnen Wasser geben könne.

Rapp tat dem Kleinen den Gefallen und staunte, wie in Sekundenschnelle drei weitere Kinder seinen Hund umringten, um ihn wie einen vom Volk heiß geliebten König würdevoll in den Palast zu geleiten.

Gleich darauf erschienen auch die erwachsenen Bewohner

des Hauses, um Rapp willkommen zu heißen: Ramón Ramirez Obrador und seine Frau Maria Guadalupe. Rapp hatte ihren Namen erst kürzlich und wie nebenbei von Sylvie erfahren. »Maria und die Kinder sind selbstverständlich mit nach Europa gekommen! Du wirst sehen, sie sind wunderbar.«

Es hatte in der Tat ganz den Anschein.

Im Hintergrund des Flurs tauchte jetzt auch Sylvie auf und warf ihm ein Lächeln und eine Kusshand zu.

# Un grand merci

… à Christiane Geldmacher, Christel Steinmetz,
Dirk Meynecke et, comme toujours,
à Marie Lilli für die Hilfe und Unterstützung!
Suzanne Crayon

Suzanne Crayon
**MORD ELSÄSSER ART**
Broschur, 240 Seiten
ISBN 978-3-7408-0502-9

Der Bürgermeister eines kleinen Ortes an der Elsässer Weinstraße wird tot in seinem Büro aufgefunden, die Polizei geht von einem Raubmord aus. Doch Jean Paul Rapp, seit einem Jahr nicht mehr Commissaire im District Colmar-Rouffach, glaubt nicht daran. Unterstützt von seiner Nachbarin, der Deutsch-Französin Sylvie Printemps, ermittelt er wie in früheren Zeiten: beharrlich, klug und mit untrüglichem Instinkt. Und die Stille im Weinberg scheint ihm der Schlüssel zur Lösung des Falls zu sein.

*»Sommer-Bestseller!«*    Buchkultur

Suzanne Crayon
**GEHEIMNISSE ELSÄSSER ART**
Broschur, 256 Seiten
ISBN 978-3-7408-1114-3

Der Direktor des Stadtmuseums von Rouffach im Elsass ist tot, versenkt in einem idyllischen Weiher südlich von Colmar. Das ruft Ex-Commissaire Jean Paul Rapp auf den Plan, der das Ermitteln einfach nicht lassen kann. Ihn erwartet ein äußerst heikler Fall, denn das Mordopfer galt nicht nur als engagierter Museumsleiter, sondern auch als ausgesprochener Charmeur, der sich durch seine Affären zwar viele Freundinnen, aber kaum Freunde gemacht hat. Rapp entdeckt neben kleinen intimen Geheimnissen auch höchst brisante Spuren, die das gesamte Elsass in Aufruhr versetzen könnten.

Suzanne Crayon
**VERWICKLUNGEN ELSÄSSER ART**
Broschur, 256 Seiten
ISBN 978-3-7408-1287-4

Laurent Wendling, ein junger Elsässer Landwirt, liegt erschlagen auf seinem Acker in der Nähe des idyllischen Örtchens Pfaffenhoffen. Noch am selben Abend verunglückt seine Frau mit ihrem Auto. Ex-Commissaire Jean Paul Rapp kennt die Familie persönlich und ist mit den Ermittlungen seines Nachfolgers Rimbout keineswegs einverstanden. Entschlossen macht er sich selbst daran, dem mysteriösen Fall auf den Grund zu gehen, und stößt dabei auf brisante Verwicklungen jeglicher Couleur ...

www.emons-verlag.de